HEYNE BÜCHER

SCIENCE FICTION

Herausgegeben
von Wolfgang Jeschke

STAR TREK in der Reihe
HEYNE SCIENCE FICTION & FANTASY

Vonda N. McIntyre, *Star Trek II: Der Zorn des Khan* · 06/3971
Vonda N. McIntyre, *Der Entropie-Effekt* · 06/3988
Robert E. Vardeman, *Das Klingonen-Gambit* · 06/4035
Lee Correy, *Hort des Lebens* · 06/4083
Vonda N. McIntyre, *Star Trek III: Auf der Suche nach Mr. Spock* · 06/4181
S. M. Murdock, *Das Netz der Romulaner* · 06/4209
Sonni Cooper, *Schwarzes Feuer* · 06/4270
Robert E. Vardeman, *Meuterei auf der Enterprise* · 06/4285
Howard Weinstein, *Die Macht der Krone* · 06/4342
Sondra Marshak & Myrna Culbreath, *Das Prometheus-Projekt* · 06/4379
Sondra Marshak & Myrna Culbreath, *Tödliches Dreieck* · 06/4411
A. C. Crispin, *Sohn der Vergangenheit* · 06/4431
Diane Duane, *Der verwundete Himmel* · 06/4458
David Dvorkin, *Die Trellisane-Konfrontation* · 06/4474
Vonda N. McIntyre, *Star Trek IV: Zurück in die Gegenwart* · 06/4486
Greg Bear, *Corona* · 06/4499
John M. Ford, *Der letzte Schachzug* · 06/4528
Diane Duane, *Der Feind — mein Verbündeter* · 06/4535
Melinda Snodgrass, *Die Tränen der Sänger* · 06/4551
Jean Lorrah, *Mord an der Vulkan Akademie* · 06/4568
Janet Kagan, *Uhuras Lied* · 06/4605
Laurence Yep, *Herr der Schatten* · 06/4627
Barbara Hambly, *Ishmael* · 06/4662
J. M. Dillard, *Star Trek V: Am Rande des Universums* · 06/4682
Della van Hise, *Zeit zu töten* · 06/4698
Margaret Wander Bonanno, *Geiseln für den Frieden* · 06/4724
Majliss Larson, *Das Faustpfand der Klingonen* · 06/4741
J. M. Dillard, *Bewußtseinsschatten* · 06/4762
Brad Ferguson, *Krise auf Centaurus* · 06/4776
Diane Carey, *Das Schlachtschiff* · 06/4804
J. M. Dillard, *Dämonen* · 06/4819
Diane Duane, *Spocks Welt* · 06/4830
Diane Carey, *Der Verräter* · 06/4848
Gene DeWeese, *Zwischen den Fronten* · 06/4862 (in Vorb.)
Howard Weinstein, *Akkalla* · 06/4879 (in Vorb.)

STAR TREK: DIE NÄCHSTE GENERATION:
David Gerrold, *Mission Farpoint* · 06/4589
Gene DeWeese, *Die Friedenswächter* · 06/4646
Carmen Carter, *Die Kinder von Hamlin* · 06/4685
Jean Lorrah, *Überlebende* · 06/4705
Peter David, *Planet der Waffen* · 06/4733
Diane Carey, *Gespensterschiff* · 06/4757
Howard Weinstein, *Macht Hunger* · 06/4771
John Vornholt, *Masken* · 06/4787
David & Daniel Dvorkin, *Die Ehre des Captain* · 06/4793
Michael Jan Friedman, *Ein Ruf in die Dunkelheit* · 06/4814
Peter David, *Eine Hölle namens Paradies* · 06/4837
Jean Lorrah, *Metamorphose* · 06/4856
Keith Sharee, *Gullivers Flüchtlinge* · 06/4889 (in Vorb.)

STAR TREK: DIE ANFÄNGE:
Vonda N. McIntyre, *Die erste Mission* · 06/4619
Margaret Wander Bonanno, *Fremde vom Himmel* · 06/4669
Diane Carey, *Die letzte Grenze* · 06/4714
J. M. Dillard, *Die verlorenen Jahre* · 06/4869 (in Vorb.)

DAS STAR TREK-HANDBUCH (Neuausgabe):
von Ralph Sander · 06/4900

Diese Liste ist eine Bibliographie erschienener Titel
KEIN VERZEICHNIS LIEFERBARER BÜCHER!

PETER DAVID

PLANET DER WAFFEN

STAR TREK
Die nächste Generation

Science Fiction Roman

Deutsche Erstausgabe

WILHELM HEYNE VERLAG
MÜNCHEN

HEYNE SCIENCE FICTION & FANTASY
Band 06/4733

Titel der amerikanischen Originalausgabe
STRIKE ZONE

Deutsche Übersetzung von Andreas Brandhorst
Das Umschlagbild schuf Boris Vallejo

6. Auflage

Redaktion: Rainer Michael Rahn

Printed in Germany 1996
Umschlaggestaltung: Atelier Ingrid Schütz, München
Satz: Kort Satz GmbH, München
Druck und Bindung: Ebner Ulm

ISBN 3-453-04319-7

Für Myra, Shana und Guinevere,
die meine Arbeit ermöglicht haben

PROLOG

Sand knirschte unter Stiefeln, in denen dreizehige Füße steckten. Budian blieb so plötzlich stehen, daß er fast ausrutschte, und seine drei Begleiter lachten leise. Er wirbelte herum, bleckte spitze Zähne und zischte: »Still! Ich will nichts hören!«

Ein Fremder ohne Übersetzungsmodul hätte nur kehliges Knurren, unartikuliertes Grollen und asthmatisches Schnaufen vernommen, untermalt von einigen ruckartigen Gesten. Die Kreel standen in dem wenig beneidenswerten Ruf, sich mit einer besonders gräßlich klingenden Sprache zu verständigen.

Auch ihrem äußeren Erscheinungsbild mangelte es an Ästhetik. Die Kreel verdankten ihre Existenz offenbar einer Laune der Natur: Spindeldürre, insektenhafte Beine trugen einen dicken, sehnigen und fast dreieckigen Torso, der aus einer ganz anderen Ära der biologischen Evolution zu stammen schien. Die langen Arme reichten bis zum Boden herab. Budian und seine Artgenossen waren sehr stolz auf ihre Körper, und aus diesem Grund wählten sie spärliche Kleidung – Kniehosen und knappe Umhänge –, um soviel Muskeln wie möglich zu zeigen. Die Angehörigen anderer Spezies reagierten darauf eher mit Abscheu, und dafür gab es einen guten Grund: Die rote, faltige und runzlige Haut erweckte den Eindruck, als litten die Kreel an chronischem Sonnenbrand. Darüber hinaus zeigten sich hier und dort zottelige Haarbüschel.

Der Kopf saß übergangslos auf knochigen Schultern. Wenn Kreel einen Blick zur Seite oder nach hinten werfen wollten, mußten sie sich praktisch ganz umdrehen. Breite, vorstehende Kieferknochen verliehen den Gesichtern kantige Züge; untertassengroße Augen legten die Vermutung nahe, daß auf dem Heimatplaneten immerwährendes Zwielicht herrschte. Die Welt, auf der sie sich nun befanden, bot völlig andere Umweltbedingungen, und sie empfanden den grellen Schein der Sonne als schmerzhaft.

Die drei anderen Mitglieder der Landegruppe vernahmen Budians Befehl und nickten hastig, indem sie in der Hüfte einknickten. (Ihr Gebaren erinnerte an den traditionellen japanischen Gruß.) Der Kommandant lächelte und zeigte erneut lange Zähne, bevor er seinen Stellvertreter heranwinkte.

»Was meinen Sie, Aneel?« fragte er. »Was zeigen die Instrumente an?«

Aneel holte ein Ortungsgerät hervor, das die gleichen Funktionen erfüllte wie ein Tricorder, jedoch nicht annähernd so zuverlässig arbeitete – zwischen der Kreel-Technik und den technologischen Standards der Föderation klaffte eine breite wissenschaftliche Lücke. Aneel drehte den Apparat einige Male hin und her. »Die Indikatoren bleiben auf den Nullmarken«, sagte er nervös. »Ich glaube, das Ding ist defekt.«

»Nun?«

»Nun was?« fragte Aneel vorsichtig.

»Reparieren Sie's, verdammter Idiot!«

Der Ärger des Kommandanten verunsicherte Aneel. Er traf eine rasche Entscheidung, hob die dreifingrige Hand und schlug auf den Detektor.

Kleine Kontrollampen leuchteten auf, und ein leises Summen erklang. Aneel zwinkerte überrascht, sah seinen Vorgesetzten an und erwartete ein Lob. Budian nickte. »Wo?« erkundigte er sich.

Aneel betrachtete die Anzeigen und streckte den Arm aus. »Dort drüben.«

Die Gruppe setzte sich wieder in Bewegung und marschierte in die angegebene Richtung. Aneel übernahm nun die Führung, und Budian blieb dicht hinter ihm, wandte sich ein wenig nach rechts. Er versuchte, sowohl seinen Stellvertreter als auch die beiden anderen Kreel im Auge zu behalten, hielt es für besser, ihnen mit gesundem Mißtrauen zu begegnen.

Ab und zu beobachtete er argwöhnisch den Himmel, was natürlich überhaupt nichts nützte. Wenn die verdammten anderen erschienen — verflucht seien ihre Namen; möge das Schicksal ihre Frauen mit Unfruchtbarkeit strafen! —, um Anspruch auf diese Welt zu erheben — die sich zweifellos im stellaren Territorium der Kreel befand —, so gab es keine Möglichkeit, entsprechende Raumschiffe von der Planetenoberfläche aus zu erkennen. Budian wußte das natürlich, doch sein Blick glitt immer wieder übers Firmament.

Mittag. Die Luft schien zu brodeln, und der Himmel bot sich in einem gleichförmigen, brennenden Rot dar. In der Ferne hörte Budian das beständige Sirren der Insekten. Es bestand keine Gefahr, aber das unaufhörliche Zirpen ging ihm auf die Nerven.

»Hier müssen wir durch.«

Budian sah auf und rügte sich stumm für seine Unaufmerksamkeit — so etwas konnte fatal sein. »Wo müssen wir durch, Aneel?« fragte er.

Der Stellvertreter des Kommandanten zeigte auf eine steinerne Barriere. Sie gehörte zu einem Gebirgsmassiv, das vor der Landegruppe in die Höhe wuchs.

»Der Zugang?«

»Ja, Sir.«

»Und wie, zum *Flarg*, erreichen wir ihn?«

Aneel gestikulierte hilflos. »Ich weiß nicht, Sir.«

Budian seufzte hingebungsvoll. Er konnte Idioten nicht ausstehen, und die Vorstellung, sich selbst zum Narren zu machen, bereitete ihm Unbehagen. Er griff nach seinem Gürtel und zog die Waffe aus dem Halfter. »Zurück«, wies er seine Begleiter an, hielt den Intervaller in beiden Händen und legte an. Er spannte die Muskeln, bereitete sich auf den Rückstoß des Strahlers vor.

Die Entfernung betrug nur drei Meter, und konzentrierte akustische Energie fraß sich in den Fels. Hartes Gestein löste sich auf. Staub wallte, umwogte die Kreel. Budian und seine Gefährten achteten kaum darauf — Schmutz machte ihnen nichts aus.

»Sie schaffen es, Sir!« rief Aneel. Der Kommandant nickte und schoß weiter, nahm den Finger erst vom Auslöser, als die Wolke aus pulverisiertem Granit alle Konturen der Umgebung verschlang.

»Wundervoll, Sir«, sagte Aneel.

»Schweigen Sie.«

»Ja, Sir.«

Budian blieb reglos stehen und wartete darauf, daß sich der Dunst lichtete. Gespannt fragte er sich, welche Geheimnisse der Berg nun für sie enthüllte.

Allmählich wehte der Wind den Staub davon, und einige Sekunden später hielt Budian verblüfft den Atem an.

Er sah eine Öffnung im steilen Hang. Offenbar hatte sich unter dem Fels eine Tür verborgen: Nach wie vor glänzte am Rand ausgefranstes Metall — der Rest war dem Strahl des Intervallers zum Opfer gefallen. Eine Treppe schloß sich an die zerstörte Pforte an.

Die Kreel wechselten kurze Blicke, wichen respektvoll zurück und überließen Budian den Vortritt.

Unter diesen besonderen Umständen hätte der Kommandant gern darauf verzichtet, Anführer der Landegruppe zu sein.

Der Schlachtkreuzer *Kothulu* schwenkte in den Orbit des Planeten, den man schlicht und einfach DQN 1196 nannte. Die Entfernung zur gleißenden roten Sonne betrug rund hundert Millionen Kilometer, und ihr Licht spiegelte sich düster auf stählernen Flanken wider.

»Commander?«

Der Mann im Sessel des Befehlsstands sah nicht sofort auf — man wartete zunächst, wenn man von einem Untergebenen angesprochen wurde. Andernfalls wirkte man zu eifrig und neugierig. Ein guter klingonischer Kommandant erweckte immer den Anschein, als wisse er bereits über alles Bescheid. Die unausgesprochene Botschaft lautete: »Warum brauchen Sie so lange, um das Offensichtliche zu berichten?«

»Commander?« erklang es erneut.

Langsam bis drei zählen, dann: »Ja, Tron?«

»Die Sensoren registrieren Lebensformen auf dem Planeten.«

Der Commander nickte. »Bestimmt Kreel.«

Eine kurze Pause, schließlich nickte Tron. Er verbannte die Bewunderung aus seiner Stimme, als er antwortete: »Ich glaube ja, Sir.« Untergebene ließen es sich nie anmerken, wenn sie von der Geistesgegenwart und Kompetenz ihrer Vorgesetzten beeindruckt wurden.

Der Commander neigte den breiten Kopf ein wenig zur Seite. »Die vom Geheimdienst übermittelten Informationen stimmen also. Kreel-Abschaum treibt sich in diesem System herum.«

»Was könnten die Abscheulichen hier gefunden haben, Commander?« Unmittelbar darauf biß sich Tron auf die Zunge. Fragen deuteten auf begrenzte Kenntnisse hin.

Die spöttische Reaktion des Kommandanten überraschte ihn nicht. »Ja, was wohl, Tron?« erwiderte er so laut, daß ihn die ganze Brückencrew hörte. »Bestimmt irgendwelche Dinge, die nur für eine so primitive Spezies wie die Kreel von Interesse sind.«

Der Commander stand langsam auf. Tron erriet die Absicht seines Vorgesetzten und betätigte einige Interkom-Tasten. »Der Transporterraum meldet Bereitschaft, Sir. Ihr Befehl genügt, um alle georteten Individuen an Bord zu beamen.«

Der Kommandant schnaufte abfällig. »Sollen wir dem Kreel-Gesindel erlauben, unser schönes Schiff zu beschmutzen? Nein, Tron. Stellen Sie ein Landeteam zusammen und sehen Sie sich auf dem Planeten um. Stellen Sie fest, was die Ehrlosen dort entdeckt haben.«

»Ja, Sir«, bestätigte Tron. Seine Stimme klang dumpf.

»Allerdings haben Sie eben darauf hingewiesen, dort unten könne es nichts geben, was für *uns* von Bedeutung wäre.«

»Ja«, entgegnete der Commander ruhig.

»Wieso schicken Sie dann eine Untersuchungsgruppe?«

Der Kommandant drehte sich um, trat auf Tron zu und blieb dicht vor ihm stehen. »Selbst Würmer, die sich durch einen verfaulenden Kadaver fressen, finden manchmal den einen oder anderen Leckerbissen.«

Die Kreel blinzelten verwundert und vergaßen ihre typische Überheblichkeit.

Sie wankten durch die Öffnung im Berghang und begannen damit, eine lange Treppe hinabzuklettern. Dunkelheit umhüllte sie. Jemand hob eine Lampe und richtete den Lichtstrahl nach unten, doch das Schimmern verlor sich irgendwo in der Finsternis. Budian setzte den Weg widerstrebend fort und versuchte, sich seine Nervosität nicht anmerken zu lassen. Die anderen folgten ihm unsicher.

Stufen aus Metall, eine Treppe, die kein Ende zu nehmen schien. Einmal blieb Aneel kurz stehen und sah auf den Stahl – Stahl? – herab. Vergeblich hielt er nach Staub Ausschau und wandte sich mit einer entsprechenden Bemerkung an Budian. »Es ist fast so, als weise die Substanz Schmutz ab«, meinte er.

»Dann können Sie von Glück sagen, daß Sie nicht einfach davongeschleudert werden«, knurrte der Anführer.

Daraufhin entschied Aneel, seine Beobachtungen für sich zu behalten.

Nach einer Weile brachten sie die letzten Stufen hinter sich. Einige Meter entfernt bemerkten sie eine hohe Tür, in deren Metall seltsame Symbole leuchteten – Zeichen, die den Kreel völlig unverständlich blieben. Budian holte tief Luft, und als er sich dem Portal näherte, schwang es lautlos auf.

Licht flutete Aneel und seinen Begleitern entgegen. Sie zwinkerten verwirrt und zogen die Intervaller, um für einen Angriff gewappnet zu sein. Doch es blieb alles still, und die großen Augen der Kreel gewöhnten sich rasch an die Helligkeit.

Sie standen nun vor einem Korridor, der in zwei verschiedene Richtungen führte: breite, runde Tunnel aus massivem Metall.

Die Höhe betrug mindestens sechs Meter. Als Budian genauer hinsah, stellte er fest, daß die Wände aus gewölbten Platten bestanden, jeweils einen knappen Quadratmeter groß und so gut angepaßt, daß man kaum Fugen zwischen ihnen erkennen konnte. Budian strich mit den Fingerkuppen drüber hinweg und spürte nur eine glatte Fläche. Verdutzt schüttelte er den Kopf — und damit auch den Torso. »Wer könnte dies geschaffen haben?« Er flüsterte nur, doch in der Stille klang seine Stimme seltsam laut.

Aneel vollführte eine vage Geste, blieb jedoch stumm. Nun, Budian hatte auch keine Antwort erwartet.

»Dort entlang«, wies er die beiden anderen Mitglieder der Forschungsgruppe an und deutete in den linken Gang. Dann sagte er zu seinem Stellvertreter: »Sie kommen mit mir.«

Aneel war alles andere als begeistert. Die Aussicht, Budian Gesellschaft zu leisten, behagte ihm ganz und gar nicht. Er hätte es vorgezogen, sofort zum Raumschiff zurückzukehren, das *draußen* auf sie wartete und zumindest ein gewisses Maß an Sicherheit versprach.

Einmal mehr bedauerte er es, daß die Kreel über kein Transportersystem verfügten — damit wäre alles einfacher gewesen. Aber solche Techniken wurden nur von den reicheren und höher entwickelten Völkern verwendet, von jenen Rassen, die den Kreel mit Verachtung begegneten. *Oh, wir könnten es ihnen zeigen!* dachte Aneel wütend. *Ja, wir könnten die ganze Galaxis unterwerfen. Mit den Waffen der ... der ...*

Er spuckte. Budian drehte sich um und bedachte ihn mit einem durchdringenden Blick. »Ist das ein Zeichen von Kritik?« fragte er drohend.

»Nein, Sir«, erwiderte Aneel. Sein beiläufiger Tonfall

bewies, daß er die Wahrheit sagte. »Ich habe mich nur gerade an die Klingonen erinnert.«

»Sollen ihre verdammten Schlachtkreuzer verrosten«, zischte Budian. »Möge sich die Sonne ihrer Heimatwelt in eine Nova verwandeln.«

Sie spuckten beide, setzten sich wieder in Bewegung und ließen Speichelflecken auf dem Boden zurück. Die Kreel nutzten praktisch jede Gelegenheit, ihren Erzfeind zu verfluchen; angesichts der klingonischen Überlegenheit mußten sie sich auf Spucke und deftige Ausdrücke beschränken.

Als Budian und Aneel weitergingen, kam es hinter ihnen zu gespenstischer Aktivität. Ein Teil des Boden erschimmerte matt, und der Speichel verschwand spurlos.

»Sie sind nicht hier«, sagte Spyre.

Tron nickte und sah durch die offene Luke des Kreel-Schiffes. Das Ding war kaum mehr als ein zusammengeflicktes Wrack, und Tron bemerkte mindestens vier verschiedene Technologien. Vorsichtig kletterte er ins Innere und wich den größten Schmutzansammlungen aus. Einige Sekunden lang starrte er verblüfft auf die Navigationskontrollen, griff hinter die Schalttafel und fand Klebeband.

Beim Imperator – Klebeband! Es grenzte an ein Wunder, daß dieses Schiff noch nicht explodiert war. Tron ließ das Kabelbündel los und drehte sich zu seinen Leuten um.

»Sucht den Abschaum«, sagte er.

»Sollen wir die Kreel erschießen, wenn wir sie finden?«

Dünne Falten bildeten sich in Trons Stirn. Vor der Großen Erleuchtung hätten die Klingonen kaum gezögert, die *Parasiten* zu töten. »Der Commander entscheidet über ihr Schicksal«, erwiderte er. »Mir wäre es ebenfalls lieber, sie sofort umzubringen, aber wahrscheinlich verfahren wir folgendermaßen mit ihnen...« Tron schnitt eine Grimasse. »Wir werfen sie in ihre Scouteinheit, richten einen Traktorstrahl auf das ›Schiff‹ und bringen es in den interstellaren Raum. Dort überlassen wir die Kreel sich selbst.

Wie dem auch sei: Niemand zwingt uns, das Gesindel freundlich zu behandeln, wenn wir es finden.«

Budian und Aneel konnten es kaum fassen.

Sie wanderten durch mehrere Zimmer, und die Türen glitten sofort auf, wenn sie sich ihnen näherten. Die unterirdische Anlage schien geradezu versessen darauf zu sein, sie in ihre Geheimnisse einzuweihen. In jeder Kammer entdeckten die Kreel...

»Waffen«, sagte Aneel, blieb stehen und berührte ehrfürchtig eine kleine Erg-Schleuder. Im Vergleich mit den recht klobigen Intervallern der Forschungsgruppe wirkte dieser Strahler weitaus anmutiger und eleganter. An seinem Zweck konnte nicht der geringste Zweifel bestehen.

Budian riß seinem Stellvertreter das Artefakt aus der Hand. »Damit könnten Sie sich verletzen«, sagte er scharf. *Oder mich*, fügte er in Gedanken hinzu. »Kommen Sie. Mal sehen, was sich am Ende des Korridors befindet.«

»Aber...« Aneel winkte hilflos. »Sollten wir uns nicht in den anderen Räumen umsehen und die Waffen katalogisieren?«

»Ich bin ziemlich sicher, daß sie nicht einfach verschwinden. Vielleicht lagern sie schon seit einer halben Ewigkeit – oder noch länger – an diesem Ort, und sie werden auch weiterhin hierbleiben. Ich möchte feststellen, was uns diese Anlage außerdem anzubieten hat. Anschließend beginnen wir mit einer gründlichen Inventur. Habe ich mich klar genug ausgedrückt?«

»Ja, Sir«, antwortete Aneel. Es klang nicht sonderlich begeistert.

Sie setzten den Weg fort, und Aneel bemühte sich, nicht zur Seite zu sehen. Nach einer Weile führte der Korridor nach links, beschrieb dann eine weitere Kurve... Budian verharrte abrupt, als er weiter vorn eine Bewegung bemerkte. Er handelte aus einem Reflex heraus, hob die kleine Waffe und betätigte den Auslöser.

Einen Sekundenbruchteil zu spät begriff er, daß er auf ein Mitglied seiner Gruppe feuerte.

Der betreffende Kreel hob die Hände.

»Halt, ich bin...«, begann er – und löste sich auf. Es zuckte kein Blitz aus dem Lauf des Strahlers. Nur ein vages Glühen löste sich vom Projektionsfokus, und unmittelbar darauf existierte der Kreel nicht mehr. Ebensogut hätte Budian eine holografische Darstellung desaktivieren können.

»Erschrecken Sie mich nicht so!« donnerte der Kommandant. Sein Blick galt leerer Luft – es ging alles so schnell, daß er gar nicht begriff, *was* geschah. »Ich hasse es, wenn...« Er unterbrach sich abrupt, als er verstand.

Budian starrte auf die Stelle, an der eben noch jemand gestanden hatte, wandte sich dann an die beiden anderen Kreel. Sie wichen einen Schritt zurück, als fürchteten sie, es könne ihnen ähnlich ergehen.

Budians Hand schloß sich fester um den Kolben der Waffe. »Begleiten Sie mich«, sagte er und winkte. Die beiden Männer folgten ihm stumm.

Die Korridore bildeten einen Rundgang, an den sich eine weitere Passage anschloß. Budian und seine beiden Gefährten folgten ihrem Verlauf, schritten an Zimmern mit faszinierender Technologie vorbei, sahen Wandinschriften, deren Bedeutung ihnen ein Rätsel blieb.

Schließlich fanden sie sich in einer Sackgasse wieder.

Eine besonders große und massive Tür versperrte ihnen den Weg. In einem sägezahnartigen Muster trafen die beiden Seiten aufeinander – wie ein hungriges Maul, das jeden zermalmen konnte, der sich zu nahe heranwagte. Rechts befand sich eine kleine Schalttafel aus bunten, rechteckigen Kontrollflächen. Zehn vertikal, vier horizontal. Insgesamt vierzig.

Die Tür öffnete sich nicht.

Budian trat auf sie zu und wartete vergeblich auf eine Reaktion der beiden metallenen Flügel. Vielleicht stellte die Pforte schon seit Jahrtausenden eine Barriere dar – und offenbar hatte sie die Absicht, auch weiterhin geschlossen zu bleiben.

»Geben Sie gut acht«, wies Budian seine Begleiter an. Er hob die fremde Waffe, zielte und feuerte.

Die Tür schien nicht viel davon zu halten: Der Strahler verschwand.

Zusammen mit der Hand.

Einfach so. Budians rechter Arm endete nun am Handgelenk, in einem kauterisierten Stumpf.

Der Anführer des Forschungsteams starrte verblüfft darauf herab, und eine sonderbare Benommenheit erfaßte seine Gedanken. Die beiden anderen Kreel schnappten entsetzt nach Luft – eine Bestätigung dafür, daß Budian keineswegs an Halluzinationen litt. Diese Erkenntnis führte zu einem Schock. Der Kommandant taumelte zurück, lehnte sich an die Wand und umklammerte den Stumpf mit der linken Hand.

Er versuchte, Finger zu krümmen, die überhaupt nicht mehr existierten. Er spürte sie ganz deutlich – oder glaubte es wenigstens. Und während er voller Grauen die hornige Schicht am Unterarm beobachtete, gellte es hinter seiner Stirn: *Die Hand ist noch immer da! Ich* fühle *sie!*

»Sir...«, brachte Aneel hervor. »Ist alles in Ordnung mit Ihnen?«

Die unerhörte Dummheit dieser Frage verschlug Budian die Sprache.

»Wir...« Der dritte Kreel namens Deni räusperte sich. »Wir sollten zum Schiff zurückkehren.«

»Nein.« Kaum mehr als ein Hauch.

»Aber...«

»*Nein!*« knurrte Budian. Erster Schmerz tastete an den abgetrennten Nervenbahnen entlang, doch der Kommandant verdrängte ihn aus seinem bewußten Empfinden, nahm sich vor, später zu schreien, in seiner Kabine an Bord der Scouteinheit. Nicht hier. Nicht jetzt. »Nein. Zuerst öffnen wir diese verdammte Tür.«

Aneel und Deni machten kein Hehl aus ihrer Betroffenheit. Ganz offensichtlich befürchteten sie, daß Budian ihnen den Befehl gab, ebenfalls auf das Portal zu schießen. Sie wechselten einen heimlichen Blick und beschlossen wortlos, ihren Vorgesetzten zu töten, falls er sie zu einem derart verhängnisvollen Handeln aufforderte.

Glücklicherweise — in erster Linie für Budian, mag man annehmen, obwohl es eigentlich gar keine Rolle spielte — dachte der Kommandant gar nicht daran, eine solche Anweisung zu geben. Statt dessen nahm er seine ganze Kraft zusammen, stieß sich von der Wand ab und näherte sich der Schaltfläche. Er hielt den Stumpf in der linken Armbeuge, und allmählich ließ das schmerzhafte Stechen ein wenig nach. Dennoch zweifelte er nicht daran, daß er die fehlende Hand noch monatelang spüren würde.

Er strich über die Kontrolltafel, und daraufhin leuchteten die vierzig farbigen Rechtecke auf. Ein leises Summen ertönte, und bunte Lichter spiegelten sich in Budians faltigem Gesicht wider.

»Eine Art Kombinationsschloß«, brummte er. »Wahrscheinlich muß man die einzelnen Komponenten in einer bestimmten Reihenfolge berühren.«

»Wie... wie öffnen wir das Portal?« fragte Aneel.

»Indem wir es mit verschiedenen Kombinationen versuchen — bis wir die richtige finden.«

»Aber das könnte ziemlich lange dauern...«

Budian drehte sich ruckartig zu ihm um. Zorn funkelte in seinen Augen. »Diese verdammte Tür hat mich eine Hand gekostet! Ich werde feststellen, was sich hinter ihr befindet! Wer auch immer diese Anlage baute: Die Unbekannten hinterließen Waffen, die weitaus mächtiger sind als unsere. Vielleicht auch besser als die der Klingonen. Aber offenbar hielten sie es für angebracht, *irgend etwas* hinter einer Pforte zu verbergen, die sich nicht so ohne weiteres öffnen läßt. Ich will herausfinden, um was es sich handelt, klar?«

Er wandte sich erneut der Kontrollfläche zu und berührte mehrere Rechtecke. Sie glühten auf, und jedesmal ertönte ein leises *Ping* in einer anderen Tonhöhe. Doch die Tür... Sie blieb weiterhin geschlossen, weigerte sich hartnäckig, ihr Geheimnis preiszugeben.

Plötzlich erklang ein fast schrilles Heulen.

Budian sah seine beiden Männer an, die zwei Meter entfernt standen. »Was halten Sie davon?«

Es begann grotesk. Während Budian auf eine Antwort wartete, beobachtete er, wie sich Aneels Gesicht in eine Fratze des Entsetzens verwandelte. Deni keuchte und wich einen Schritt zurück.

Budian gewann den Eindruck, als wüchsen die beiden Kreel, doch kurz darauf gelangte er zu dem durchaus richtigen Schluß, daß er schrumpfte.

Er sah an sich herab und erkannte die gräßliche Wahrheit.

Er löste sich auf.

Seine Füße verloren ihre Form, verwandelten sich in eine breiige Masse. Noch während er sich zu dieser Feststellung durchrang, erfaßte der Veränderungsprozeß auch die Schienbeine und Knie. Irgend etwas zischte leise — das war alles. Es stank nicht nach verbranntem Fleisch. Es floß auch kein Blut. Budian fühlte nicht einmal Schmerzen.

Er klappte den Mund auf und gab völlig unverständliche Lautfolgen von sich. Furcht und Schrecken erfaßten ihn, als er beobachtete, wie sein Körper, sein herrlicher Leib, Molekül um Molekül zerstört wurde.

Er brüllte und schrie, aber er verzichtete darauf, um Hilfe zu flehen. So etwas gehörte sich nicht für einen Kreel. Auf grauenhafte Art und Weise sterben, ja — aber am Stolz festhalten.

Der Brustkorb verschwand ebenfalls, und Budian blieb nach wie vor bei Bewußtsein. Er konnte sehen und hören und fühlte. Er *wußte,* was mit ihm geschah.

Bei allen Göttern! fuhr es ihm durch den Sinn. *Es soll aufhören, endlich aufhören!* Doch das verheerende Etwas kroch weiter empor, erreichte den Hals... Der Kopf fiel zu

Boden und schmolz, aber das Gehirn starb nicht sofort, empfing Eindrücke, verarbeitete sie.

Die Augen übermittelten Budian ein letztes Bild: Aneel und Deni grinsten breit.

Kurz darauf erglühte der Boden und verschluckte die Reste des Kreel-Commanders.

Tron stand am steilen Hang, starrte in die Öffnung und betrachtete erstaunt die Metallreste einer Tür. »Wie ist das möglich?« murmelte er. »Wie konnten unsere Forschungsgruppen diese Anlage übersehen?«

Es war natürlich eine rhetorische Frage. Tron und seine Begleiter befanden sich zum erstenmal auf dem Planeten, und deshalb wußte niemand eine Antwort. Einer der anderen Klingonen dachte: *Vielleicht wollte sie sich nicht entdecken lassen*. Nichts weiter als eine private Spekulation, auf den mentalen Kosmos beschränkt. Der entsprechende Mann hielt es für unangebracht, sich mit einem solchen Hinweis an Tron zu wenden.

Zufälligerweise hatte er recht. Aber die anderen Klingonen wären ohnehin nicht bereit gewesen, ihm zu glauben.

»Na schön«, sagte Tron und winkte. »Sehen wir uns die Sache aus der Nähe an.«

»Komm nur, klingonisches Schwein«, erklang eine kehlige Stimme in der Höhle. Der Akzent war unverkennbar.

Tron verzog das Gesicht. »Rieche ich da Kreel-Gestank in...«

Weiter kam er nicht. Links neben ihm explodierte etwas, und jähes Feuer verbrannte einen Klingonen zu Asche.

Tron reagierte sofort. »Rückzug!« rief er, und die Angehörigen der Landegruppe zögerten nicht, entfernten sich vom Hang und schossen auf den Zugang. Strahlblitze rasten in die Schwärze, kochten über blankes Metall.

Aneel und Deni erwiderten das Feuer. Tron und seine Gefährten ahnten nicht, daß sie sich auf den Stufen der langen Treppe duckten: Die destruktive Energie der klingonischen Waffen brodelte über die Kreel hinweg.

Ein dünner Strahl zuckte aus der Höhle, zischte an einem Klingonen vorbei, der hinter einem Felsen in Deckung lag.

Plötzlich entfaltete das Lichtbündel ein gespenstisches Eigenleben, änderte den Kurs und bohrte sich in den ungeschützten Leib des Klingonen.

Tron ächzte innerlich und schaltete seinen Kommunikator ein. »Commander!«

»Ja?« tönte eine ruhige Stimme aus dem kleinen Lautsprecher.

»Beamen Sie uns an Bord, Sir. Sofort!«

»Berichten Sie.«

»Wenn Sie uns nicht auf der Stelle zurückholen, *Sir*, haben wir keine Möglichkeit, über irgend etwas zu berichten.«

Unmittelbar darauf spürte Tron das leichte Prickeln der Transferenergie. Zusammen mit den anderen überlebenden Mitgliedern des Einsatzteams materialisierte er im Transporterraum der *Kothulu*.

Als der Teamleiter von der Plattform trat, setzte sich der Kommandant mit ihm in Verbindung und forderte Tron auf, *unverzüglich* zur Brücke zu kommen. Er verlangte eine Erklärung dafür, wieso eine einfache planetare Mission in einem derartigen Fiasko enden konnte.

»Der Schrei, Sir.«

Tron verharrte am Schott und drehte sich zu seinen Begleitern um. Einer von ihnen — ein Techno im ersten Jahr — trat etwas näher. »Der klingonische Todesschrei. Für unsere gefallenen Kameraden.«

Tron war kein Traditionalist, hielt es jedoch für besser, nicht darauf hinzuweisen. Trotzdem erwiderte er: »Meine vorrangige Pflicht besteht darin, den Kontrollraum aufzusuchen und dem Commander Bericht zu erstatten, Novize. Sonst werden vielleicht noch zusätzliche Todesschreie notwendig.«

Deni und Aneel wichen rasch zurück, als sie das Summen

des Transferfeldes hörten. Noch vor kurzer Zeit hätten sie die Klingonen um ihre überlegene Technik beneidet, doch jetzt spürten sie nur die Aufregung eines kleinen Kindes, das den Schlüssel zu einem Süßigkeitenladen bekommen hat.

Aneel sah sich in einem Zimmer um, als er Schritte hörte. Er wirbelte um die eigene Achse und hielt die Waffe bereit. Zum Glück war er ein wenig vorsichtiger als Budian, und deshalb blieb Deni der Tod erspart. Der andere Kreel trug eine große Waffe: Er schlang beide langen Arme darum, ohne daß sich die Hände trafen. Der Apparat glänzte glatt und silbrig, und die Mündung – wenn es sich wirklich um eine solche handelte – durchmaß fast einen halben Meter.

Aneels große Augen wurden noch größer.

»Was ist das, beim *Flarg?*«

Deni neigte den Kopf so weit wie möglich zur Seite. »Keine Ahnung! Aber die Ausmaße...«

»Sind enorm. Sicher eine besonders gute Waffe.«

Die Vorrichtung piepte leise.

Die beiden Kreel sahen sich an. »Was haben Sie damit gemacht?« fragte Aneel.

»Nichts! Überhaupt nichts, ich schwöre es. Das Ding wird von ganz allein aktiv.«

»Nach draußen! Wenn eine Explosion droht... Hier drin könnte zuviel beschädigt werden!«

Deni schnaufte und setzte sich schwerfällig in Bewegung. Aneel griff ebenfalls mit zu, stützte den Apparat. Die beiden Kreel liefen los und brachen alle Geschwindigkeitsrekorde, als sie durch den Korridor eilten und die Treppe hochstürmten. Einige hundert Meter vor dem Höhlenzugang stellten sie die Waffe so auf dem Boden ab, daß die Mündung nach oben wies. Doch die Metallmasse blieb nicht etwa ruhig liegen, sondern rollte zur Seite, direkt auf Aneel zu. »Helfen Sie mir!« wandte er sich an Deni.

In diesem Augenblick begann das Etwas zu sprechen.

»Zielerfassung«, sagte eine sanfte, weiblich klingende Stimme auf Kreel.

Aneel und sein Gefährte erstarrten förmlich, doch es dauerte nicht lange, bis Deni eine Grimasse schnitt. »Eine Frauenwaffe«, sagte er abfällig.

»Seien Sie kein verdammter Idiot!« entgegnete Aneel scharf. Als sie den Apparat aufrichteten, fügte er vorsichtig hinzu: »Welches Ziel erfaßt du, Waffe?«

»Das Raumschiff im Orbit. Möchten Sie eine visuelle Darstellung?«

»Ja.«

Die Luft vor den beiden Kreel schimmerte, und plötzlich bildete sich ein Hologramm: Sterne leuchteten, und in der Schwärze des Alls schwebte ein klingonischer Schlachtkreuzer, wirkte seltsam friedlich, obgleich er ein tödliches Potential in sich barg.

»Ich warte auf Anweisungen«, sagte die Waffe.

Aneel und Deni wechselten einen kurzen Blick. Für einen Sekundenbruchteil bedauerte Aneel den Tod des Kommandanten: Budian hatte immer schnelle Entscheidungen getroffen. Dann erinnerte er sich an die gräßliche Metamorphose, an die gallertartige Masse, die spurlos im Boden verschwand. Aneel rang sich zu der Erkenntnis durch, daß ihm nichts anderes übrigblieb, als selbst einen Beschluß zu fassen.

»Schieß auf das Schiff«, sagte er.

»Zu Befehl.«

Völlig lautlos wuchsen drei Streben aus dem metallenen Leib der Waffe, verliehen ihr Halt und Stabilität. Aneel und Deni rissen die Augen auf. Als sie das Gebilde nicht länger stützen mußten, begriffen sie plötzlich, welcher Gefahr sie sich aussetzten. Was auch immer passieren mochte: Die beiden Kreel zogen es vor, die Ereignisse aus sicherer Entfernung zu beobachten.

Sie rannten davon.

»Sie haben sich von einigen lausigen Kreel in die Flucht schlagen lassen?« fragte der klingonische Commander langsam.

Er zog jedes einzelne Wort in die Länge, zeigte offen Verachtung. Tron verlagerte sein Gewicht voller Unbehagen aufs andere Bein, hütete sich jedoch davor, beschämt den Kopf zu senken.

Der Kommandant erhob sich, trat auf seinen Untergebenen zu. »Und Sie sind dreist genug, mir einen solchen Bericht zu erstatten? Wollen Sie den Rest Ihres Lebens in Ungnade verbringen?«

Tron gab keine Antwort. Er wußte auch gar nicht, was er erwidern sollte. Jeder Klingone zog ein Todesurteil vor. Ungnade bedeutete, daß man Freunde, Besitztümer und Privilegien verlor. Alles. Sogar den ... Namen.

»Commander!«

Die Warnung stammte von der wissenschaftlichen Station. Der Kommandant drehte sofort den Kopf, denn er hörte die deutliche Besorgnis in der Stimme des Offiziers. Tron seufzte lautlos, dankbar dafür, daß die Aufmerksamkeit seines Vorgesetzten nun jemand anders galt. Doch der Commander bedachte ihn mit einem letzten Blick. *Aufgeschoben ist nicht aufgehoben,* teilte das Funkeln in den dunklen Pupillen mit.

»Was ist?«

»Ich registriere energetische Emissionen auf dem Planeten, Sir. Eine überaus starke Entladung.«

Der Commander runzelte die Stirn, beugte sich vor und sah auf die Instrumente. »Was haben die verdammten Kreel vor?« knurrte er. »Nun, mir reicht's jetzt. Transporterfokus ausrichten – wir beamen den Abschaum an Bord. Ich verabscheue die Vorstellung, derartigen Schmutz in unser schönes Schiff zu holen, aber da sich die Angehörigen der von mir ausgeschickten Landegruppe als unfähig erwiesen, sehe ich keine andere Möglichkeit.« Der Commander musterte Tron eisig.

»Sir, der Computer hat gerade die Deflektoren aktiviert.«

Erneut wandte sich der Kommandant ruckartig um, sah auf den Wandschirm und rechnete mit der Präsenz eines anderen Raumschiffes. Doch das Projektionsfeld zeigte nur den Planeten.

»Grund?« fragte er.

Irgend etwas riß den klingonischen Kreuzer aus der Umlaufbahn.

Eine gewaltige Faust schien ihn zu treffen, und das Schiff schlingerte, drehte sich um die eigene Achse, als es durch den Raum raste. Die Andruckabsorber versagten, und das Trägheitsmoment schuf völliges Chaos in der *Kothulu*. Dutzende von Besatzungsmitgliedern verloren den Halt, prallten an Wände und Decken. Wie durch ein Wunder gab es nur ein Opfer zu beklagen: Ein Techniker im Maschinenraum fiel so unglücklich, daß er sich das Genick brach.

»Stabilisierung!« donnerte der Commander überflüssigerweise. Der Steuermann handelte bereits, betätigte mehrere Tasten auf seinem Pult. Korrekturtriebwerke feuerten, doch ihr Schub genügte nicht.

Der Kommandant versuchte vergeblich, sich irgendwo festzuhalten, stieß gegen Tron. »Computer!« rief der Commander. »Befristete Prioritätsüberlagerung der manuellen Kontrolle. Stabilisierung!«

Klingonen neigten dazu, die wichtigsten Bordsysteme selbst zu überwachen. Sie legten großen Wert darauf, ständig Herr der Lage zu sein, wollten ihr Schicksal keiner Maschine überlassen. Doch die Anweisung des Kommandanten gab dem Elektronengehirn an Bord zumindest zeitweiligen Vorrang. Der Computer führte einige Berechnungen durch, die nur wenige Nanosekunden dauerten, und anschließend übermittelte er alle notwendigen Impulse an die sekundären Steuerungskomponenten. Erneut grollten die Triebwerke und reduzierten die Eigenbewegung des Kreuzers.

Mehrere Sekunden lang herrschte völlige Stille auf der Brücke, und alle Blicke galten dem Commander.

Der Kommandant sah auf den Wandschirm und hielt zunächst vergeblich nach dem Planeten Ausschau. Er entdeckte ihn schließlich als kleinen, blassen Fleck in einer Ecke des Projektionsfelds.

»Steuermann...«, sagte er. »Bringen Sie uns auf Gefechtsreichweite heran. Waffenstationen — Bereitschaft. Zielen Sie auf die Lebensformen und eröffnen Sie das Feuer. Tron...«, fügte er hinzu. »Sollten Sie nicht auf Ihrem Posten sein?« Damit gab der Commander zu erkennen, daß Tron vielleicht doch keine Schuld traf.

Der Leiter des Einsatzteams fühlte, wie die Anspannung aus ihm wich. »Wie Sie wünschen, Sir.«

Der Schlachtkreuzer näherte sich dem Planeten; die Klingonen konnten es gar nicht abwarten, ihre Bordgeschütze einzusetzen und es den Kreel heimzuzahlen.

Sie machten den Fehler, die Situation völlig falsch einzuschätzen. Vielleicht glaubten sie sich nun besser vorbereitet. Vielleicht waren sie davon überzeugt, daß sich eine derartige Demütigung nicht wiederholen konnte.

Was auch immer der Grund sein mochte: Niemand von ihnen dachte an die Möglichkeit, daß die planetare Waffe eine größere Reichweite hatte als die Intervaller und Phaser der *Kothulu*. Als es zu einer zweiten Entladung kam, wurde deutlich, daß die erste kaum mehr als ein Warnschuß gewesen war.

Ein dicker Strahl aus konzentrierter Energie raste heran und durchdrang die Deflektoren so mühelos, als existierten sie überhaupt nicht. Er leckte über den Rumpf des Kreuzers, traf die linke Warpzelle und brachte sie zur Explosion. Jetzt ertönten tatsächlich Todesschreie, als Klingonen starben. Sie verbrannten im Feuer. Detonierende Akkumulatoren zerfetzten ihre Körper. Einige wurden von ausströmender Luft ins All gezerrt, und ein erbarmungsloses Vakuum ließ ihre Leiber platzen.

Der Kommandant des beschädigten Raumschiffes zeigte eine steinerne, ausdruckslose Miene. Er fürchtete sich nicht vor dem Tod, doch jetzt stand mehr auf dem Spiel als nur sein eigenes Leben und das der Besatzungsmitglieder. Er mußte dem Imperium eine Warnung bringen, darauf hinweisen, daß sich das Machtgleichgewicht geändert hatte: Ein unreifes, kriegerisches Volk schickte sich an, zu einer echten Gefahr zu werden.

»Bringen Sie uns fort von hier«, wandte sich der Commander an den Steuermann.

»Das Warptriebwerk ist nicht mehr voll einsatzfähig, und die Navigationssysteme...«

»Bringen Sie uns fort von hier!« zischte der Kommandant. »Das Wie ist mir völlig gleich. Geben Sie Schub, verdammt!«

Einige Minuten später nahm die *Kothulu* Fahrt auf und entfernte sich von dem Planeten.

KAPITEL 1

Wesley Crusher lauschte aufmerksam, hielt die Luft an und versuchte, seine Wahrnehmungen zu ordnen.

Er hockte dicht neben einem Baum, hielt den Phaser in der rechten Hand und ließ seinen Blick langsam über die nahen Büsche schweifen. Die Blätter raschelten in einer leichten Brise...

War es wirklich nur der Wind? Oder...

Rasch legte er an und zielte auf einen Strauch, dessen Zweige sich stärker bewegten, als es eigentlich der Fall sein sollte. Er betätigte kurz den Auslöser, rechnete damit, daß ein bewußtloser Gegner zu Boden fiel.

Nichts dergleichen geschah. Es raschelte noch immer, und ansonsten blieb alles still.

Verärgert schürzte Wesley die Lippen und verscheuchte eine Fliege, die auf seiner Nasenspitze Platz nehmen wollte.

Plötzlich spürte er etwas am Stiefel. Er senkte den Blick und bemerkte einen mit langen Beißzangen ausgestatteten, faustgroßen Käfer, der seinen großen Zeh für einen Lekkerbissen zu halten schien.

Der Junge sprang zur Seite, schüttelte sich voller Abscheu und stieß das Insekt fort.

Genau in diesem Augenblick raste ein Phaserstrahl an ihm vorbei – der Blitz hätte ihn sicher getroffen, wenn er nicht zurückgewichen wäre –, streifte den Baum und verkohlte einen Teil der Borke.

Wesley ließ sich fallen, prallte mit dem linken Ellenbogen auf einen Stein und stöhnte schmerzerfüllt.

»Ich hasse das«, murmelte er, als er sich zur Seite rollte und durch einige Büsche kroch, die zumindest ein wenig Schutz gewährten.

Doch dahinter erwartete ihn eine Überraschung. Eine steile Böschung schloß sich an, und Wesley reagierte nicht rechtzeitig, rutschte ab. Loses Geröll folgte ihm. *»Ich hasse das, ich hasse das, ich hasse das«*, preßte er immer wieder hervor, während er danach trachtete, sich an Wurzeln festzuhalten. Sie waren wenig kooperativ, lösten sich aus dem Boden.

Wesley blieb am Ende des Hanges liegen: das sorgfältig gekämmte Haar zerzaust, die Kleidung völlig verschmutzt, einige Kratzer an den Wangen. Der linke Arm schmerzte noch immer.

Und während sich um ihn herum alles drehte – die Sonne strahlte so unbekümmert auf ihn herab, als liege er entspannt an einem Strand –, sagte er laut und deutlich: »Oh, wie ich das hasse!«

Kurz darauf fiel ein Schatten auf ihn. Jemand stand oben an der sechs Meter hohen Böschung und beobachtete ihn lächelnd.

»Du bist tot, Orange«, sagte die Gestalt.

Wesley sammelte seine ganze Kraft und warf sich nach rechts. Erneut zischte ein Phaserstrahl und verfehlte ihn nur knapp. *Er spielt mit mir,* begriff der Junge. *Das wird er gleich bereuen.*

Er hob den rechten Arm, legte an und schoß.

Nun, das war zumindest seine Absicht. Allerdings mußte Wesley feststellen, daß er keinen Strahler in der Hand hielt, sondern eine Wurzel.

Erschrocken stellte er sich der Erkenntnis, daß er den Phaser während des Sturzes verloren hatte. *Jetzt bin ich erledigt,* fuhr es ihm durch den Sinn. Er neigte den Kopf nach hinten, blickte in die Höhe – und die Gestalt am Hang drückte ab.

Der Blitz traf ihn mitten auf der Brust.

Wesley sank zurück und rührte sich nicht mehr.

Tot.

»Es hat dich erneut erwischt!« rief der Gegner. »Du konntest es noch nie mit mir aufnehmen.«

Commander William Riker ging zielstrebig durch einen Korridor und ahnte nichts von Wesley Crushers Schicksal.

In Starfleet salutierte man längst nicht mehr, und selbst wenn man an dieser Tradition festgehalten hätte: Die vielen Zivilisten, denen Riker unterwegs begegnete, unterlagen keinen militärischen Pflichten. Dennoch blieben sie nicht völlig gleichgültig. Die Männer und Frauen nickten ihm zu, lächelten oder winkten kurz. Alle Personen an Bord grüßten ihn auf die eine oder andere Weise.

Respekt? fragte sich der Erste Offizier. Ja, sicher. Aber das erklärte nicht alles. Zuneigung. Echte Sympathie. Man *mochte* ihn. Die Raumschiffe der Galaxis-Klasse boten mehr als tausend Passagieren – wenn diese Bezeichnung zutraf – und Crewmitgliedern Platz; bevor Riker seinen Dienst auf der *Enterprise* angetreten hatte, hätte er geschworen, daß es unmöglich war, beliebt zu sein und gleichzeitig respektiert zu werden. Autorität erforderte Autorität – Punktum. Schon in einer frühen Phase seiner Karriere traf William Riker die Entscheidung, dem Respekt *seiner* Leute absoluten Vorrang einzuräumen. Er glaubte, es sei ihm völlig gleichgültig, ob er die Sympathie der Untergebenen genoß oder nicht – solange niemand seine Autorität in Frage stellte.

Damals gelang es ihm fast, sich davon zu überzeugen, Beliebtheit sei völlig unwichtig.

Fast.

Riker begegnete einigen besonders gutaussehenden jungen Frauen, die ihm anerkennende Blicke zuwarfen, und kam daraufhin zu dem Schluß, daß Popularität auch einige Vorteile hatte.

Es gefiel ihm, daß man ihn mochte, und als er sich diesen Aspekt seines Charakters eingestand, erwachten andere Dinge in ihm.

Zum Beispiel sein Sinn für Humor.

Er entsann sich an den zweiundsiebzigstündigen Landurlaub vor knapp zwei Wochen. Noch nie zuvor hatte er seinen Dienst so lange unterbrochen, und wenn es nach ihm gegangen wäre...

»Sie müssen ein wenig ausspannen, Nummer Eins«, sagte Jean-Luc Picard, und es klang wie eine Gewißheit, an der überhaupt kein Zweifel bestehen konnte. Picard, Captain der *Enterprise*, saß in seiner Kabine, strahlte den Frieden und die ruhige Zuversicht eines Buddha aus. Riker kannte den besonderen Gesichtsausdruck seines Vorgesetzten. Eine solche Miene trug Picard zur Schau, wenn sein Beschluß bereits feststand. Er ließ sich nur deshalb auf eine Diskussion ein, um nicht den Eindruck zu erwecken, einen direkten Befehl zu geben.

»Mit allem gebührenden Respekt, Captain... Ich muß Ihnen widersprechen. Gibt es an meinen Leistungen irgend etwas auszusetzen?«

»Nein«, erwiderte Picard und preßte die Fingerspitzen aneinander.

»Dann sehe ich keinen Grund dafür, derartige Maßnahmen zu ergreifen.«

»Es handelt sich nicht um eine ›Maßnahme‹, Nummer Eins«, sagte Picard. »Die meisten Leute sähen kaum eine Strafe darin, Urlaub zu machen. Für gewöhnlich gilt so etwas als Belohnung für gute Arbeit.«

»Mag sein. Aber ich ziehe es vor, meine Pflichten an Bord der *Enterprise* wahrzunehmen.«

»Zufälligerweise bin ich der Kommandant dieses Schiffes, und meine Aufgabe besteht auch darin, die Pflichten anderer Leute zu bestimmen. Deshalb schicke ich Sie für zweiundsiebzig Stunden nach Gamma Origi III. Der Planet bietet ein entspannendes Ambiente, das den freundlicheren Regionen Alaskas ähnelt. Weisen Sie mich jetzt bitte nicht darauf hin, Sie könnten zusätzliche Zeit auf dem Holodeck verbringen. Die Simulatoren sind wirklich gut, aber GO III ist *echt*. Bestimmt fühlen Sie sich dort wie zu Hause.«

»Sir, ich habe einen großen Teil meines Lebens in Alaska verbracht und denke gern daran zurück, aber...« Riker gestikulierte vage. »Mein Heim ist...«

»Hier.« Picard nickte. »Ich weiß Ihren Diensteifer zu schätzen...«

»Captain...«

»Nummer Eins«, sagte Picard scharf. Offenbar hielt er es für sinnlos, das Gespräch fortzusetzen. »Ich habe Ihren Protest zur Kenntnis genommen und gebe Ihnen hiermit die ausdrückliche Order, den Planeten zu besuchen und dort drei angenehme Tage zu verbringen. Wenn Sie nicht gehorchen, stecke ich Sie in eine Photonenkapsel und schieße Sie höchstpersönlich nach GO III.«

»Ich nehme an, das ist Ihr letztes Wort, Sir«, entgegnete Riker.

»Nein. Mein letztes Wort lautet: *Bis bald.*«

Und so machte sich Riker auf den Weg, brummte die ganze Zeit über vor sich hin. Er wußte natürlich, wem er seinen erzwungenen Urlaub verdankte: der Bordcounselor Deanna Troi. Nur sie kam in Frage. Wer maßte sich sonst an, das Wohlbefinden des Ersten Offiziers zu beurteilen?

Er konnte sich vorstellen, welche Worte sie an Picard gerichtet hatte. »Ich spüre eine gewisse Anspannung in Commander Riker.« Er hörte sogar ihre melodische Stimme. »Er verlangt viel von sich und glaubt, für alle Personen an Bord verantwortlich zu sein, auch — und gerade — für Sie, Captain. Er bemüht sich so sehr um Selbstbeherrschung und -disziplin, daß er riskiert, dadurch den gegenteiligen Effekt zu erzielen. Er braucht dringend eine Gelegenheit, sich außerhalb des Schiffes zu entspannen, ob er möchte oder nicht.«

Was hatte Geordi LaForge einmal über die Counselor gesagt, leise und hinter vorgehaltener Hand? »Deanna Troi, interstellare *Yenta.*« Es klang amüsiert, und Riker sah in den linguistischen Datenarchiven nach, um zu verstehen, was der Ausdruck *Yenta* bedeutete: jiddischer Slang für ›Einmischer‹, für jemanden, der seine Nase dauernd in Dinge steckte, die ihn nichts angingen. Als er begriff, was Geordi meinte, lachte er ebenfalls — wobei er sich vorher vergewisserte, daß ihn niemand beobachtete.

Eine durchaus zutreffende Bezeichnung, fand er. Vermutlich hätte sich Deanna selbst dann auf diese Weise verhalten, wenn es nicht ihre Pflicht gewesen wäre, sich um die Psyche der Besatzungsmitglieder zu kümmern. In einem solchen Fall fehlte ihr nur eine Rechtfertigung.

Erstaunlicherweise behielt Deanna recht. Riker brauchte *wirklich* eine Abwechselung. Er merkte es am zweiten Tag seines Exils, als er eine eisverkrustete Felswand erkletterte. Ein seltsam vertrautes Gefühl entstand in ihm: Entspannung. Ihm war, als habe er ein Jahr lang die Luft angehalten, als könne er nun endlich ausatmen.

Die Tatsache, daß Deanna eine richtige Diagnose gestellt hatte, änderte natürlich nichts an Rikers Ärger über die Verbannung von der *Enterprise*. Er entschied, sich auf harmlose Art und Weise an den beiden Personen zu rächen, die dafür verantwortlich zeichneten. Der Erste Offizier wußte noch nicht so recht, wie er es der Counselor heimzahlen sollte, doch was den Captain betraf, fiel ihm schon bald etwas ein.

An Rikers Respekt Picard gegenüber konnte nicht der geringste Zweifel bestehen, aber trotzdem freute er sich insgeheim darüber, daß er sein Ziel erreicht hatte — obwohl er bisher vergeblich hoffte, daß sich der Captain etwas anmerken ließ.

Die Gedanken der ›Nummer Eins‹ kehrten in die Gegenwart zurück, als er die Präsenz des Kommandanten spürte, ohne ihn zu sehen. »Guten Tag, Captain«, sagte er und drehte sich nicht um.

»Mr. Riker ...« Picard nickte knapp und paßte sich dem Schritt seines Ersten Offiziers an. Genauer gesagt: Er ging etwas langsamer. Der Captain war zwar einen halben Kopf kleiner, aber Riker gewann häufig den Eindruck, daß er sich beeilen mußte, um nicht den Anschluß zu verlieren. »Auf dem Weg zur Brücke?«

Riker ahnte, warum es Picard vermied, den Blick auf ihn zu richten. Er lächelte innerlich. »Ja, Sir.«

»Gut. Wann erreichen wir Dädalus IV?«

Riker argwöhnte, daß der Captain genau Bescheid wußte, ihn nur auf die Probe stellte. »In vierzehn Stunden, Sir.«

Picard nickte. »Es ist schon eine ganze Weile her, seit die Kolonisten zum letztenmal offiziellen Besuch von der Föderation erhielten.«

»Ja, Captain.«

»Freut mich, daß wir in diesem Punkt einer Meinung sind, Nummer Eins.«

Picard sah ihn noch immer nicht an! Riker hätte am liebsten schallend gelacht.

Sie erreichten den Turbolift, und die beiden Türhälften glitten gehorsam auseinander. Riker blieb stehen, überließ Picard den Vortritt. Als er ihm folgen wollte, rief jemand: »Bitte warten Sie!«

Der Erste Offizier drehte sich um, und der Captain verschwand hinter seiner breitschultrigen Gestalt. Eine junge Frau – sie mochte etwa achtzehn sein, und Riker versuchte, sich an ihren Namen zu erinnern – lief auf ihn zu, schien zu befürchten, daß sich die Liftkabine ohne sie in Bewegung setzen konnte. Sie trug eine hautenge, goldgelbe Kombination, und die Hosenbeine wiesen lange Ausschnitte auf.

In der Tür blieb sie stehen, verhinderte somit, daß sich der Zugang wieder schloß. Der Turbolift wartete geduldig. »Commander...«, brachte die junge Dame atemlos hervor.

»Ja?« Riker lächelte. »Kann ich Ihnen irgendwie behilflich sein, Miß...« – in seinem Gedächtnis machte es *Klick* – »...Chase?«

»Meine Freunde nennen mich Bobbi«, hauchte sie. »Und ich wollte nur sagen...« – sie strich kühn über Rikers Wangen – »...daß er mir gefällt. Wollen Sie ihn behalten? Damit wirken Sie *seeehr* sexy.«

Jemand räusperte sich demonstrativ, und Bobbi sah an Riker vorbei, riß die Augen auf. »Oh! Ich... ich habe Sie nicht gesehen, Captain. Bitte entschuldigen Sie.«

»Vielleicht ist Ihr Sehvermögen gestört«, erwiderte Picard eisig. »Sie sollten sich in der Krankenstation untersuchen lassen.«

»Ich wollte Sie nicht aufhalten.«

»Das weiß ich zu schätzen.« Die Temperatur sank um weitere zehn Grad.

Die junge Frau trat rasch zurück, woraufhin sich die Tür schloß. Picard und Riker wandten sich einander zu und stellten einen direkten Blickkontakt her.

»Bitte um Erlaubnis, sexy zu sein, Sir«, sagte der Erste Offizier und bemühte sich, ernst zu bleiben.

»Ich finde das keineswegs komisch, Nummer Eins«, antwortete Picard scharf. »Solche Vertraulichkeiten mit Familienangehörigen der Besatzungsmitglieder sind ... unangemessen. Brücke!« fügte er hinzu, und die Liftkontrollen reagierten sofort.

»Sie haben mich mehrmals aufgefordert, Sie freundlich und umgänglich zu vertreten, so daß der Captain ungestört seinen Pflichten nachgehen kann. Genau darum geht es mir.«

Picard nahm den Köder nicht an. »Man kann seine Aufgabe auch zu gut erledigen.«

Riker erlaubte sich ein dünnes Lächeln, hob die Hand, berührte sein Kinn und fühlte jenes neue Merkmal seiner Männlichkeit, das Miß Chase – und einige andere Frauen an Bord – so sehr ins Schwärmen brachte. Während seines Urlaubs hatte er sich einen Bart wachsen lassen, der inzwischen recht dicht geworden war und fast verwegen wirkte. Er betonte die markanten Züge seines Gesichts, das Funkeln in den Augen.

Picard hatte keinen Kommentar dazu abgegeben. Als sich sein Erster bei ihm meldete, nickte er nur und sagte: »Es ist schön, daß Sie wieder zurück sind, Nummer Eins.« Ansonsten verzichtete er auf Bemerkungen – eigentlich sollte das veränderte Aussehen Rikers gar keine Rolle spielen. Aber das Schweigen des Captains stellte genau den Beweis dar, den sich William wünschte.

Picard drehte kurz den Kopf, musterte den Ersten Offizier und sah dann wieder starr geradeaus.

Riker wußte, was dem Kommandanten durch den Kopf ging. Es genügte, um sein Bedürfnis nach Rache zu befriedigen.

Er war völlig sicher, daß der Captain dachte: *Was für eine kosmische Ungerechtigkeit, daß meine Nummer Eins mehr Haare im Gesicht hat als ich auf dem Kopf.*

Riker wurde schlagartig ernst, als der Insignienkommunikator des Captains summte. Picard aktivierte das kleine Gerät und meldete sich.

»Hier ist Worf.« Es wäre überhaupt nicht nötig gewesen, daß sich der Sicherheitsoffizier identifizierte – der klingonische Baß genügte. »Sie werden auf der Brücke gebraucht.«

»Ich bin schon unterwegs«, lautete die Antwort. »Picard Ende.«

Eine Sekunde später öffnete sich der Turbolift, und vor der Tür erstreckte sich der rückwärtige Bereich des Kontrollraums. Picard ging an Geordi LaForge vorbei und näherte sich Worf an der taktischen Station.

Der von Geburt an blinde LaForge trug eine visuelle Prothese, die ein phantasievoller Wissenschaftler VISOR genannt hatte – visuell-organisches Restitutionsobjekt. Manchmal fragte sich Geordi, wie lange die entsprechenden Techniker nachgedacht hatten, um auf ein solches Akronym zu kommen. Jenes Gerät versetzte LaForge in die Lage, fast das ganze elektromagnetische Spektrum zu sehen.

Geordi drehte den Kopf, erkannte den Captain und wirkte überrascht. Doch er faßte sich sofort wieder, und als Riker neben ihm stehenblieb, fragte er leise:

»Was hat Sie so lange aufgehalten?«

»Der Verkehr.«

Unterdessen trat Picard an den Klingonen heran. »Mr. Worf? Worum geht's?«

Der große Sicherheitsoffizier drehte sich um und musterte den Captain. Er wirkte völlig ruhig und gefaßt, schien damit gerechnet zu haben, daß Picard unmittelbar nach seiner Mitteilung wie ein Phantom erschien.

»Um ein kleines Raumschiff, Kurs zwei eins zwei Komma drei. Offenbar handelt es sich um einen Kreel-Kreuzer...« In Worfs Miene zeigte sich Abscheu. »Und das Verhalten des Kommandanten entspricht meinen Erwartungen.«

»Ein Kreel-Schiff? Hier? Mitten im stellaren Territorium der Föderation?«

»Ja, Sir.«

»Hmm.« Picard runzelte die Stirn. »Ist ein Kom-Kontakt hergestellt worden?«

»Ja, Sir.«

»Haben die Kreel Ihre Absichten genannt?«

»Ja, Sir.« Worf zögerte.

»Nun, was wollen sie?« fragte Picard.

»*Unser* Schiff.«

Wesley Crusher blieb völlig reglos liegen. Der Gegner stand noch immer oben am Hang, und als der Junge kein Lebenszeichen von sich gab, fragte er unsicher: »He, Orange! Sag doch was.«

Wesley reagierte nicht, und daraufhin eilte die Gestalt die Böschung hinab, achtete darauf, das Gleichgewicht zu wahren. Der Namenlose ruderte mit den Armen, als er einmal fast ausrutschte. Kurze Zeit später verharrte er vor Wesley. »Komm schon, Orange. Sag was.«

Langsam hob der Junge die Lider. »Ich hasse das«, brummte er. »Das weißt du genau. Trotzdem gelingt es dir immer wieder, mich zu überreden.«

»Tut mir leid.«

»Das stimmt nicht, Jaan. Es macht dir *Spaß*.«

»Ich helfe dir hoch.«

»Ich komme auch allein zurecht, danke«, erwiderte Wesley, noch immer wütend auf sich selbst. Er stand auf, klopfte Blätter und Schmutz von seiner Kleidung, schüttelte den Kopf. »Warum lasse ich mich auf so dumme Spiele ein? Himmel, ich bin sechzehn Jahre alt und gehöre als Fähnrich zur Besatzung dieses Schiffes. Wenn du solchen Wert auf einen Wettkampf legst... Wie wär's, wenn wir unsere intellektuelle Leistungsfähigkeit messen? Bei einer Schachpartie?«

»Schach ist langweilig.«

»Das behauptest du.«

»Und außerdem gewinnst du immer.«

»Ah, jetzt kommt's raus!« triumphierte Wesley, als sie den Rückweg antraten.

Sie wanderten durch den Wald, und ein summendes Insekt bestand darauf, Wesley zu ärgern. Eine schmale Hand mit langen Fingern verscheuchte es. »Danke, Jaan«, murmelte der Junge.

Jaan war einen Kopf größer als Wesley und viele Jahre älter. Doch da sich sein Volk durch eine weitaus höhere Lebenserwartung auszeichnete, galt er noch immer als Jugendlicher.

Die Selelvianer gehörten zu den ästhetischsten Spezies der Galaxis, und Jaan bot ein gutes, wenn auch ausgefallenes Beispiel.

Wesley musterte ihn aus den Augenwinkeln: hochgewachsen und schlank, mit anmutigen Gliedmaßen und rotem Haar, das fast bis zu den gewölbten Schultern herabreichte.

Die Lippen deuteten ständig ein humorvolles Lächeln an. Jaan trug weite, bunte Kleidung, und er schien nicht etwa zu gehen, sondern zu gleiten.

Die besonderen Eigenschaften dieses Volkes brachten Jaan und seinen Artgenossen einen Spitznamen ein: Menschen nannten die Selelvianer häufig ›Elfen‹.

Ein anderes Insekt zeigte offensichtliches Interesse an Wesley, doch inzwischen hatten sie ihr Ziel erreicht. Der Wald schien zwar kein Ende zu nehmen, aber Fähnrich Crusher blieb an einer bestimmten Stelle stehen und formulierte einen Befehl, der dem Bordcomputer galt. Die

Luft flimmerte plötzlich, und es bildeten sich die Konturen eines Korridors der *Enterprise*.

Die beiden jungen Leute traten durch die Öffnung. Das Insekt folgte ihnen, entschlossen, einen Rüssel durch Wesleys Haut zu bohren und ihm das Blut aus dem Leib zu saugen. Es kam nicht mehr dazu, seine Absicht zu verwirklichen. Wie der Wald gehörte es zu den überaus echt wirkenden Simulationen des Holodecks: Als es den Gang erreichte, löste es sich einfach auf. Wesley seufzte erleichtert.

»Es ist völlig in Ordnung, daß du dein Gehirn benutzt«, sagte Jaan. »Aber du darfst den Körper nicht vergessen, Orange.«

»Warum nennst du ihn Orange?«

Sie drehten sich um, und Wesley hatte plötzlich das Gefühl, als schnüre ihm irgend etwas die Kehle zu. Bobbi Chase, die solchen Gefallen an Will Rikers Bart fand, stand vor ihnen. »Warum?« wiederholte sie und verschränkte die Arme.

Wesley Crusher versuchte, sich eine passende Antwort einfallen zu lassen. Besser gesagt: Er trachtete danach, *irgend etwas* zu sagen, sein allseits gerühmtes Genie zu beweisen. »Äääh...« brachte er hervor, während Bobbi eine Unschuldsmiene zur Schau trug.

»Ein altes irdisches Getränk«, warf Jaan ein. »Es gehört zum Programm der Nahrungsmittel-Synthesizer. Orange Crush. Crush. Crusher. Verstehst du?«

»Oh.« Bobbi blinzelte überrascht. »Nun, eigentlich ist es nicht sehr lustig.«

»Das soll es auch gar nicht sein«, erwiderte Jaan mit der für ihn typischen gutmütigen Arroganz. Selbst wenn sich Elfen zu abfälligen oder überheblich klingenden Bemerkungen hinreißen ließen – man verzieh ihnen praktisch sofort.

Wesley stieß seinen Begleiter mit dem Ellenbogen an. »Es ist ein ziemlich dummer Spitzname«, meinte er.

»Tja, na schön.« Bobbi nickte knapp und ging fort.

Jaan schüttelte den Kopf. »Du kannst den Mund jetzt wieder zuklappen.«

»Ich bitte dich...«, stöhnte Wesley. »War ich wirklich so schlimm? Im Ernst?«

»Was findest du eigentlich an ihr?« fragte Jaan verwirrt. »Sicher, sie ist recht hübsch, aber in intellektueller Hinsicht kann sie dir nicht das Wasser rei...«

»Verdammt, ich habe es *satt!*« platzte es verärgert aus Wesley heraus. Er setzte sich wieder in Bewegung, marschierte durch den Korridor, und diesmal mußte sich Jaan beeilen, um mit ihm Schritt zu halten. »Ich ertrage es einfach nicht, daß man dauernd eine Art... Genie in mir sieht.«

»Beim Kolker – warum sollte das der Fall sein?«

Wesley warf ihm einen verdrießlichen Blick zu. »Jetzt wirst du auch noch ironisch.«

»Was hast du denn erwartet? Du vertreibst dir die Zeit damit, Geräte zu bauen, die den Ingenieuren im Maschinenraum fast den Verstand rauben – weil sie überhaupt nicht begreifen, wie die Apparate funktionieren. Wie es heißt, hat Picard Geordi nur deshalb der technischen Station zugeteilt, weil er die Crusher-Wunder nicht sehen kann.«

Daraufhin drehte sich Wesley abrupt um und richtete den Zeigefinger auf Jaan. »Sag das nie wieder. Zumindest nicht, wenn ich zugegen bin. Hast du verstanden?«

»Entschuldige, tut mir leid«, erwiderte der Elf hastig. »Ein schlechter Witz. Streich ihn aus deinem Gedächtnis.«

Sie gingen weiter, näherten sich der ›Bar‹, einem bei der Besatzung recht beliebten Treffpunkt. Wesley wußte nicht, wie es Jaan in diesem Zusammenhang erging, doch was ihn betraf: Er fühlte sich dort wie ein vollwertiges Mitglied der Crew.

»Du weißt sicher, wie man mich nennt«, murmelte der Junge. »Ich habe es mehrmals gehört. Man bezeichnet mich als ›Brain Trust‹.«

»Es ist nicht unbedingt eine Schmähung.«

Wesley blieb erneut stehen und sah seinen Freund an. »Aber dadurch wird eine gewisse Distanz zwischen mir und allen anderen geschaffen«, sagte er. »Ist es meine Schuld, daß ich zu bestimmten Dingen in der Lage bin? Deanna Troi empfängt Emotionen, aber niemand bestaunt sie deswegen. Vulkanier schicken andere Personen ins Reich der Träume, indem sie die Betreffenden an der Schulter berühren — das hält man für völlig normal. Es handelt sich um individuelle, angeborene Eigenschaften. Aber wenn ich eine Idee habe und irgendwelche neuen Schaltkreise erfinde, bin ich Wesley Crusher, der Brain Trust. Man bringt mir fast ebensoviel Respekt entgegen wie dem Captain.«

»Hältst du das für eine Beleidigung?« fragte Jaan. »Oder siehst du ein Kompliment darin?«

Wesley starrte ihn groß an und horchte in sich hinein. »Nun, ich bin mir nicht sicher...«

»Du kannst es interpretieren, wie du willst«, sagte Jaan leichthin. »Was mich angeht: Ich glaube, du bist praktisch zu allem fähig.«

»Du verstehst dich wirklich darauf, jemanden zu beleidigen«, entgegnete Wesley, doch es klang nicht sehr erbost.

Genau in diesem Augenblick heulten Sirenen, und die Lichter der Alarmstufe Gelb blinkten. Wesley hielt unwillkürlich den Atem an, als Picards Stimme aus den Interkom-Lautsprechern drang. Der Captain klang so ruhig und gelassen, als gebe er eine Wettervorhersage durch.

»An alle Besatzungsmitglieder«, sagte Picard. »Wir sind einem Raumschiff begegnet, das möglicherweise feindliche Absichten verfolgt. Derzeit stehen wir mit dem fremden Kommandanten in Verbindung und führen Verhandlungen. Dennoch möchte ich die Zivilisten an Bord bitten, ihre Quartiere aufzusuchen — falls eine Separation erforderlich werden sollte.«

Die *Enterprise* hatte schon mehrmals derartige Manöver durchgeführt. Wenn das Schiff bedroht wurde, löste man den Diskus vom Rumpf, und anschließend wandte sich das wesentlich schnellere Warpsegment dem potentiellen Gegner zu — während die scheibenförmige Sektion mit den Familien der Besatzungsmitglieder das Impulstriebwerk aktivierte und sich von der Gefahrenzone entfernte.

»Komm!« drängte Jaan und zupfte an Wesleys Ärmel.

»Geh nur. Ich muß zur Brücke.«

»Sei doch vernünftig, Orange...«

»Ich bin Fähnrich, und mein Platz ist im Kontrollraum. Außerdem möchte ich unbedingt beobachten, wie sich Captain Picard während einer Krisensituation verhält.« Wesley lief in den nächsten Turbolift. »Brücke!«

Jaan stand hilflos im Korridor. »Orange, was ist mit...«

»Du hast die Anweisungen des Captains gehört!« erwiderte Wesley. »Such deine Kabine auf.« Die Tür schloß sich.

Jaan seufzte, setzte einen Fuß vor den anderen — und krümmte sich zusammen. Männer und Frauen eilten an ihm vorbei, aber der Elf beachtete sie überhaupt nicht. In seiner Magengrube krampfte sich etwas zusammen, und heftiger Schmerz durchzuckte ihn, als er sich mühsam aufrichtete und an die Wand lehnte.

»Nicht jetzt«, ächzte er leise. »Nicht ausgerechnet jetzt...«

KAPITEL 2

»Nicht jetzt, Mr. Crusher!«

Picard sah weiterhin auf den großen Wandschirm, als Wesley sagte: »Mein Platz ist hier, Sir.«

»Mr. Crusher, bisher haben Sie ausgezeichnete Arbeit geleistet, aber wenn es zu einem Gefecht kommt, brauche ich einen erfahrenen Mann an der Navigationskonsole.«

»*Bitte,* Captain. Ein Starfleet-Offizier gehört dorthin, wo er den größten Nutzen für die Mannschaft hat.«

»Wer hat das behauptet?« fragte Picard.

»Sie, Sir.«

Der Captain runzelte die Stirn und musterte Wesley. »Tatsächlich?«

»Ja, Sir.«

Wesley hielt dem Blick stand. Er wußte natürlich, daß Picard nie solche Worte an ihn gerichtet hatte, aber sie klangen plausibel — hoffte er jedenfalls. Voller Unbehagen überlegte er, wie er sich verhalten sollte, wenn der Captain nun nach Einzelheiten fragte.

Picard zögerte kurz. »Mr. Marks, überlassen Sie die Navigationskontrollen Mr. Crusher.«

Wesley öffnete den Mund und schloß ihn wieder. Rasch drehte er sich um und trat an die entsprechende Konsole heran, bevor der Captain Gelegenheit bekam, seine Meinung zu ändern. Der hochgewachsene und schlaksige Marks gab seinen Platz auf, und als sich Wesley in den Sessel sinken ließ, vernahm er ein leises ›Brain Trust‹.

»Mr. Crusher«, ertönte die strenge Stimme Picards.

Er weiß Bescheid, dachte Wesley besorgt. »Ja, Captain?« brachte er hervor.

»Wenn Sie das nächstemal auf der Brücke erscheinen,

sollten Sie nicht den Eindruck erwecken, gerade vom Spielplatz zu kommen.«

Wesley sah an sich herab und stöhnte leise. Noch immer klebte Schmutz an seiner Kleidung — dabei handelte es sich keineswegs um pseudoreale Simulationen, die nach dem Verlassen des Holodecks verschwanden. *Wahrscheinlich sieht mein Gesicht ähnlich aus,* dachte der Junge zerknirscht. Er hatte sein äußeres Erscheinungsbild völlig vergessen.

Er wollte sich entschuldigen, überlegte es sich dann aber anders. Er bekam ohnehin keine Gelegenheit, dem Captain zu antworten. Eine kehlige, gutturale Stimme klang aus dem Lautsprecher der externen Kommunikation, und das automatische Modul schien Mühe zu haben, das Knurren und Schnaufen zu übersetzen.

»Hier ist das Kreel-Schiff *Zonobor.* Wo hat sich Ihr feiger, zitternder Kommandant versteckt?«

Picard blieb ruhig. »Hier spricht Captain Picard«, erwiderte er in einem neutralen Tonfall. »Wollen Sie etwas von uns?«

Nur einige tausend Kilometer trennten den Kreel-Kreuzer von der *Enterprise.* Er befand sich in Reichweite der Bordphaser, doch die Besatzung der *Zonobor* schien völlig unbesorgt zu sein. »Ja, ich will tatsächlich etwas von Ihnen«, dröhnte es aus dem Lautsprecher. »Ihr Schiff.«

Worf räusperte sich. »Bitte um Erlaubnis, die Kreel in Atome zu zerblasen, Sir.«

Picard drehte sich verwundert um. Worfs Aggressivität erstaunte ihn. »Gibt es irgendein Problem?«

»Mit den Kreel kann man nicht vernünftig reden«, entgegnete der Klingone. »Barbaren, die nicht einmal wissen, was Zivilisation bedeutet. Verhandlungen mit ihnen sind reine Zeitverschwendung.«

»Da bin ich anderer Meinung.« Picard wandte sich an Deanna Troi. Die Counselor saß links von ihm, hielt den Rücken kerzengerade und wirkte sehr angespannt. »Welche Eindrücke empfangen Sie?«

Troi setzte zu einer Antwort an, zögerte und holte tief Luft. »Sie entsprechen Ihren Vermutungen, Captain.«

Picard ahnte, daß Deanna ihm wichtige Informationen vorenthielt, entschied sich jedoch dagegen, sie darauf anzusprechen. Seine nächste Frage fiel eigentlich in den Zuständigkeitsbereich des Sicherheitsoffiziers, aber mit voller Absicht richtete er sie an jemand anders. »Data, gibt es irgendwelche Aspekte der Kreel-Technologie, die eine Gefahr für dieses Schiff darstellen könnten?«

Der Androide saß an der Operatorstation neben Wesley und öffnete einige interne Dateien. Für einen Sekundenbruchteil richtete sich der Blick seiner gelben Augen nach innen — so als stellten die Sehnerven eine Verbindung zu den elektronischen Archiven her. Er neigte den Kopf ein wenig zur Seite, wie ein Hund, der aufmerksam lauschte.

Korrelation und Elaboration nahmen nur einen Sekundenbruchteil in Anspruch. »Derzeit gehören die Kreel zu den primitiveren Völkern, soweit es das technische Entwicklungsniveau betrifft«, sagte Data. »Sie beherrschen die Raumfahrt, doch ihre Experimente mit Materietransmittern schlugen fehl. Viele... Versuchspersonen fanden dabei den Tod. Als Handwaffen verwenden sie einfache Intervaller, und die Armierung der Schiffe besteht aus schlichten Strahlkanonen, deren Emissionen unsere Schilde nicht durchdringen können.«

»Das bestätigt meine Annahme«, murmelte Picard.

»Die waffentechnische Evolution weist eine interessante historische Struktur auf«, fuhr der Androide fort, und sein Tonfall machte deutlich, daß er mit einem Vortrag beginnen wollte.

»Das genügt.« Picard schloß kurz die Augen. Wenn man Data um Informationen bat, riskierte man, einen langen Monolog zu hören. Trotzdem zog es der Captain vor, den Androiden zu fragen, statt sich an den Bordcomputer zu wenden, der mit einer körperlosen Stimme sprach. *Wann lernt es Data endlich, sich kürzer zu fassen?* dachte er und sah wieder auf den Wandschirm. »Picard an Kreel-Schiff.«

Ein zorniges Knurren. »Sie haben sich verdammt viel Zeit gelassen, um uns zu antworten.«

»Nun, ich mußte Ihr ›Ultimatum‹ mit meinen Offizieren erörtern. Ich fürchte, daß ich Ihnen mein Schiff nicht überlassen kann.«

»Sehr bedauerlich. Wie ich hörte, besteht Ihre Besatzung ausschließlich aus Feiglingen. Kein Wunder, daß sich die armseligen Klingonen mit Ihnen verbündet haben.«

Picard kehrte Worf den Rücken zu, aber trotzdem spürte er seinen durchdringenden Blick. »Die Klingonen sind nicht etwa mit mir verbündet, sondern mit der Föderation.«

»Das ist mir völlig gleich! Wenn Sie nicht kapitulieren und uns Ihr Schiff übergeben, müssen wir die *Enterprise* vernichten.«

Als Geordi diese Worte hörte, berührte er einige Sensorflächen der technischen Konsole. Indikatoren leuchteten auf, zeigten ihm unter anderem eine Silhouette der *Enterprise*; die Deflektoren umhüllten sie wie mit einem zarten Schleier. Als er Worf bemerkte, der einen Blick über seine Schulter warf, sagte er leise: »Versucht's nur, ihr Narren!«

»Schilde stabil«, meldete Worf.

»Picard an *Zonobor*«, sagte der Captain, und diesmal klang seine Stimme nicht mehr sanft und nachsichtig. »Es liegt mir fern, Ihnen mein Schiff zu übergeben. Aber wenn Sie es mit irgendeinem Notfall zu tun haben und Hilfe brauchen...«

Picard unterbrach sich, als die *Zonobor* das Feuer eröffnete.

Worf schüttelte den Kopf, erstaunt von der dummen Tollkühnheit der Kreel. »Der Gegner greift an, Sir...«, sagte er gelassen. Eine Sekunde später schnappte er nach Luft und beugte sich ruckartig vor. »Captain! Enorm starke energetische Emissionen...«

Ein Strahlblitz zuckte heran, zerstob nicht etwa an den Deflektoren, sondern durchschlug sie einfach.

Eine heftige Erschütterung erfaßte die *Enterprise*, und

Wesley hatte das Gefühl, als sei das Schiff in einen Riß im Gefüge der Raum-Zeit gefallen. Er glaubte sogar, die Schreie der Zivilisten zu hören, als sich seine Hände fest um die Armlehnen des Navigationssessels schlossen.

»Ausweichmanöver!« rief Picard, um das Heulen und Donnern zu übertönen.

Wesley erstarrte, wußte einfach nicht, was er unternehmen sollte. Aus großen Augen starrte er auf die leuchtenden Kontrollen. Seine Aufgabe bestand darin, das Schiff zu steuern, aber in Gedanken beschäftigte er sich mit ganz anderen Dingen. Er dachte an den Kreel-Kreuzer, stellte sich Energiefelder und Ergmatrizen vor, fragte sich immer wieder, wieso die Schilde der *Enterprise* nicht standgehalten hatten...

Picard war nicht daran gewöhnt, einen Befehl zu wiederholen. »Alarmstufe Rot! Übernehmen Sie die Navigation, Mr. Marks...«

Das genügte, um Wesleys Aufmerksamkeit zu wecken. »Ausweichmanöver, Sir!« bestätigte er hastig und handelte endlich.

Die *Enterprise* kippte nach Backbord ab.

Das Kreel-Schiff reagierte sofort, paßte sich dem Kurs an und feuerte erneut. Diesmal wurden die Steuerbordschilde getroffen, und eine breite Lücke entstand in den Deflektoren.

Geordi saß nach wie vor an der technischen Konsole und beobachtete das Flackern der Kontrollen, das Gleißen und Funkeln der Indikatoren. Er wünschte sich plötzlich, sein Visor einfach ausschalten zu können. »Deflektoren zwei und vier ausgefallen! Energetische Überladung!«

»Kompensieren Sie«, sagte Picard.

»Bin dabei, Sir.«

»Panik im Schiff«, stellte Deanna Troi fest. »Ich spüre es ganz deutlich, Captain.«

»Ich ebenfalls«, erwiderte Picard.

»Separation?« fragte Riker.

»Dafür bleibt uns keine Zeit mehr, Nummer Eins.

Außerdem: Die Kreel würden das Diskussegment sicher nicht entkommen lassen.«

Einmal mehr knackte es im Lautsprecher der externen Kommunikation. »Wir hätten Ihr Schiff einfach vernichten können«, verkündete der Kreel-Kommandant. »Wenn Sie das Feuer erwidern oder zu fliehen versuchen, zerstören wir die *Enterprise*. Sie haben keine andere Wahl, als sich zu ergeben.«

»*Eher sterben wir!*«

Dieser Schrei stammte nicht etwa von Picard, sondern von Worf.

Der Captain drehte sich um und musterte seinen Sicherheitsoffizier verblüfft. Der muskulöse Klingone bebte am ganzen Leib und kochte innerlich – Picard hatte ihn noch nie so wütend gesehen.

»Schweigen Sie, Worf«, sagte er und bedachte ihn mit einem warnenden Blick.

Es war bereits zu spät. »Habe ich da gerade einen Klingonen gehört?« erklang es verächtlich.

Picard beobachtete, wie Worf mit sich selbst rang, den Mund schloß und die Lippen zusammenpreßte.

»Ausgezeichnet«, höhnte der Kreel-Kommandant. »Ich verlange nicht nur Ihr Schiff, Captain, sondern auch den Klingonen. Wir werden ein wenig mit ihm ... spielen.«

Worf ballte die Fäuste und spannte die Muskeln, stellte sich vielleicht vor, einem Kreel ganz langsam das Genick zu brechen.

Jetzt verstand Picard, warum Deanna Troi gezögert hatte, als er sie nach ihren emotionalen Eindrücken fragte. *Vermutlich wollte sie mich auf ausgesprochen feindselige Emanationen hinweisen, die sowohl von den Kreel als auch von Worf stammen. Was soll's – diese Erkenntnis nützt mir jetzt nichts mehr.*

»Also gut«, sagte er laut. »Sie haben gewonnen. Die *Enterprise* gehört Ihnen.«

Die Brückenoffiziere drehten sich um, starrten den Captain fassungslos an und glaubten offenbar, er sei übergeschnappt. Nur ihr Vertrauen zu Picard hinderte sie daran, lautstark zu protestieren.

»Gut«, knurrte der Kreel. »Sie kommen mit dem Klingonen hierher – als Geiseln. Anschließend holen Sie unser Enterkommando an Bord. Ah, und noch etwas: Sie sollten besser auf irgendwelche Transporter-Tricks verzichten, wenn Ihnen etwas an Ihrem Leben liegt.«

»Wir sind gleich bei Ihnen. Picard Ende.«

Er wandte sich vom Befehlsstand ab und ging zum rückwärtigen Bereich der Brücke, näherte sich der Tür des Konferenzzimmers.

»Eine Besprechung, Sir?« fragte Riker.

»Unsinn!« schnappte Picard. »Es gibt überhaupt nichts zu besprechen. Oder wollen Sie mir vielleicht von Ihrem Urlaub erzählen?«

Der Captain ging weiter, und kurz darauf stellte sich heraus, daß er sich überhaupt nicht ins Konferenzzimmer zurückziehen wollte. Er trat an die wissenschaftliche Station rechts neben der Tür heran. »Ich brauche Ihre Hilfe, Mr. LaForge.«

Geordi nickte knapp und sah Picard fragend an. Riker wußte nicht, was er von der Sache halten sollte, hielt es jedoch für notwendig, seinen Standpunkt zu verdeutlichen. »Captain, ich kann nicht zulassen, daß Sie sich dem Gegner ausliefern.«

»Niemand liefert sich aus, Nummer Eins. Mister LaForge, zeigen Sie mir eine schematische Darstellung des Kreel-Schiffes.«

Geordi führte einige Schaltungen durch, und auf dem Computerschirm formte sich ein Abbild der *Zonobor*.

»Und jetzt...«, sagte Picard. »Volle Sensorsondierung des gegnerischen Kreuzers. Vergleichen Sie die Ergebnisse mit den Einzelheiten dieser Projektion.«

Neben dem ersten Schema erschien eine detaillierte Grafik der aktuellen *Zonobor*. Und noch etwas. An der unteren Seite des Schiffes zeigte sich eine seltsame Vorrichtung – die Form deutete auf eine Waffe hin.

»Interessant«, murmelte Riker. »Eine Erweiterung der ursprünglichen technischen Ausstattung.«

»Vermutlich ist der Kreuzer deshalb nicht von Schilden geschützt«, warf Geordi ein. »Das Ding dort beansprucht die ganze Energie. Wenn wir es entfernen, können uns die Kreel nicht länger bedrohen.«

»Übermitteln Sie die Koordinaten dem Frachttransporter«, sagte Picard und neigte den Kopf. »Brücke an Transporterraum D.«

»Hier Transferstation«, antwortete jemand. Die Stimme klang ein wenig überrascht. In der Abteilung D befand sich der größte Transporter des Schiffes, und man benutzte ihn nur, wenn besonders umfangreiche Ausrüstungen und Container an Bord gebracht werden mußten. Was derzeit eher unwahrscheinlich erschien — immerhin herrschte Alarmstufe Rot.

»Mr. LaForge nennt Ihnen gleich einige Koordinaten. Treffen Sie Vorbereitungen, den Transporter auf meine Anweisung hin zu aktivieren.«

»Ja, Sir. Was beamen wir an Bord?«

»Eine Überraschung. Brücke Ende.« Der Captain überlegte einige Sekunden lang und drehte sich langsam um. »Picard an *Zonobor*.«

»Für jemanden in Ihrer Lage lassen Sie sich verdammt viel Zeit«, grollte der Kreel-Kommandant.

»Es ging leider nicht schneller«, erwiderte Picard. »Wir leiten jetzt den Transfer ein. Transporterraum — Energie.«

Fünf Sekunden lang blieb alles still.

»Der gegnerische Kreuzer hüllt sich in ein Deflektorfeld«, meldete Worf. »Allerdings zu spät.«

Ein wütendes Heulen drang aus dem Lautsprecher. »*Was hat das zu bedeuten?*«

Picard lächelte zufrieden. »Wer es mit streitsüchtigen Kindern zu tun hat, verliert früher oder später die Geduld«, sagte er gelassen. »Wir haben Ihnen Ihr Spielzeug weggenommen.«

»Geben Sie es zurück! Es gehört *uns!*«

»Allem Anschein nach begegnen Sie Besitzansprüchen nicht mit dem nötigen Respekt — Sie wollten die *Enterprise*, erinnern Sie sich? Nun, ich verlange eine Erklärung von Ihnen, und falls Sie auf stur schalten... Ich möchte es vermeiden, das Feuer auf Sie zu eröffnen, aber es wäre sicher interessant festzustellen, ob *Ihre* Schilde *unseren* Phasern standhalten.«

»Sie würden es nicht wagen!«

»Oh, ich glaube, da irren Sie sich«, entgegnete Picard. »Sobald wir Ihren Widerstand gebrochen haben, beamen wir Sie alle an Bord, um Ihnen einige Fragen zu stellen. Früher oder später erfahren wir sicher, was es mit dem neuen Waffensystem auf sich hat.«

»Unmöglich!« zischte der Kreel, und Picard glaubte, in der Stimme fast so etwas wie Entsetzen zu hören. »In Ihrem Schiff befindet sich mindestens ein Klingone.«

»In der Tat«, bestätigte der Captain, ohne sich zu Worf umzudrehen.

»*Eher sterben wir!*«

Aus einem Reflex heraus wandte Picard den Kopf. Aber der Ausruf stammte nicht etwa von seinem Sicherheitsoffizier, sondern vom namenlosen Kreel-Kommandanten.

»*Warten Sie!*« platzte es aus dem Captain heraus. »Transporterraum! Richten Sie den Transferfokus auf...«

Zu spät.

Grelles Licht flutete vom großen Wandschirm, als der gegnerische Kreuzer explodierte. Atomare Glut breitete sich völlig geräuschlos im All aus, bildete eine lodernde Kugel. Picard riß die Augen auf, und hilfloser Zorn erfüllte ihn.

»Sie haben sich umgebracht«, kam es leise von seinen Lippen. »Was für ein sinnloser Tod...«

Das Glühen auf dem Schirm verblaßte allmählich, und einzelne Trümmerstücke schwebten durch die Schwärze. Picard senkte den Kopf und erbebte innerlich. »Wahnsinn«, flüsterte er schockiert. Dann holte er tief Luft. »Mr. Riker, begleiten Sie Mr. LaForge und Mr. Data zum

Frachttransporter; sehen Sie sich das Objekt an, das wir an Bord geholt haben. Mr. Worf, Sie kommen mit mir.«

Er ging in Richtung Bereitschaftsraum, der an den vorderen Bereich der Brücke grenzte. Deanna Troi stand auf und näherte sich dem Captain; sie versperrte ihm nicht den Weg, trat jedoch dicht genug an ihn heran, um seinen Blick einzufangen. »Ja, Counselor?« Ärger vibrierte in Picards Stimme.

»Captain, wenn ich Ihnen einen Rat geben darf...«

»Ich habe die Situation unter Kontrolle, Counselor. Bitte erlauben Sie mir, meine Pflicht zu erfüllen.«

Troi suchte nach den richtigen Worten, gab es auf und nickte. »Es käme mir nie in den Sinn, Sie daran zu hindern.«

»Danke.« Picard setzte den Weg zum Bereitschaftszimmer fort, und Worf folgte ihm stumm. Riker winkte Geordi und Data zu, näherte sich dem Turbolift.

Wesley sah ihnen nach und beobachtete, wie sich die Tür hinter den drei Männern schloß. Er sank in den Navigationssessel zurück, schloß die Augen und seufzte.

»Mach dir keine Sorgen, Wes«, sagte Deanna ruhig. »Du hast nur kurz gezögert – und aus verständlichen Gründen.«

Der Junge brachte es nicht einmal über sich, den Kopf zu heben. »Ich habe den Befehl nicht sofort ausgeführt, obgleich die Situation unverzügliches Handeln erforderte.«

»Das stimmt.«

Wesley atmete tief durch und starrte auf den breiten Bildschirm, betrachtete die Sterne, ohne sie wirklich wahrzunehmen. »Alle erwarten so... so ungeheuer viel von mir. Ich habe mit Jaan darüber gesprochen, und... Himmel, es stimmt! Man sieht eine Art Wunder in mir. Die Leute stellen mich auf ein hohes Podest, sehen zu mir auf und...« Er sprach nicht weiter.

Deanna ging neben ihm in die Hocke und musterte ihn aufmerksam. »Und wenn man auf einem hohen Podest steht, kann man tief fallen, nicht wahr?«

»Ja.«

»Hmm. Niemand ist imstande, über seinen eigenen Schatten zu springen, Wesley. Finde dich damit ab. Du mußt akzeptieren, wer und was du bist. Ich bin gern bereit, dir dabei zu helfen.« Deanna legte eine kurze Pause ein. »Der Abschied von deiner Mutter war sehr schwer für dich, stimmt's?«

Wesley Crusher rollte mit den Augen. »Wirklich großartig! Ich bin ein wenig deprimiert, und sofort fehlt mir die Mama.«

»So habe ich das nicht gemeint.«

»Oh, bitte hören Sie auf damit. Ich weiß Ihre Hilfe zu schätzen, Deanna, aber ich komme auch allein zurecht, glauben Sie mir.« Er beugte sich vor, sah auf die Anzeigen und gab sich beschäftigt. Die Counselor wußte, daß es unter den gegenwärtigen Umständen keinen Sinn hatte, ein Gespräch mit ihm zu führen.

Troi seufzte. Sie besaß die Gabe, Gefühle zu empfangen, ihr Ich für fremde Emotionen zu öffnen. Aber wenn es darum ging, eine mentale Brücke zum Ursprung jener Empfindungen zu schaffen, gewann sie häufig den Eindruck, unsichtbare Fesseln zu tragen. Sie konnte deutlicher sehen als sonst jemand, aber nach ihren eigenen Maßstäben war sie stumm.

Wenn sie dem Captain in einer schwierigen Situation mitteilte, sie spüre Schmerz, nickte Picard nur und verhielt sich so, als sei überhaupt nichts geschehen. Wie sollte sie ihm und den anderen begreiflich machen, was sie wirklich fühlte? In ihrer Seele herrschte praktisch ein ständiges emotionales Chaos, das sich kaum mit Worten beschreiben ließ.

Wahrscheinlich bin ich überhaupt nicht fähig, Wes von seiner Niedergeschlagenheit zu befreien, dachte sie bitter. *Ich habe mit mir selbst genug zu tun, mit meinen eigenen Unzulänglichkeiten. Ich gebe mich immerzu ruhig und ausgeglichen, biete ›Hilfe‹ an, doch im Prinzip ist alles nur Heuchelei.*

Deanna richtete ihren Blick erneut auf Wesley, und als sie die traurige Betroffenheit in seinen Zügen sah, riß sie sich zusammen. Sie schob Selbstmitleid und Zweifel beiseite, verstaute diesen psychischen Ballast in einer dunklen Kammer ihres Selbst, verriegelte die geistige Tür und warf den Schlüssel fort.

Doch eine Frage blieb: Wer gewährte der Counselor Zuspruch?

»Würden Sie mir bitte erklären, was in Sie gefahren ist?« fragte Picard scharf.

Er hatte nur gewartet, bis sich die Tür des Bereitschaftsraums schloß, drehte sich daraufhin zu seinem Sicherheitsoffizier um. Worf stand so reglos wie eine Statue, die Hände auf den Rücken gelegt.

»Ich entschuldige mich, falls Sie mein Verhalten als ungebührlich erachten, Captain.«

»Als *ungebührlich?* Seit wann neigen Sie zu Untertreibungen?« Picard schüttelte ungläubig den Kopf. »Ich begreife es einfach nicht. Oh, ich weiß natürlich, daß Klingonen und Kreel noch nie besonders gut miteinander ausgekommen sind, aber derartige Reaktionen Ihrerseits hätte ich nie für möglich gehalten.«

»Darf ich ganz offen sprechen, Sir?«

»Nein.«

Worf blinzelte, gab jedoch keinen Ton von sich.

Picard wanderte umher, nahm schließlich an seinem Schreibtisch Platz und griff nach einem kleinen Souvenir, benutzte es als Konzentrationshilfe. »Ich weiß, daß es in Ihrem klingonischen Wesen einige wichtige Faktoren gibt, die maßgeblichen Einfluß auf Ihr Denken und Empfinden nehmen — aber bisher hinderte Sie das nicht daran, der Verantwortung als Sicherheitsoffizier eines Föderationsschiffes zu genügen.«

»Darauf bin ich stolz«, bemerkte Worf.

»Zu Recht. Natürlich haben Sie den Vorteil, bei Menschen aufgewachsen zu sein«, fügte Picard hinzu, als er

Worfs Gedanken erriet. »Obgleich viele Klingonen eine Art ... Handikap darin sähen.«

»Darauf wollte ich nicht hinweisen.«

»Aber Sie haben daran gedacht.«

»Ja.«

Befangenheit gehörte offenbar nicht zu Worfs Problemen. Picard fühlte sich fast versucht zu lächeln, doch dann erinnerte er sich an die explodierte *Zonobor*. »Warum herrscht eine solche Feindseligkeit zwischen Klingonen und Kreel?«

»Bitte um Erlaubnis, offen spre ...«

»Ja, ja, erteilt.«

»Die Kreel sind wie Schakale, die über das herfallen, was der Löwe für sie übrigläßt. Klingonen haben eine Kriegerehre, aber die Kreel wissen überhaupt nicht, was das bedeutet. Sie treiben sich ständig dort herum, wo die Angehörigen meines Volkes in den Kampf ziehen. Sie beobachten und warten ab, ohne sich selbst Gefahren auszusetzen, und wenn wir das Schlachtfeld verlassen, beginnen sie zu plündern, zu rauben und zu stehlen. Das Gebaren der Kreel ist ebenso abscheulich wie ihr Aussehen.«

Der Wortschwall des Klingonen beeindruckte Picard – normalerweise war Worf eher zurückhaltend und schweigsam. Der Haß auf die Kreel schien tief in ihm verwurzelt, fast genetischer Natur zu sein; der Sicherheitsoffizier zeigte einen Abscheu, wie ihn Menschen Inzest oder Kannibalismus entgegenbrachten.

Dennoch ...

»Alles hat seine positiven Seiten, Lieutenant – man muß nur genau hinsehen.«

»Jede Regel hat ihre Ausnahme, Sir«, brummte Worf.

»Ich verstehe. Nun, offenbar handelt es sich um einen Charakterfehler – ob Rassengedächtnis oder nicht. Ich schlage vor, Sie geben sich alle Mühe, ihn zu korrigieren.«

»Ja, Sir.«

»Darüber hinaus gebe ich Ihnen den guten Rat, nie wieder so auf der Brücke zu schreien. Wenn das noch einmal geschieht, stelle ich Sie unter Arrest und leite ein offizielles Verfahren ein. Ist das klar?«

»Völlig, Sir.«

Picard deutete zur Tür, vernahm ein leises Zischen, als Worf den Bereitschaftsraum verließ. Er blickte auf den Schreibtisch, dachte noch einmal an die jüngsten Ereignisse und versuchte, seine Gedanken zu ordnen. Erst nach einigen Sekunden fiel ihm auf, daß sich die Tür nicht wieder geschlossen hatte. Er hob den Kopf und bemerkte Wesley.

»Ja, Mr. Crusher?«

»Captain, ich... ich möchte mich entschuldigen.«

»Entschuldigen?«

»Ja, Sir. Sie ordneten ein Ausweichmanöver an, und ich habe Ihren Befehl nicht sofort befolgt.« Wesley trat unsicher einen Schritt vor. »Es tut mir außerordentlich leid, Sir, und ich verspreche Ihnen, daß sich so etwas nicht wiederholen wird.«

Picard winkte ab. »Es war nicht Ihre Schuld, Mr. Crusher.«

»Tatsächlich nicht?«

»Nein. Simulationen und Übungen sind eine Sache. Wir hatten es mit einem Ernstfall zu tun; die Sicherheit der *Enterprise* und das Leben der Besatzungsmitglieder standen auf dem Spiel. Derartige Situationen erfordern Erfahrung. Sie sind zwar begabt, aber auch noch sehr jung – diesen Umstand werde ich beim nächstenmal berücksichtigen.«

Wesley hatte mit einer anderen Antwort gerechnet und verbarg seine Enttäuschung. »Captain, ich...«

»Das ist alles, Mr. Crusher.«

Der Junge zögerte. Dutzende von Worten lagen ihm auf der Zunge, aber er brachte es nicht fertig, sie laut auszusprechen. Er wünschte sich Picards Verständnis, doch der Captain begegnete ihm mit Herablassung. *Habe ich es anders verdient?* dachte Wesley kummervoll. Er nahm seinen ganzen Mut zusammen und unternahm noch einen letzten Versuch.

»Captain, ich...«

Der Insignienkommunikator des Kommandanten summte, und Picard berührte das kleine Gerät.

»Captain...«, drang Rikers Stimme aus dem winzigen Lautsprecher. »Ich glaube, Sie sollten in den Transporterraum D kommen. Es ist kaum zu glauben, was wir an Bord geholt haben.«

»Ich bin schon unterwegs, Nummer Eins.« Picard stand auf, sah Wesley an und wölbte eine Braue. »Sonst noch etwas, Mr. Crusher?«

»Nein, Sir.«

»Gut. Richten Sie Ihrer Mutter einen Gruß von mir aus, wenn Sie ihr schreiben.«

»Ja, Sir.« Wesley wich zur Seite, und Picard ging an ihm vorbei, übergab Worf das Kommando und verließ die Brücke.

Einige Sekunden lang blieb der Junge stehen und starrte weiterhin in den Bereitschaftsraum. Dann drehte er sich um, sah Deanna und hob die Hand.

»Ich will nichts hören, in Ordnung? Kein einziges Wort.«

»Wie du willst.«

Wesley kehrte in den Kontrollraum zurück. »He, Marks... Möchten Sie wieder Ihren Platz einnehmen? Die Navigationskonsole gehört Ihnen.«

Marks wandte sich von der zweiten wissenschaftlichen Station ab und wirkte erstaunt. »Bist du ganz sicher? Normalerweise muß man dich mit Gewalt von der Brücke fortbringen.«

»Nun, Sie wissen ja, wie es mit uns Genies ist«, erwiderte Wesley mit einer Bitterkeit, die er nicht zu unterdrücken vermochte. »Wir sind exzentrisch.« Damit drehte er sich um und betrat den Turbolift.

Deanna sah ihm nach und nahm sich vor, bei der nächsten Gelegenheit mit Picard zu sprechen – über Fähnrich Wesley Crusher.

KAPITEL 3

Taka Nagai, zuständig für die inneren Angelegenheiten der Föderation, verspürte eine gewisse Aufregung. Sie saß in ihrem Büro, trommelte mit den Fingern auf den Schreibtisch, blickte starr geradeaus und überlegte, welche Worte sie an den erwarteten Besucher richten sollte.

Ihr Interkom summte leise, und Nagai betätigte eine Taste. »Ja?«

»Der Botschafter ist eingetroffen«, sagte die Empfangsdame im Nebenzimmer.

»Ich bin bereit, ihn zu empfangen.«

Nagai stand respektvoll auf. Sie war nicht sehr groß und kam allmählich in die Jahre, aber trotzdem strahlte sie Autorität und Macht aus.

Die Tür öffnete sich, und zwei kräftig gebaute Klingonen der ›persönlichen Eskorte‹ – ein beschönigender Ausdruck für ›Leibwächter‹ – traten ein, sahen sich wachsam um. Zwar befanden sie sich hier im ebenso vornehmen wie sicheren Ministerialkomplex der Föderation, aber die athletischen Begleiter des Botschafters blieben argwöhnisch.

Schließlich wichen sie beiseite und machten dem Diplomaten Platz.

Taka Nagai versuchte, sich ihre Überraschung nicht anmerken zu lassen. Zwar hatte sie Bilder dieses Mannes gesehen, doch sie begegnete ihm nun zum erstenmal.

»Ehrenwerter Kobry«, sagte sie und deutete eine Verbeugung an.

Kobry schien sehr alt zu sein. Die klingonische Lebenserwartung galt noch immer als ein ungelöstes medizinisch-biologisches Rätsel, denn bis vor kurzer Zeit bekamen nur wenige Klingonen Gelegenheit, im Bett zu sterben. Aus diesem Grund wußte niemand genau, was ›alt‹ für einen

Bürger des Imperiums bedeutet. Kobry verdiente in jedem Fall die Bezeichnung ›Greis‹.

Darüber hinaus war er verblüffend klein, reichte Taka kaum bis zur Taille. Das lange ergraute Haar wirkte ebenso blaß wie die Augen.

Der Botschafter trat näher und – lächelte.

Taka Nagai hatte noch nie einen lächelnden Klingonen gesehen, obgleich sie keineswegs zum erstenmal einen imperialen Gesandten empfing. Nun, Kobry grinste nicht etwa von einem Ohr zum anderen. Er musterte die Frau, und ein dünnes Lächeln umspielte seine Lippen, so als ahne er zumindest, was ihr durch den Kopf ging.

Er verbeugte sich ebenfalls. »Ehrenwerte Nagai«, sagte er, und seine Stimme klang sanft und melodisch. »Es freut mich, Sie kennenzulernen.«

»Die Freude ist ganz meinerseits, Botschafter.«

Nagai nahm wieder Platz und stellte erschrocken fest, daß sie vergessen hatte, die Stühle im Zimmer Kobrys Größe anzupassen. Der Klingone kletterte in einen Sessel vor dem Schreibtisch, und es schien ihn keineswegs zu stören, daß seine Füße nicht den Boden berührten.

Einige Sekunden lang sahen sie sich schweigend an, und schließlich sagte Kobry: »Sie wissen sicher, daß wir ein Problem haben.«

»Ja, in der Tat.« Nagai brauchte gar nicht auf den nahen Computerschirm zu sehen, der den neuesten Bericht zeigte.

»Die Situation ist recht kritisch«, fuhr Kobry fort. »Und wenn sich die Lage noch weiter zuspitzt, könnte es zu einem Krieg zwischen Klingonen und Kreel kommen.«

Bei den letzten Worten spuckte einer der beiden Wächter. Kobry warf ihm einen scharfen Blick zu. »Beherrschen Sie sich. Ein solches Verhalten ist unhöflich.«

»Die Tradition gebietet es«, brummte der Mann.

»Nicht hier«, erwiderte Kobry ernst. Der große Klingone schwieg, und daraufhin wandte sich der Botschafter wieder an Taka Nagai.

»Wenn diese Angelegenheit im Föderationsrat – in

einem offenen Forum – diskutiert wird, müssen wir mit erhitzten Gemütern rechnen«, sagte Kobry. »Dann könnten sich fatale Konsequenzen ergeben. So etwas möchte ich vermeiden, und vermutlich geht es Ihnen ebenso.«

»Die Föderation wird jede Gelegenheit nutzen, um den Frieden zu bewahren«, entgegnete Nagai. »Gewalt und Krieg führen zu nichts, müssen vermieden werden.«

»Wir Klingonen haben Jahrhunderte gebraucht, um uns zu dieser Erkenntnis durchzuringen«, sagte Kobry. Er sah kurz die Eskorte an und fügte hinzu: »Einigen von uns fällt es noch immer schwer, derartige Prinzipien zu achten. Nun, es gibt politische Fraktionen im Reich, die nichts dagegen hätten, einen Krieg zu beginnen – was angesichts der erlittenen Provokationen sogar verständlich ist. Es wurde klingonisches Blut vergossen.«

»Ja«, bestätigte Nagai. »Aber wie ich hörte, haben auch die Kreel Opfer zu beklagen. Die Kriegsgefahr besteht in erster Linie darin, daß beide Seiten versuchen, die Feindseligkeiten mit Gewalt zu beenden, was zwangsläufig eine Eskalation des Konflikts zur Folge haben muß.«

Kobry nickte. »Das stimmt. Aber das Imperium zu bitten, mit den Kreel zu verhandeln... Ich fürchte, dieser Vorschlag stößt bei uns auf viele taube Ohren.«

»Die Kreel haben uns gebeten, als Schlichter aufzutreten.«

Kobry versuchte nicht einmal, seine Überraschung zu verbergen. »Tatsächlich?« brachte er hervor.

»Die Kreel bedauern den unglücklichen Zwischenfall, zu dem es vor rund einem Monat auf DQN 1196 kam. Sie möchten einen totalen Krieg verhindern.«

»Aber die Kreel gehören nicht zur Föderation.«

»Auch uns ist daran gelegen, einer Katastrophe vorzubeugen, und deshalb sind wir gern bereit, zwischen den beiden Parteien zu vermitteln.«

»Was ich begrüße«, sagte Kobry und beugte sich vor. »Da Sie gerade DQN 1196 erwähnen... Der Planet befindet sich im stellaren Territorium der Klingonen.«

»Die Kreel erheben ebenfalls Anspruch darauf.«

»Ja, ich weiß.« Kobry lächelte schief. »Absurd, nicht wahr? Die Sterne und Planeten existierten schon seit Jahrmilliarden, als sich in der primordialen Ursuppe die ersten lebenden Zellen bildeten. Und es wird sie auch noch geben, wenn Föderation und Imperium längst Teil der kosmischen Geschichte geworden sind. Trotzdem sind wir so dreist, darüber zu streiten, wem sie ›gehören‹.

Wie dem auch sei: In diesem Zusammenhang vertritt der Kaiser einen festen Standpunkt und lehnt jeden Kompromiß ab.«

»Das trifft auch auf die Kreel zu. Und das Waffenpotential jener Welt — das derzeit nur von ihnen kontrolliert wird — macht sie zu recht schwierigen Verhandlungspartnern.«

»Ja.« Kobry zögerte und dachte nach. »Vielleicht wäre es angebracht, die Delegationen der Kreel und Klingonen nach DQN 1196 zu bringen. Schließlich hat dort alles begonnen.«

»Ich weiß nicht, ob die Kreel damit einverstanden sind«, erwiderte Taka Nagai.

Kobry hob eine Braue. »Sie sind doch mit der Bitte um eine Vermittlung zu Ihnen gekommen, oder?«

»Oh, natürlich«, sagte Nagai ein wenig zu rasch.

»Nun, in dem Fall sollte ihnen daran gelegen sein, in jeder Hinsicht zu kooperieren.«

»Natürlich. Ich spreche mit ihnen. Außerdem schlage ich vor, daß die Delegationen an Bord eines Föderationsschiffes zum Verhandlungsort fliegen — um unser Interesse an einer Lösung des Problems zwischen den beiden Völkern zu verdeutlichen.«

»Ausgezeichnete Idee«, antwortete Kobry. »Wenn ich dies hinzufügen darf: Das betreffende Raumschiff sollte möglichst viel Platz bieten, damit sich Klingonen und Kreel nicht dauernd ›auf die Füße treten‹.«

»Ein guter Vorschlag.« Taka Nagai wandte sich dem Terminal zu und betätigte einige Tasten. Das Bild auf dem

Monitor veränderte sich, zeigte nun die aktuellen Positionen mehrerer Einheiten der Galaxis-Klasse.

»Es mangelt nicht an entsprechenden Schiffen«, sagte Nagai.

»Gut«, murmelte Kobry. »Die Einzelheiten überlasse ich Ihnen.«

Nagai erhob sich, als der Diplomat aufstand, blieb stehen, bis er das Zimmer verließ. Als sich die Tür geschlossen hatte, setzte sich Taka mit dem Kreel-Botschafter in Verbindung, der schon seit einigen Stunden auf ihren Anruf wartete.

Himmel, er sieht wirklich abscheulich aus, fuhr es ihr durch den Sinn, als sein Abbild im Projektionsfeld erschien. Rasch verdrängte sie diesen Gedanken.

»Nun?« knurrte der Kreel. »Wann hört dieser Unsinn endlich auf?«

Nagai benutzte die gleichen Worte, die sie an den Ehrenwerten Kobry gerichtet hatte. »Die Klingonen haben uns gebeten, als Schlichter aufzutreten.«

»Das ist wirklich eine Überraschung«, grollte der Kreel. »Die Klin haben immer wieder darauf hingewiesen, sie seien eher bereit, ihre eigenen Kinder umzubringen, als mit uns zu verhandeln.«

»Eine inzwischen überholte Einstellung.«

»Sie spucken, wenn unser Name erwähnt wird.«

»Das kann ich kaum glauben«, log Nagai. Ihr Gesicht blieb ausdruckslos.

»Offenbar sind es unsere neuen Waffen, die ihre Meinung geändert haben«, zischte der Kreel. »Das Imperium fürchtet uns jetzt. Und wenn das der Fall ist ... Warum mit Verhandlungen beginnen? Soll es ruhig zu einem Krieg kommen.«

»Dann müßte die Föderation ihre klingonischen Verbündeten unterstützen«, erwiderte Nagai kühl. »Sind Sie bereit, einen Krieg nicht nur gegen das Imperium, sondern auch gegen uns zu führen?«

»Ja«, antwortete der Kreel sofort.

Eine Zeitlang starrten sie sich stumm an, und schließlich fügte der Botschafter wie beiläufig hinzu: »Aber wenn die Klingonen wirklich Wert darauf legen, den Frieden zu erhalten... Nun, wir beweisen ihnen, daß Stärke und Erbarmen aneinander nicht ausschließen. Die Klin halten uns für Wilde, aber wir können auch... zivilisiert sein.«

Taka Nagai zweifelte daran, hielt jedoch an der Hoffnung fest, einen verheerenden interstellaren Krieg zu verhüten. Es fanden bereits erste Gefechte zwischen Klingonen und Kreel statt, und die Föderation mußte *unverzüglich* etwas unternehmen.

Aus diesem Grund hatte Nagai beschlossen, beide Parteien zu belügen, zu behaupten, die jeweils andere Seite biete Verhandlungen an. Manchmal erwies sich die Diplomatie als ziemlich riskant, doch der Krieg war noch weitaus gefährlicher. Hier ging es darum, Leben zu bewahren — und dort drohte der Tod von Millionen oder gar Milliarden unschuldiger Individuen.

Taka Nagai balancierte auf einem Drahtseil, das sich über rasiermesserscharfen Klingen spannte, als sie mit dem Kreel die Einzelheiten der bevorstehenden Mission erörterte...

KAPITEL 4

Im Gesellschaftsraum – die meisten Leute nannten ihn schlicht und einfach Bar – herrschte reger Betrieb, wie oft nach besonders schwierigen Situationen. Besatzungsmitglieder versammelten sich dort, tranken Synthehol und behaupteten kühn, daß sie sich während der Krise überhaupt keine Sorgen gemacht hatten – obgleich man ihnen die Erleichterung deutlich anmerkte.

Guinan sah hinter der Theke auf, als Wesley hereinkam. Er kam mit langen Schritten heran und rang sich ein Lächeln ab. Guinan nickte ihm einen Gruß zu.

»Aromatisiertes Mineralwasser?« fragte sie freundlich.

Wesley schüttelte den Kopf. »Synthehol.«

Guinan wölbte eine Braue. »Bisher habe ich dich nicht für einen Synthi gehalten, Wes«, sagte sie. »Möchtest du wirklich nichts anderes?« Ihre Hand verharrte am Zapfhahn.

Der Junge zögerte und seufzte. »Na schön. Aroma-Mineral.«

»Mhm.« Wie durch Magie erschien ein Glas auf dem Tresen.

»Auf die Ferengi!« sagte einer der Gäste, und andere Stimmen wiederholten den Trinkspruch. Nur in diesem Raum, in der Bar, konnte man freundliche Bemerkungen über die Ferengi hören, und dafür gab es einen guten Grund. Das Volk der Händler und Wucherer hatte Synthehol erfunden – ein Getränk, das auf den Organismus ebenso wirkte wie Alkohol; doch es genügte allein der bewußte Wille, um wieder einen klaren Kopf zu bekommen.

Die Existenz von Synthehol blieb zunächst ein Geheimnis. Man trank mit einem Ferengi, leerte ein Glas nach dem anderen und war schließlich so voll, daß man närrische

Geschäftsvereinbarungen mit jemandem traf, der seltsamerweise völlig nüchtern blieb. Als jemand das Rätsel löste, reagierten die Ferengi mit verständlichem Ärger. Doch dann stellten sie überrascht – und zufrieden – fest, daß sie mit dem Verkauf von Synthehol noch weitaus mehr Geld verdienen konnten.

Zwar blieben schädliche Nebenwirkungen und Kater aus, aber Synthehol stand dennoch in dem Ruf, ein Getränk für Erwachsene zu sein. Deshalb genügte Wesleys erste Bestellung, um Guinans Interesse zu wecken.

»Belastet dich irgend etwas?« fragte sie.

Der Junge musterte die Frau hinter der Theke, und erneut erschien sie ihm ein wenig sonderbar. Auf den ersten Blick wirkte sie völlig menschlich, doch in ihren Zügen gab es auch einige fremdartige Aspekte, die er nicht zu identifizieren vermochte. Picard hatte dafür gesorgt, daß sie an Bord kam, und einmal mehr fragte sich Wesley nach den Gründen.

»Nein. Das heißt...« Merkwürdig: Er verspürte immer das Bedürfnis, Guinan gegenüber ganz offen zu sein. »Ja, ich habe tatsächlich einige Probleme. Aber eigentlich möchte ich nicht darüber sprechen.«

»Höre ich da Selbstmitleid?«

»Ich bin nur ein wenig deprimiert«, erwiderte Wesley. »Ist das ein Verbrechen? Selbst völlig *normale* Leute leiden ab und zu an Niedergeschlagenheit.«

»Mag sein.« Guinan lächelte. »Aber wenn man jemanden sieht, der traurig ist... Nun, dann versucht man, ihn aufzumuntern. Eine normale Reaktion, die zur menschlichen Natur gehört.«

»Leider erkennt die menschliche Natur nur selten, wann jemand in Ruhe gelassen werden möchte«, brummte Wesley und trank einen Schluck Aroma-Mineral.

»Ich verstehe«, sagte Guinan.

Jemand klopfte Wesley auf die Schulter, und der Junge drehte sich um, als die Frau hinter der Theke verkündete: »Du solltest Wes nicht berühren. Er möchte in Ruhe gelassen werden.«

»Oh, entschuldige«, murmelte Jaan. »Ich verschwinde sofort.«

»Nein, bleib ruhig hier«, sagte Wesley. »Es gilt nicht für dich.«

»Wie du meinst.« Jaan nahm neben Crusher Platz, der ihn neugierig musterte und die Stirn runzelte.

»Warum siehst du mich so an?« fragte der Elf.

»Ist alles in Ordnung mit dir? Fühlst du dich gut?«

Jaan winkte ab. »Hab' mich nie besser gefühlt.«

Guinan beugte sich vor, und Wesleys Sorge spiegelte sich in ihrem Gesicht wider. »Bist du ganz sicher? Deine Wangen sind gerötet.«

Jaan und Guinan sahen sich an, und Wesley gewann den Eindruck, als finde eine Art mentaler Ringkampf zwischen ihnen statt. Er beobachtete sie aufmerksam, drehte den Kopf immer wieder von einer Seite zur anderen, wie das Publikum bei einem Tennismatch.

»Nein«, stieß Jaan plötzlich hervor. »Das heißt: Nein, ich bin nicht ganz sicher. Vor einer Weile litt ich an Magenkrämpfen, und ich muß mich erst noch davon erholen.«

»Kennst du die Ursache?« fragte Guinan

Erneut starrten sie sich an, und zu Wesleys Erstaunen sprang Jaan plötzlich auf. Der Selelvianer schwankte.

»Ich... ich muß jetzt gehen.«

Guinan streckte die Hand aus, berührte ihn am Arm. »Warte.«

»*Nein!*« entfuhr es Jaan, und er zuckte so heftig zurück, als fürchtete er, sich an Guinan zu verbrennen.

Wesley rief den Namen seines Freundes, und von einem Augenblick zum anderen war es völlig still in der Bar. Alle Anwesenden drehten sich zu Jaan um, der jetzt seltsam aggressiv wirkte.

»Seht mich nicht so an!« zischte der Selelvianer.

»Jaan!« rief Wesley erneut.

»Kümmere dich um deine eigenen Angelegenheiten, Orange!« Jaan wandte sich ruckartig von Crusher ab, stolperte über seine eigenen Füße, verlor das Gleichgewicht und fiel. Wesley riß unwillkürlich die Augen auf, erinnerte sich an die charakteristische Eleganz der Elfen, an ihre Geschmeidigkeit. Jaan fluchte leise, stemmte sich wieder in die Höhe — und sank erneut zu Boden.

Einige Besatzungsmitglieder erholten sich von ihrer Überraschung, standen auf und kamen näher. Jaan lag vor dem Tresen, bebte am ganzen Leib, preßte sich die Hände gegen den Bauch und stöhnte leise. Guinan schaltete das Interkom ein und benachrichtigte die Krankenstation.

»Halt noch ein wenig aus«, sagte Wesley und stützte den Kopf seines Freundes. »Du hast es bald überstanden, glaub mir. Meine Mutter...« Er unterbrach sich kurz. »Dr. Pulaski kümmert sich um dich. Sie kann bestimmt feststellen, was dir fehlt.«

»Bei allen kosmischen Geistern, was ist das?«

Picard betrachtete das Objekt im Raum des Frachttransporters, jene Vorrichtung, deren Strahlblitze die Deflektoren der *Enterprise* durchdrungen hatten.

Es handelte sich um einen verblüffend kleinen Gegenstand. Die Länge betrug knapp anderthalb Meter, und es zeigten sich einige Hinweise auf die Haltespangen, die den glänzenden Zylinder mit der Unterseite des Kreel-Schiffes verbunden hatten. Außerdem sah Picard einige Indikatoren und Schaltvorrichtungen, deren Bedeutung sich seinem Verständnis entzog. Data untersuchte sie gerade, und das Gesicht des Androiden gab durch nichts zu erkennen, was er von ihnen hielt. Geordi betastete den Apparat vorsichtig, hielt sich dabei von einer Öffnung fern, die vermutlich als Projektionsfokus diente.

»Hier«, brummte LaForge. »Hier nahmen die Kreel einige Veränderungen vor, um das Ding von der Brücke ihres Kreuzers aus zu kontrollieren.«

»Offenbar setzten sie großes Vertrauen in die fremde Waffe«, sagte Picard. »Zuviel, um genau zu sein. Sie hielten sich für unbesiegbar. Es kam ihnen überhaupt nicht in den Sinn, daß wir ihr Spielzeug an Bord beamen könnten.«

»Vermessenheit«, kommentierte Riker. »Oder einfach mangelnde Erfahrung. Die Kreel besitzen noch keine sichere Transporter-Technologie.«

»Ja. Und keins der höher entwickelten Völker ist bereit, ihnen eine derartige Technik zur Verfügung zu stellen. Nicht einmal die Ferengi lassen sich dazu herab, Geschäfte mit den Kreel abzuschließen...«

Geordi sah auf. »Ich dachte, die Ferengi verkaufen alles an jeden.«

Riker musterte LaForge amüsiert und fragte sich, ob Geordi, der das für normale Menschen Unsichtbare wahrnahm, ein Lächeln erkennen konnte. »Selbst die Ferengi hüten sich davor, dem Kind im Schuppen ein Streichholz zu geben.«

Data neigte verwundert den Kopf zur Seite. »Schuppen?«

»Ja«, sagte Riker. »Vor einigen hundert Jahren benutzten die Menschen Holz, um ihre Häuser zu heizen. Meistens wurden die Scheite in einem Schuppen aufbewahrt, so daß sie trocken blieben.«

»Wie entzündete man das Holz? Ich nehme an, damals gab es noch keine Phaser, oder?«

»Wohl kaum. Man verwendete Streichhölzer.«

Data runzelte die Stirn. »Besonderes Holz, um Holz zu entzünden?«

»Ja.«

»Oh«, machte der Androide und zögerte kurz. »Ich verstehe es trotzdem nicht.«

Picard wußte, daß Data erst dann Ruhe gab, wenn seine Neugier befriedigt war. »Was verstehen Sie nicht?«

»Wenn Streichhölzer nötig sind, um die Scheite zu entzünden... Warum ist es dann verkehrt, ein Kind mit solchen Werkzeugen auszustatten?«

»Ganz einfach: Wenn sich das Kind im Schuppen befindet, läuft es Gefahr, im Feuer zu verbrennen.«

»Aha.« Der Androide nickte. »Jetzt ist alles klar.«

Die übrigen Männer seufzten erleichtert, und Picard deutete auf den silbrigen Zylinder, dazu entschlossen, die ursprüngliche Diskussion fortzusetzen.

»Wie kam das Kind in den Schuppen?« erkundigte sich Data.

»Seine Eltern sperrten es dort ein, weil es zu viele Fragen stellte!« entgegnete Picard.

Data nickte, und seine gelben Augen glühten. »Vermutlich eine sehr kluge Entscheidung.«

»Captain«, sagte Geordi, bevor der Androide Gelegenheit zu einer weiteren Bemerkung bekam. »Das energetische Potential dieser Waffe muß ziemlich groß sein.«

»Größer als das unserer Schilde«, murmelte Picard und beobachtete das Objekt nachdenklich. »Können Sie mir eine Erklärung anbieten?«

»Ich nehme an, die Strahlbündel schufen irgendwie Strukturlücken in unseren Deflektoren«, erwiderte Geordi. »Wenn sie die Schilde im wahrsten Sinne des Wortes *durchschlagen* hätten, wäre die Außenhülle der *Enterprise* sicher nicht unbeschädigt geblieben.«

Datas Aufmerksamkeit galt den Hieroglyphen im Bereich der Indikatoren. »Reines Glück, nehme ich an«, sagte er. »Wenn ich diese Zeichen richtig deute, ist die Waffe auf das niedrigste Energieniveau justiert.«

Geordi und Picard drehten sich zu ihm um. »Soll das ein Witz sein?« fragte der Captain.

»Ein Witz?« wiederholte der Androide. »Wohl kaum, Sir.«

»Ja, sicher, ich weiß, daß Sie nicht scherzen, aber... Sind Sie tatsächlich imstande, die Bedeutung der Symbole zu erkennen?«

Data richtete seinen starren, bernsteinfarbenen Blick auf Picard. »Bei archäologischen Ausgrabungen auf vielen Planeten in der Galaxis wurden Artefakte mit ähnlichen Symbolen entdeckt«, sagte er.

»Unglaublich!« platzte es aus Geordi heraus. »Er hat

keine Ahnung, was es mit unvorsichtigen Kindern und Streichhölzern auf sich hat, aber er entziffert Hieroglyphen, die aus grauer Vorzeit stammen.«

»Ich bezweifle, ob die Vorzeit unbedingt ›grau‹ gewesen ist...«, begann der Androide.

»Wir sollten nicht erneut abschweifen, Data«, warf der Captain ein. »Was die Kreel betrifft... Konnten sie die Zeichen deuten und entsprechende Einstellungen der Waffe vornehmen? Halten Sie das für möglich?«

»Wenn man ihre wissenschaftlich-technische Entwicklungsstufe berücksichtigt, Sir... Nein, eigentlich nicht. Wahrscheinlich haben sie das Objekt mit den derzeitigen Justierungen verwendet, ohne die Funktionsweise zu verstehen. Es gelang ihnen nur, den Apparat an ihre Bordsysteme anzuschließen.«

»Sie halten es also für ausgeschlossen, daß es den Kreel gelungen ist, solche Waffen zu konzipieren.«

»Ja, Sir. Bestimmt haben sie diesen Zylinder irgendwo gefunden.«

Picard nickte und wandte sich an Geordi. »Wozu ist das Ding imstande?«

»Ich weiß es nicht, Captain. Um Ihnen darauf zu antworten, muß ich den Apparat in den Maschinenraum bringen und ihn dort von meinen Technikern untersuchen lassen. Bisher deutet alles darauf hin, daß keine Explosionsgefahr besteht. Offenbar fehlt der Waffe eine interne Energiequelle.« LaForge zögerte. Er wußte, daß Wesley noch immer niedergeschlagen war, weil er während einer Krisensituation auf der Brücke ›versagt‹ hatte; bestimmt ersehnte er sich eine Möglichkeit, erneut das Vertrauen des Captains zu gewinnen. *Vielleicht ist dies der geeignete Zeitpunkt, Picard an Wesleys Fähigkeiten zu erinnern,* überlegte Geordi. *Und auch daran, daß ein sechzehnjähriger Junge dann und wann Futter für sein Ego braucht.*

LaForge zögerte nur kurz und fügte dann hinzu: »Ich möchte Mr. Crusher an den Analysen beteiligen, wenn Sie nichts dagegen haben, Sir.«

»Mr. Crusher?« Picard zuckte mit den Achseln. »Meinetwegen.«

Geordi bemerkte Rikers Blick und hatte das Gefühl, über den Rand einer hohen Klippe zu treten, als er sagte: »Vielleicht sollten Sie ihm persönlich Bescheid geben.«

Picard wirkte überrascht. »Ich? Warum?«

»Wenn er den Auftrag von jemand anders erhält, sieht er vielleicht eine Art Degradierung darin und glaubt sich bestraft.«

»Das ist doch absurd«, sagte der Captain scharf. »Warum sollte er so darauf reagieren? Er nimmt zeitweise andere Pflichten wahr, das ist alles.«

Geordi verschränkte die Arme und gab nicht nach. »Teenager setzen sich manchmal gewisse Dinge in den Kopf und können recht stur sein. Sie kennen das ja.«

Picard straffte die Schultern. »Mr. LaForge, wollen Sie damit andeuten, daß ich einmal ein Teenager gewesen bin?«

»Nein, Sir.«

»Das will ich auch hoffen.« Ernst und würdevoll trat er an den nächsten Interkomanschluß heran. »Captain an Mr. Crusher. Melden Sie sich.«

Stille.

Und das war erstaunlich genug. Für gewöhnlich bekam Picard sofort Antwort. »Captain an Mr. Crusher. Melden Sie sich.«

Schließlich knackte es im Lautsprecher. »Hier Crusher.«

Die Stimme des Jungen klang seltsam — er schien nicht ganz bei der Sache zu sein. Irgend etwas lenkte ihn ab. »Gibt es Probleme, Mr. Crusher?«

»Probleme?«

Picard runzelte die Stirn. Was war nur mit Wesley los? Wurde er langsam senil, im vorgerückten Alter von sechzehn Jahren? »Ja, Mr. Crusher. Probleme. Schwierigkeiten.«

»Ein Durcheinander«, sagte Data und öffnete eine interne Thesaurus-Datei. »Konfusion, Verwirrung, Last, Mühe, Sorge...«

»Schweigen Sie, Data. Mr. Crusher, Ihre Hilfe wird gebraucht, und ich weise Ihnen hiermit einen neuen Aufgabenbereich zu.«

Picard wartete, aber er hörte nicht etwa Wesley, sondern die rauchige, ausdrucksvolle Stimme einer Frau. Vor seinem inneren Auge bildeten sich die Züge eines attraktiven Gesichts. »Hier spricht Dr. Pulaski, Captain.«

Picard blinzelte überrascht. »Bitte geben Sie die Leitung frei, Doktor. Ich spreche gerade mit Mr. Crusher.«

»Ich weiß, Captain. Er ist hier bei mir in der Krankenstation.«

Die Falten fraßen sich tiefer in Picards Stirn. Er hatte zunächst angenommen, daß sich die Bordärztin in die bestehende Kom-Verbindung eingeschaltet hatte – Dr. Katherine Pulaski nahm sich häufiger solche Freiheiten heraus, schreckte nur selten davor zurück, die allgemeine Etikette zu verletzen. »Ist mit Wesley alles in Ordnung?«

In seiner Besorgnis um den Jungen ließ der Captain die förmliche Anrede ›Mr. Crusher‹ weg – Pulaski nahm das stumm zur Kenntnis. »Ja, er ist wohlauf. Aber...« Sie zögerte, schien nicht zu wissen, wie sie sich ausdrücken sollte. »Er hilft mir bei einer wichtigen Angelegenheit. Können Sie eine Zeitlang auf ihn verzichten?«

Picard versteifte sich unwillkürlich und verschluckte eine scharfe Antwort. »Das Raumschiff *Enterprise* ist fast ein Jahrhundert lang ohne Mr. Crusher ausgekommen, Doktor. Einige Stunden mehr oder weniger spielen sicher keine Rolle.«

»Ach, tatsächlich?« erwiderte Dr. Pulaski amüsiert. »Fast ein Jahrhundert lang, sagen Sie? Darf ich Sie daran erinnern, daß wir uns an Bord der fünften *Enterprise* befinden? Wenn ich mich recht entsinne, hat Mr. Crusher mehrmals maßgeblich dazu beigetragen, daß keine sechste Version notwendig wurde. Wenn er eine Generation früher geboren wäre, gäbe es vielleicht noch immer die NCC-1701 ohne den D-Zusatz.«

Picard schnitt eine Grimasse.

»Sind Sie jetzt fertig, Doktor?«

Er stellte sich vor, wie es in Pulaskis hübschen Augen — zum Teufel auch, warum mußten sie so hübsch sein? — humorvoll blitzte. »Ich denke schon, Captain.«

»Gut. Behalten Sie Mr. Crusher so lange, wie Sie ihn benötigen. Wir müss... Wir kommen auch ohne ihn klar. Picard Ende.«

Verärgert unterbrach er die Verbindung und drehte sich zu Riker um. »Nummer Eins, gehen Sie bitte zur Krankenstation und stellen Sie fest, was dort los ist. Wenn einer meiner Fähnriche — ob Teenager oder nicht — in der Krankenstation gebraucht wird, so möchte ich den Grund dafür wissen.« Einmal mehr runzelte Picard die Stirn. »Ich hätte Dr. Pulaski selbst fragen sollen, aber manchmal geht sie mir zu sehr auf die Nerven. Es ist mir ein Rätsel, weshalb Sie unsere neue Bordärztin so sympathisch finden.«

Riker lächelte. Er hatte Pulaski an Bord eines anderen Raumschiffes kennengelernt und schon bald Freundschaft mit ihr geschlossen. Manchen Leuten fiel es zu Anfang recht schwer, ihren persönlichen Stil zu akzeptieren, und daher ahnte er, wie es Picard erging. *Soll er ruhig ein wenig leiden,* dachte der Erste Offizier schadenfroh. »Man gewöhnt sich an sie.« Er zögerte kurz und fügte hinzu: »Außerdem mag sie Männer mit Bart.«

Picard bedachte ihn mit einem durchdringenden Blick, und Riker bemühte sich, möglichst unschuldig zu wirken.

Der Insignienkommunikator des Captains summte. »Picard hier.«

»Sir, wir haben eine Nachricht von Starfleet erhalten«, sagte Worf dumpf. Sein Tonfall machte deutlich, daß er nicht viel davon hielt, Mitteilungen weiterzuleiten.

»Ich bin gleich bei Ihnen«, erwiderte Picard und schaltete ab. »Geordi, bringen Sie das Objekt in den Maschinenraum. Seien Sie vorsichtig, wenn Sie es auseinandernehmen. Achten Sie darauf, daß es anschließend wieder zusammengesetzt werden kann.«

»Natürlich, Sir«, entgegnete Geordi und schmollte.

»Gut. Mr. Riker, Mr. Data, kommen Sie mit mir. Wir kümmern uns später um Mr. Crusher.«

Als sie gingen, brummte Picard etwas Unverständliches, und aus einem Reflex heraus fragte Riker: »Wie bitte, Sir?«

»Ich sagte, die von Ihnen so geschätzte Dr. Pulaski scheint entschlossen zu sein, meine Autorität herauszufordern.«

»Ich nehme an, sie will ihre eigene unterstreichen.«

Die drei Offiziere betraten den Turbolift.

»Wissen Sie, was Nietzsche über Frauen schrieb?« Picard sprach betont langsam.

Datas Versuche, lustig zu sein, endeten fast immer in einem verbalen Fiasko, und das war auch diesmal der Fall. »Nein. Aber wenn Sie die Melodie summen, spiele ich sie auf meiner Mundharmonika.«

Riker ächzte und lehnte die Stirn ans Schott. Picard schloß die Augen und seufzte.

Für den Androiden kam das praktisch einer Ovation gleich. Er fühlte sich ermutigt, holte tief Luft, schob das Kinn vor und begann in einem dramatischen Tonfall: »Kennen Sie diesen Witz? Ein Mann läßt seine Katze beim Bruder und macht Urlaub ...«

Picard hätte ihm befehlen können, endlich den Mund zu halten, hörte jedoch in einem Anfall von Masochismus zu.

Wenn ich es überlebe, mit einem zum Scherzen aufgelegten Data im Turbolift eingesperrt zu sein, kann mich nichts mehr erschüttern, dachte er.

KAPITEL 5

Picard, Riker, Data, Troi und Worf saßen im Konferenzzimmer und betrachteten ein Hologramm von Admiral Westerby. Ihre Mienen zeigten sowohl Erstaunen als auch Ärger.

»Admiral...«, sagte Picard und zog jede einzelne Silbe in die Länge. »Soll das heißen, Starfleet hat die ganze Zeit über von den neuen Waffen der Kreel gewußt?«

»Unser Wissen beschränkte sich auf vage Gerüchte und Geheimdienstmeldungen, in denen Einzelheiten fehlten, Captain«, erwiderte Westerby und betonte das letzte Wort, um auf seinen höheren Rang hinzuweisen. »Wenn die Kreel so dumm gewesen wären, Vulkan anzugreifen, hätten wir sofort detaillierte Informationen bekommen. Leider sind die Klingonen noch immer recht schweigsam und verschlossen, wenn sie in Schwierigkeiten geraten. Womit ich Ihnen keineswegs zu nahe treten möchte, Lieutenant Worf.«

Worf blieb einige Sekunden lang still, und Picard fragte sich, was ihm durch den Kopf ging.

»Wer sich von der Wahrheit beleidigen läßt, ist ein Narr«, sagte der Sicherheitsoffizier nach einer Weile. »Klingonen sprechen nicht gern über ihre Probleme. Wir halten so etwas für ein Zeichen von Schwäche.«

»Probleme sind eine Sache, Worf«, warf Picard ein. »In diesem Fall haben wir es mit Angriffen eines Feindes zu tun, dem überlegene Waffen zur Verfügung stehen.«

Worfs Blick durchbohrte ihn. »Ich versichere Ihnen, daß ich nicht Bescheid wußte. Sonst hätte ich Sie sofort in Kenntnis gesetzt.«

»Daran zweifle ich nicht, Worf«, sagte Picard. »Ich kenne Ihre Loyalität.« Er wandte sich wieder an Westerby.

»Sie möchten also, daß wir uns um diese Angelegenheit kümmern – obgleich Schiff und Besatzung dadurch in erhebliche Gefahr geraten könnten?«

»Ja«, bestätigte der Admiral knapp. »Zwischen den Klingonen und den Kreel droht ein totaler Krieg. Wir vermuten jedoch, daß die Kreel keine entsprechenden Vorbereitungen getroffen haben – die allgemeine Entwicklung hat sie selbst überrascht. Sie fanden die Waffen durch Zufall, glaubten sich mit ihnen völlig sicher und provozierten unsere Verbündeten. Doch jetzt wächst ihnen die Sache über den Kopf. Sie suchen nach einem Ausweg, der es ihnen erlaubt, das Gesicht zu wahren. Aus diesem Grund haben sie sich bereit erklärt, die neue Technologie mit uns und den Klingonen zu teilen.«

»Ein Gleichgewicht des Schreckens«, kommentierte Data. »Alle besitzen die neuen Waffen, und um eine gegenseitige Vernichtung zu verhindern, will niemand Gebrauch von ihnen machen.«

»Völlig richtig, Data«, erwiderte Picard ein wenig zu scharf. Ein Rest von Ärger vibrierte in ihm, als er sich an den langen und schlecht erzählten Witz erinnerte, den der Androide im Turbolift zum besten gegeben hatte.

»Darüber hinaus einigte man sich darauf, daß die diplomatischen Delegationen beider Seiten an Bord eines Föderationsschiffes zum Entdeckungsort gebracht werden.«

»Entdeckungsort?« fragte der Captain.

»Damit ist der Planet DQN 1196 gemeint«, erklärte Westerby.

»Er befindet sich im stellaren Territorium des Imperiums«, meinte Worf.

»Oder er gehört zum Raumgebiet der Kreel«, sagte der Admiral. »Es kommt ganz darauf an, welche Perspektive man sich zu eigen macht. Übrigens haben sich die Kreel einen Namen für die betreffende Welt einfallen lassen. Die Übersetzung lautet Höllentor.«

Picard nickte. »Eine angemessene Bezeichnung. Die Waffen könnten tatsächlich aus der Unterwelt stammen.«

»Uns besorgt vor allen Dingen folgendes«, brummte Westerby. »Bisher kennen wir nur die Artefakte, mit denen die Kreel umzugehen verstehen. Aber wer weiß, was für ein Vernichtungspotential jener Planet birgt? Aus diesem Grund hält Starfleet unsere unmittelbare Präsenz für nötig. Die Bitte um den Einsatz der *Enterprise* stammt von Taka Nagai höchstpersönlich.«

Die anwesenden Offiziere wechselten überraschte Blikke. »Wir fühlen uns geehrt«, sagte Picard. »Nun, vielleicht wäre es möglich, daß die Klingonen und Kreel in ihren eigenen Raumschiffen bleiben, während die *Enterprise* als Eskorte fungiert.«

Westerby schüttelte den Kopf. »Die Entfernung zwischen den beiden Kreuzern müßte notwendigerweise sehr gering sein, und dadurch könnten sich... unangenehme Konsequenzen ergeben.«

»Und wenn wir die beiden Gruppen an Bord von zwei Föderationsschiffen unterbringen?«

»Das haben wir vorgeschlagen. Leider bestanden Klingonen und Kreel darauf, sich gegenseitig im Auge zu behalten.«

»Die Distanz zwischen ihnen soll also gering genug sein, damit sie sich beobachten können — wodurch gleichzeitig die Gefahr besteht, daß sie übereinander herfallen.« Picard beugte sich vor. »Mit allem Respekt, Admiral: Es muß eine andere Möglichkeit geben.«

»Vielleicht«, räumte Westerby ruhig ein. »Aber wir haben uns für diese entschieden. Sehen Sie ein Problem darin, Captain?«

Erneut die Betonung des Rangs. Picard verbannte den Ärger nicht aus seiner Stimme, als er entgegnete: »Kein Problem, mit dem wir nicht fertig werden könnten, Admiral.«

»Das dachte ich mir«, sagte Westerby zufrieden. »Sie nehmen zuerst das klingonische Kontingent auf, dann die Kreel. Wir übermitteln Ihnen bald die notwendigen Koordinaten. Starfleet Ende.«

Das Hologramm verblaßte. Riker und Troi lehnten sich seufzend zurück, und Picard faltete die Hände. »Das ist wirklich ... prächtig«, bemerkte er.

»Bitte vermerken Sie meinen Protest im Logbuch«, sagte Worf ungewöhnlich steif.

Picard musterte ihn und lächelte dünn. »Ja, in Ordnung. Direkt nach *meinem*.«

»Warum sind Sie gegen diese Mission, Captain?« erkundigte sich Data. »Wir haben schon des öfteren derartige Aufträge bekommen. Die *Enterprise* befördert nicht zum erstenmal Delegationen kriegerischer Völker.«

»Das stimmt. Aber wir hatten noch nie Klingonen und Kreel an Bord, die sich am liebsten gegenseitig umbrächten. Hinzu kommt der besondere Grund ihrer Kontroverse. Und die Zivilisten im Diskussegment ...« Picard schüttelte kummervoll den Kopf. »Zivilisten. Eine politische Entscheidung Starfleets, die mir wirklich gegen den Strich geht. Oh, ich weiß, daß Sie diese Meinung nicht teilen, Nummer Eins.«

»In der Tat, Captain«, sagte Riker. »Ich begrüße es, daß unsere Besatzung nicht nur aus militärischem Personal besteht. Zu unserer Crew gehören viele Wissenschaftler, Geologen und Forscher, und sie gehen jener Art von Arbeit nach, die nur in einem Raumschiff möglich ist.«

»Ganz zu schweigen von den Ehepartnern und Kindern der Mannschaftsmitglieder«, fügte Troi hinzu. »Man erkannte die Bedeutung familiärer Integration, als eingehende Untersuchungen zeigten, daß lange Trennungsphasen der Gesundheit des Starfleet-Personals abträglich sind.«

»Mein Stellvertreter und die Bordcounselor sind wieder ein Herz und eine Seele, wie?« brummte Picard. Troi und Riker sahen sich kurz an, und Deanna senkte den Kopf, hütete sich davor, ihre Verlegenheit zu zeigen. Der Erste Offizier gestattete sich ein dünnes Lächeln. »Nun«, fuhr Picard fort, »in diesem Zusammenhang kommen wir immer wieder auf einen wichtigen Punkt zurück. Wir alle haben die Starfleet-Akademie besucht; wir sind gut ausgebildet und auf schwierige Situationen vorbereitet.

Solange wir es mit Problemen zu tun bekommen, die von der Brückencrew gelöst werden können, ist alles in bester Ordnung. Aber die jüngsten Anweisungen Starfleets konfrontieren uns mit einer Gefahr, die wir auf keinen Fall unterschätzen dürfen. Ich würde den Aufenthalt der beiden Delegationen gern auf ihre jeweiligen Unterkünfte beschränken, zumindest für die Dauer des Fluges, aber die Klingonen sind zu stolz und die Kreel zu unberechenbar. Wir müssen vermeiden, gleich zu Beginn einer wichtigen diplomatischen Mission die Stimmung zu verderben. Aber falls sich tatsächlich Schwierigkeiten ergeben, so muß ich in erster Linie an die Zivilisten denken. Wenn sie ins Kreuzfeuer geraten...« Der Captain dachte an Kinder, die von Phaserstrahlen getroffen wurden und starben. Er stellte sich Dutzende, Hunderte von Leichen in den Korridoren vor, während tollwütige Klingonen und Kreel durch das ganze Schiff stürmten, ungeachtet der Konsequenzen gegeneinander kämpften. Picard schauderte unwillkürlich.

»Es paßt mir einfach nicht, daß Starfleet die *Enterprise* in...«

»... in einen Schuppen mit Brennholz verwandeln will?« warf Data hoffnungsvoll ein.

Picard dachte darüber nach und nickte langsam. »Ihre Lernfähigkeit verblüfft mich immer wieder, Mr. Data. Ja, es ist ein passender Vergleich. Um im Bild zu bleiben: Wir müssen verhindern, daß die Klingonen und Kreel ein Streichholzheft in die Hand bekommen.«

»Genau«, bestätigte Riker.

»Dem kann ich nur zustimmen«, sagte Worf.

»Was ist ein Streichholzheft?« fragte Data.

Wesley stand an der Diagnoseliege und starrte auf seinen reglosen Freund herab. Er beobachtete, wie sich Jaans Brust in regelmäßigen Abständen hob und senkte, warf einen kurzen Blick auf die Anzeigefläche. Der Junge drehte sich nicht um, als Dr. Pulaski herankam. »Es scheint ihm etwas besser zu gehen«, sagte er.

»Tatsächlich?« erwiderte die Ärztin. »Irgendwelche Vorschläge, Doktor?« Die Worte klangen ironisch, aber der Tonfall war völlig neutral.

Stellt sie mich auf die Probe? dachte Wesley. *Vielleicht. Sie testet alle Leute, denen sie begegnet.* Nein, das stimmte eigentlich nicht. Wenigstens nicht in diesem Sinne. Katherine Pulaski führte keine ›Tests‹ durch, um ihre Kenntnisse zu prüfen oder festzustellen, welche Schwächen bestimmte Personen aufwiesen. Sie schien eher daran interessiert zu sein, wie sehr Menschen über sich hinauswachsen konnten, zu welchen intuitiven Sprüngen in bezug auf Wissen und Logik sie imstande waren, wenn man sie herausforderte. Eigentlich eine selbstlose, altruistische Einstellung.

Mit der sie einen manchmal ganz schön nerven kann, fügte Wesley in Gedanken hinzu. Er atmete tief durch, behielt weiterhin den Monitor im Auge und antwortete: »Fünfzig Kubikzentimeter Andromorphin.«

Seine Worte schienen an Substanz zu gewinnen, als sie durch das Zimmer klangen. Ein Medo-Assistent stand in der Nähe, aber er reagierte natürlich nicht auf den Jungen. Bis Pulaski kühl und sachlich sagte: »Sie haben ihn gehört.«

Zwanzig Sekunden später war die Dosis verabreicht, und Wesley stellte sofort fest, daß der Selelvianer ruhiger und müheloser atmete.

Kurz darauf öffnete Jaan dunkle ellipsoide Augen. Eine Zeitlang blieb sein Blick trüb, doch dann klärte er sich allmählich. »Hallo, Orange«, sagte der Elf leise und lächelte. »Komm, laß uns aus diesem Mausoleum verschwinden.«

»Von wegen«, sagte Dr. Pulaski streng. »Du wirst noch eine Weile hierbleiben, wenigstens bis morgen. Ich möchte einige gründliche Analysen vornehmen.«

Jaans Stimme klang so süß wie Honig. »Oooh, das ist doch nicht Ihr Ernst, oder? Nein, bestimmt nicht. Ich hatte ein kleines Problem, aber jetzt ...«

Die Ärztin beugte sich vor und preßte den Zeigefinger sanft auf Jaans Lippen. »Ich habe schon andere Elfen behandelt«, sagte sie. »Du kannst ruhig darauf verzichten, den ›Trick‹ zu benutzen. Ich bin darauf vorbereitet, und deshalb sind deine Bemühungen vergeblich.«

Jaan seufzte. »Sie wissen also Bescheid.«

Wesley musterte erst seinen Freund und sah dann Dr. Pulaski an. »Der Trick? Was hat es damit auf sich?«

»Es ist eine bisher kaum untersuchte Eigenschaft der Selelvianer«, erläuterte die Ärztin und wandte den Blick von ihrem Patienten ab. »Der besondere Blick ihrer großen, dunklen Augen, die melodische Stimme... Damit gelingt es den Elfen, andere Personen zu bestimmten Verhaltensweisen zu bewegen. Sie sprechen von dem ›Trick‹, sich ihre Wünsche erfüllen zu lassen.« Die Frau lächelte. »Aber wenn man sich dessen bewußt ist, wenn man einen starken Willen hat und sich konzentriert, kann man den... Suggestionen widerstehen.«

»Sie haben völlig recht«, pflichtete ihr Jaan bei und lächelte. Vager Schmerz glomm in seinen Pupillen.

Pulaski verschränkte die Arme. »Würdest du mir jetzt bitte sagen, was mit dir los ist? Wir können uns auch unter vier Augen unterhalten«, fügte sie hinzu und deutete auf Wesley.

Jaan schien nicht zu verstehen, worauf sie hinauswollte. »Meinen Sie Orange? Oh, er stört mich nicht, ganz im Gegenteil.« Er zögerte. »Ich vermute, Sie haben meinen Zustand längst diagnostiziert und möchten von mir nur eine Bestätigung hören.«

»Möglicherweise hast du recht«, gestand die Ärztin ein. »Du weißt also, wie es um dich steht?«

»Natürlich.«

Wesley blinzelte verwirrt. »Nun, *ich* habe nicht die geringste Ahnung«, sagte er verärgert.

Er kannte Jaan schon seit einer ganzen Weile, aber jetzt gewann er zum erstenmal den Eindruck, daß der Elf nach den richtigen Worten suchte. Er rang mit sich selbst, wollte etwas zum Ausdruck bringen, das ihm profundes Unbehagen bereitete. Pulaski beobachtete ihn einige Sekunden lang und beschloß, ihn von seiner stummen Qual zu erlösen.

»Die Krankheit hat einen langen und sehr komplizierten wissenschaftlichen Namen«, sagte sie. Wesley lauschte aufmerksam, erkannte einen Tonfall, den auch seine Mutter benutzt hatte, wenn sie Takt für angeraten hielt. »Die Selelvianer bezeichnen sie als ›Fäule‹. Es handelt sich um einen genetischen Defekt, der vererbt wird und sich meistens im mittleren Alter der Betroffenen auswirkt.«

»Ja.« Jaan schnitt eine Grimasse und wischte sich den Schweiß von der Stirn. Dr. Pulaski hielt plötzlich ein Tuch in der Hand und betupfte die glühenden Wangen des Elfen. »Du kennst mich ja, Orange. Die Gesetze der Wahrscheinlichkeit haben in meinem Fall nur begrenzte Gültigkeit. Bei nur drei oder vier Prozent der Kranken beginnt die dominante Phase in meinem Alter. Nach selelvianischen Maßstäben bin ich kaum mehr als ein Jugendlicher.«

»Na schön«, sagte Wesley langsam und starrte kurz ins Leere. »Na schön. Welches Heilmittel setzen Sie ein, Doktor? Wie wollen Sie Jaan behandeln?«

Katherine Pulaski seufzte. »Ich kann etwas gegen die Symptome unternehmen, Wes«, erwiderte sie leise. »Ich bin imstande, die Magenkrämpfe und Schmerzen zu lindern, etwas gegen die Übelkeit zu unternehmen. Wenn die Lethargie beginnt, habe ich die Möglichkeit, Jaan so voller Drogen zu pumpen, daß er zu schweben glaubt — obgleich er dann mit einer Einschränkung seiner Denkfähigkeit rechnen müßte.«

»Nein«, sagte Jaan schlicht.

»Dachte ich mir. Nun, was die Ursachen der Krankheit betrifft... Tut mir leid, Jaan, Du weißt sicher, daß mir die Hände gebunden sind.«

»Ja, das ist mir klar.«

Wesley riß ungläubig die Augen auf. »Was soll das heißen? Es *muß* doch ein Heilmittel geben.«

»Nein, leider nicht.«

»Irgendeinen Impfstoff...«

»Es existiert keiner«, sagte Pulaski scharf und rief sich sofort zur Ordnung. Sie spürte die gleiche Betroffenheit wie Wesley, aber sie durfte sich nicht gehenlassen, mußte die Beherrschung wahren. »Es ist unmöglich, sich gegen eine genetisch bedingte Krankheit zu impfen. Es tut mir leid, Wes, Jaan. Bisher gibt es keine Behandlungsmethode, die das Übel an der Wurzel faßt. Aus diesem Grund unterziehen sich selelvianische Ehepartner gründlichen Bluttests. Unglücklicherweise läßt sich dabei eine gewisse Fehlerquote nicht ausschließen.«

»Siehst du?« Jaan stellte eine falsche Fröhlichkeit zur Schau. »Bei mir schlägt das Pech gleich zweimal zu, Orange. Kaum zu fassen, was?«

»Du...« Wesleys Gedanken rasten, und einige Sekunden lang verweigerte ihm die Zunge den Dienst. »Du mußt also *sterben?* Das darf doch wohl nicht wahr sein! Doktor, bitte sagen Sie mir, daß es nicht wahr ist!«

»Wes, wir alle...«

»Hören Sie auf damit!« Der Junge keuchte, wich zurück und starrte Pulaski aus blitzenden Augen an. »Ich kenne das übliche Gerede: ›Wir alle müssen eines Tages sterben und sollten uns nicht davor fürchten. Der Tod ist ganz normal.‹ Was für ein verdammter Unsinn! Der Tod nach einem langen Leben mag normal sein, aber wenn man so jung stirbt...« Crusher schnappte nach Luft. »Wieviel Zeit bleibt ihm noch?«

Pulaski wandte den Blick von Wesleys entsetzten Zügen ab und beobachtete die unbewegte, stoische Miene des Elfen. Stumm überlegte sie, ob sich Jaan mit seinem Schicksal abgefunden hatte — oder Angst und Verzweiflung in sich hineinfraß. »Das kommt darauf an«, antwortete sie. »Es hängt davon ab, wie schnell sich die Krankheit entwickelt, wie Jaan...«

»*Wieviel Zeit bleibt ihm noch?*«

Der zornige Schrei kam aus den tiefsten Gewölben von

Wesleys Seele, hallte durch die ganze Krankenstation. Mehrere Medo-Assistenten sahen zur Tür herein, aber der Fähnrich beachtete sie überhaupt nicht.

Die Ärztin sprach ruhig und besänftigend. »Sechs bis zwölf Monate.«

Der Junge wiederholte ihre Worte ungläubig, schüttelte wie benommen den Kopf. Sein Blick kehrte sich nach innen, und Pulaski glaubte fast zu sehen, wie Wesleys mentales Getriebe auf Hochtouren arbeitete.

»Deine Eltern, Jaan«, brachte er hervor. »Vor einigen Wochen hast du mir erzählt, sie seien bei einem Unfall auf Selelvia ums Leben gekommen. Angeblich bist du deshalb ins All gezogen — um nicht ständig an das Unglück erinnert zu werden.« Wesley brach ab, wehrte sich gegen die schreckliche Wahrheit. Pulaski hatte von einem genetischen Defekt gesprochen, der vererbt wurde, und wenn das stimmte... »Das... war eine Lüge, nicht wahr?«

Jaan nickte langsam.

»Deine Eltern... Sie starben an der Krankheit.«

Jaan seufzte leise. »Hör mal, Orange...«

»*Warum hast du mir nicht die Wahrheit gesagt?*«

»Wie denn?« Jaans Ruhe bildete einen erstaunlichen Kontrast zu Wesleys Zorn, fand Pulaski. Immerhin breitete sich die Fäule in *ihm* aus und nicht etwa in dem menschlichen Jungen. Vielleicht hatte sich der Elf mit seinem Los abgefunden — oder es gelang ihm noch, alle Gedanken daran zu verdrängen. »Es fällt einem nicht leicht, über solche Dinge zu sprechen, Orange. Außerdem: Du hast viel durchgemacht, deinen Vater verloren...«

»Das liegt schon Jahre zurück«, warf Wesley ein. »Damals war ich noch ein Kind. Ich hab's überstanden.«

Katherine Pulaski schürzte die Lippen. Sie kannte Beverly Crusher und erinnerte sich daran, wie sie auf den Tod ihres Mannes reagiert hatte. Eine vollkommen zerstörte Bev, kaum mehr als ein menschliches Wrack. Und ihr Sohn... Er gab sich keineswegs wie ein Stoiker. *Halt, einen Augenblick*, fuhr es ihr durch den Sinn. Doch, der kleine Wesley *blieb* ruhig und gelassen, fast gleichmütig. Während seine Mutter Tränen vergoß, preßte er ernst die Lippen aufeinander und ließ sich nichts anmerken. Er trat als ›Mann im Haus‹ auf, wie mehrere Verwandte meinten, offenbarte ein wahrhaft bemerkenswertes Verantwortungsbewußtsein... Jaans Krankheit schien ihn weitaus mehr zu erschüttern als damals die Nachricht vom Schicksal seines Vaters. *Aber vielleicht bilde ich mir das auch nur ein,* dachte Pulaski. *Es ist viel Zeit verstrichen.*

Jaan ahnte nichts von den Überlegungen der Ärztin und sagte: »Außerdem hat dich deine Mutter verlassen...«

Wesley knirschte mit den Zähnen. »Himmel, sie hat mich nicht ›verlassen‹. Sie bekam ein außerordentlich gutes Angebot, das es ihr ermöglichte, gleich mehrere Sprossen der Karriereleiter zu erklettern. Außerdem weiß sie, daß ich hier gut aufgehoben bin. Nun, sie wollte hierbleiben, aber ich riet ihr, die Chance zu nutzen, Leiterin der medizinischen Sektion Starfleets zu werden...« Seine Stimme verklang, und plötzlich schnippte er mit den Fingern. »Ich setze mich mit meiner Mutter in Verbindung. Sie weiß über die neuesten Forschungsarbeiten Bescheid und...«

»Ich darf dir versichern, daß ich ebenfalls auf dem laufenden bin«, sagte Pulaski spitz.

»Gut. Bestimmt gibt es irgendeine Möglichkeit, Jaan zu helfen.«

»Nein.«

»Das ist doch absurd!«

»Wesley...«, begann die Ärztin müde. »Die Forschung gehört nicht zu meinen besonderen Stärken, aber ich mache dich gern mit dem gegenwärtigen medizinischen Erkenntnisstand vertraut. Sicher hast du von deiner Mutter gelernt, und deshalb dürftest du mehr wissen als ein Laie...«

»Warum auch nicht?« erwiderte Wesley bitter. »Sie kennen mich ja. Wesley Crusher, der Brain Trust. Der wandelnde Computer.«

»Offenbar verwechselst du dich mit Data«, sagte Jaan sanft. »Hör mal, Orange...«

»Nein, jetzt hörst *du* zu«, unterbrach ihn Wesley und trat an die Diagnoseliege heran. »Du wirst deine Krankheit überleben, klar? Du bist stärker als der... der ›genetische Defekt‹ in dir. Und was Sie betrifft, Doktor: Ich nehme Ihr Angebot an. Ich werde mich gründlich mit allen medizinischen Unterlagen befassen. Halt durch, Jaan. Wir schaffen es, glaub mir. Wir beide zusammen.« Er drehte sich abrupt um und stakte aus dem Zimmer.

Einige Sekunden lang herrschte Stille. »Ich hätte nicht gedacht, daß es ihn so sehr trifft«, sagte die Ärztin schließlich.

»Orange ist ein seltsamer Typ«, murmelte Jaan und rollte mit den Augen. »Seinem intellektuellen Potential sind kaum Grenzen gesetzt, aber wenn sich bei ihm Gefühl mit Vernunft vermischt, rastet er aus.«

»Ja, mag sein. Nun, die Frage lautet: Was soll jetzt aus dir werden?«

»Wie bitte?«

»Du solltest die *Enterprise* sofort verlassen.«

»Warum denn?« fragte Jaan verwirrt.

»Eingeschränktes Leistungsvermögen.«

»Sie haben doch selbst gesagt, daß Sie die Auswirkungen meines Leidens kompensieren können«, protestierte der Elf. »Doktor, ich bin an Bord dieses Schiffs gekommen, um meinen eigenen Forschungsarbeiten nachzugehen, um fremde Kulturen kennenzulernen. Ich habe bereits einige Artikel geschrieben und auf Selelvia veröffentlicht, und wenn das gesammelte Material ausreicht, wird es in einem dicken Band publiziert.«

»Trotzdem...«

»Ich bitte Sie, Doktor«, fuhr Jaan fort. Pulaski wußte nicht, ob er den Trick anwandte — er schien einfach an ihr Mitgefühl zu appellieren. »Wenn man schreibt, läßt man einen Teil des eigenen Ichs zurück. Und wenn man genug schreibt, über wirklich bedeutungsvolle Dinge... Dann kann man sich der Nachwelt über den Tod hinaus mitteilen. So etwas reicht fast an ewiges Leben heran. Bitte gewähren Sie mir diese Art von Unsterblichkeit, die mir mein Körper verweigert. Bitte...«

Jaans Lippen zitterten, und er hob die Hand, wischte sich Tränen aus den Augen.

Plötzlich war es Pulaski völlig gleich, ob er den Trick benutzte oder nicht.

»Na schön«, antwortete sie leise. »Ich muß natürlich dem Captain Bericht erstatten, aber ich werde ein gutes Wort für dich einlegen. Vielleicht erlaubt er dir, an Bord zu bleiben.«

»Kommt überhaupt nicht in Frage.«

Sie befanden sich im Bereitschaftsraum. Picard verschränkte die Arme, und seine Miene machte deutlich, daß er jeden Kompromiß ablehnte.

»Es ist sehr wichtig«, entgegnete Dr. Pulaski und bemühte sich, die gleiche Haltung anzunehmen wie der Captain — ein subtiler Hinweis darauf, daß sie ebenfalls einen festen Standpunkt vertrat.

»Das trifft auch auf meine Pflichten zu. Ich muß mich um die *Enterprise* kümmern. Dieses Raumschiff ist kein Sterbebett.«

»Wir alle sterben, Captain, von Geburt an.«

»Bitte kommen Sie mir nicht mit einem solchen Blödsinn. Wir führen keine philosophische Diskussion, Doktor. Es geht vielmehr darum, eine konkrete Entscheidung zu treffen.«

Pulaski seufzte. »Ja, ich weiß. Auch Wesley lehnte dieses Argument ab, und von Ihnen hätte ich nichts anderes erwarten dürfen.«

»Wesley? Was hat er damit zu...«

Die Ärztin ließ Picard keine Chance, das Thema zu wechseln. »Dennoch gebe ich hiermit ganz offiziell den medizinischen Rat, Jaan an Bord zu lassen — zumindest bis er das letzte Stadium der Krankheit erreicht und intensive Pflege braucht. Warum wollen Sie ihn fortschicken, obgleich er voll arbeitsfähig ist? Er stellt keine Belastung dar.«

»Darum geht es nicht. Ihr Patient gehört zur Besatzung, und ich erlaube es nicht, daß Crewmitglieder in meinem Schiff sterben.«

»Er ist kein Crewmitglied, sondern Zivilist«, widersprach Pulaski. »Machen Sie nicht so ein Gesicht, Captain. Oder halten Sie ›Zivilist‹ für ein Schimpfwort?«

»Was für ein Gesicht?«

»Wenn Sie das Wort Zivilist hören, zuckt es jedesmal in Ihrem Augenwinkel.«

Picard stand so gerade, als habe man sein Rückgrat durch eine Stahlstange ersetzt. »Ich leide nicht an einem nervösen Zucken«, sagte er scharf, und jedes einzelne Wort kam einem verbalen Geschoß gleich.

»Doch.«

»Unsinn.«

Pulaski zögerte kurz, trat dann langsam an den Captain heran und blieb dicht vor ihm stehen.

»Zivilist«, sagte sie.

In Picards Gesicht zuckte es.

»*Na bitte!*«

»Von wegen ›na bitte‹.«

»Es hat gezuckt. Ich hab's ganz deutlich gesehen.«

»Doktor, Ihr geschicktes Bemühen, mich abzulenken, muß zwangsläufig ohne Erfolg bleiben«, sagte Picard geziert, ging um seinen Schreibtisch herum und nahm dahinter Platz. Er schien eine physische Barriere zwischen sich und die Ärztin bringen zu wollen. »Ihr Patient wird in seine Heimat zurückkehren.«

»Mein Patient hat einen Namen. Er heißt Jaan. Jaan Baat-Utuul-Bayn-Devin. Das klingt natürlich nicht so beeindruckend wie ein Rang, aber er hat ein Recht darauf, mit seinem Namen angesprochen zu werden — wie jeder *Zivilist*.«

Picard versuchte vergeblich, das Zucken zu unterdrükken. Ärger brodelte in ihm, als er das zufriedene Lächeln der Ärztin sah. »Ich habe beschlossen, Jaan nach Selelvia zurückzuschicken«, sagte er fest. »Und ich bin die oberste Autorität an Bord dieses Schiffes.«

»Nicht wenn es um medizinische Entscheidungen geht«, erwiderte Pulaski.

»Es ist keine medizinische, sondern eine persönliche Entscheidung. Und sie wurde bereits getroffen.«

»Na schön. Wie Sie meinen.« Katherine ließ sich in den Sessel vor dem Schreibtisch sinken.

»Sie steht fest«, betonte Picard noch einmal.

»In Ordnung. Ich erhebe hiermit Einspruch.«

»Abgelehnt.«

»Gut. Dann wende ich mich an die nächste Instanz über Ihnen und lege so oft Berufung ein, wie es notwendig ist.« Pulaski zeigte ein Lächeln, das fast ebenso attraktiv war wie ihre Augen. (*Warum muß sie so verdammt hübsch sein!*) »Sie wissen ja, daß Starfleet eine ganze Reihe von Revisionsverfahren erlaubt, wenn der Erste Medo-Offizier mit dem Captain in Konflikt gerät. Dadurch soll die Autorität beider Personen geschützt werden.«

»Ja, ich weiß.«

»Sicher ist Ihnen auch klar, daß solche Verhandlungen ungefähr sechs Monate in Anspruch nehmen, und Ihre Entscheidung wird erst nach Ablauf dieser Zeit gültig. Nun, während wir von einem Gericht zum anderen ziehen, bleibt Jaan in der *Enterprise* und kann sich ebenso nützlich machen wie alle anderen.«

Zorn quoll in Picard empor, und er bemühte sich, die Beherrschung zu wahren. Doch seine Stimme vibrierte, als er sagte: »Es gefällt mir ganz und gar nicht, daß ich von jemandem herausgefordert werde, der erst seit kurzer Zeit zur Besatzung gehört!«

»Ach, *darum* geht es Ihnen?« gab Pulaski scharf zurück. »Ich wußte gar nicht, daß man ein Veteran wie Sie sein muß, um Anteil zu nehmen. Nun, ich möchte Ihnen etwas sagen, Captain. Vielleicht haben Sie Glück. Jaan bleiben nur noch etwa sechs Monate, und vielleicht stirbt er, bevor das letzte Revisionsverfahren endet. Das würde Ihnen viel Mühe ersparen, nicht wahr?«

Sofort bereute sie die letzten Worte und wünschte sich, sie zurücknehmen zu können. Pulaski hatte das Gefühl, dem Captain eine schallende Ohrfeige versetzt zu haben. Einige Sekunden lang starrte er sie groß an.

Die Ärztin senkte beschämt den Kopf. »Es tut mir leid«, murmelte sie verlegen. »So etwas hätte ich nicht sagen sollen.«

Ein bedrückendes Schweigen folgte, senkte sich wie ein spürbares Gewicht auf sie herab. Als Picard sprach, fehlte der steife, autoritäre Klang in seiner Stimme.

»Ich erhebe keine Einwände mehr, Katherine«, kam es leise über seine Lippen.

Pulaski sah wieder auf, erkannte jedoch keinen Ärger in den Augen des Captains. Nur Kummer. »Ich bitte Sie nur darum, mich über seinen Zustand auf dem laufenden zu halten.«

»Selbstverständlich.« Die Ärztin zögerte. »Danke.«

Sie stand auf und ging zur Tür, blieb jedoch stehen, als Picard hinzufügte: »Und noch etwas, Katherine...«

Zum zweitenmal verwendete er ihren Vornamen, und diesmal reagierte sie darauf. »Ja, Jean-Luc?«

»Bitte richten Sie Jaan mein... herzliches Beileid aus. Wenn es irgendeine Möglichkeit für uns gibt, ihm seine restliche Zeit angenehmer zu gestalten... Ein Wort von ihm genügt.«

Daraufhin lächelte Pulaski. »Vielen Dank, Captain«, sagte sie und verließ den Bereitschaftsraum.

KAPITEL 6

Riker marschierte mit langen Schritten durch den Korridor, ging jedoch etwas langsamer, als er Bobbi Chase sah.

»Commander Riker«, sagte sie.

Er nickte knapp. »Bobbi.«

Doch die junge Frau blieb keineswegs stehen. Er lächelte amüsiert, als er an die rasch erkaltende Glut jugendlicher Liebe dachte.

Dann ertönte Bobbis Stimme hinter ihm. »Oh, Commander...«

Emotionale Deflektoren auf volle Stärke, fuhr es ihm durch den Sinn. Der Erste Offizier drehte sich um. »Ja?«

Die junge Dame trat einen Schritt vor und wirkte recht nervös. »Haben Sie Wesley in letzter Zeit gesehen?«

Riker blinzelte verwirrt. »Wesley? Nun, ich wollte gerade zu ihm.«

»Er befindet sich nicht in seiner Kabine. Ich habe mehrmals angeklopft, aber es öffnete niemand.«

Riker runzelte die Stirn. »Ach? Sie sind mir doch nicht böse, wenn ich das selbst überprüfe, oder?«

»Nein, natürlich nicht. Vorausgesetzt, ich darf Sie begleiten.«

Der Erste Offizier überlegte kurz. Wesley stand eine schwierige Zeit bevor, und vermutlich hätte ihn Bobbi nur abgelenkt.

Vielleicht ist sie genau die richtige Medizin für ihn, dachte Riker und nickte. »Ja, sicher«, erwiderte er. Die junge Frau lächelte und schloß sich ihm an.

Als sie Crushers Quartier erreichten, betätigte Riker mehrmals den Türmelder. »Wesley?« fragte er.

Keine Antwort.

»Ich hab's Ihnen ja gesagt«, meinte Bobbi.

Damit gab sich Riker nicht zufrieden. Er klopfte an die Tür. »Wenn du dort drin bist, Wesley... Ich befehle dir, sofort zu öffnen. Als Fähnrich mußt du direkten Anweisungen gehorchen, wenn du nicht vor ein Kriegsgericht gestellt werden willst.«

Bobbi hob überrascht die Brauen, als sie und Riker schlurfende Schritte hörten. Einige Sekunden später glitt das Schott auf.

Wesley sah den Ersten Offizier an und schien so besorgt zu sein, daß er die junge Frau an Rikers Seite gar nicht bemerkte. »Ja, Sir?«

»Wesley, würdest du mir bitte erklären, was mit dir los ist?«

»›Los‹, Sir?«

»Ja. Soll ich Data hierher bestellen, damit er dir einige Synonyme nennt?«

Riker blickte über die Schulter des Jungen und riß die Augen auf. »Hast du dein Zimmer in ein Laboratorium verwandelt?«

Er trat einen Schritt vor, aber zunächst blieb Wesley stehen. Als der Erste Offizier streng auf ihn herabstarrte, wich er schließlich beiseite. Riker ging weiter, dichtauf gefolgt von Bobbi. Crusher musterte sie mit vagem Interesse, gab jedoch keinen Laut von sich.

Riker verharrte mitten im Raum, drehte sich langsam um die eigene Achse und staunte sprachlos. Auf der linken Seite summten mehrere Computer, deren Monitoren verschiedene Diagramme und Molekülstrukturen zeigten. Rechts standen Dutzende von medizinischen Geräten — einige von ihnen stammten offenbar aus der Krankenstation.

»Wesley, was...« Riker gestikulierte hilflos. »Was hat das zu bedeuten?«

»Zu bedeuten, Sir?«

»Fangen Sie nicht schon wieder an, Mr. Crusher.« Der Erste Offizier holte tief Luft. »Was machst du hier?«

Wesley lehnte sich an einen der kleinen Tische. »Ich versuche, ein Mittel gegen die Fäule zu finden. Um Jaan vor dem Tod zu bewahren.«

»Jaan?« platzte es aus Bobbi heraus. »Meinst du den Elfen? Stirbt er?«

»Das geht niemanden etwas an, junge Dame!« sagte Riker scharf. »Es bleibt unter uns, klar?« Aber er gab sich keinen falschen Hoffnungen hin: Bestimmt wußte schon in einer Stunde die ganze Besatzung Bescheid. An Bord eines Raumschiffes breiteten sich Neuigkeiten mit Warpgeschwindigkeit aus.

Bobbi nickte, und Riker wandte sich von ihr ab. »Wesley...«, begann er und musterte den Jungen eingehend. »Du bist kein Arzt. Die medizinischen Wissenschaftler arbeiten schon seit vielen Jahren an der Entwicklung eines Heilmittels.«

»Nein, das stimmt nicht«, widersprach Wesley in einem Tonfall, der verdeutlichte, daß er mit einem solchen Hinweis gerechnet hatte. »Ich habe nachgeprüft. Die Medo-Forscher der Föderation widmen der Fäule nur einen geringen Teil ihrer Aufmerksamkeit. Hauptsächlich beschäftigen sie sich mit ganz anderen Dingen, mit Seuchen, Epidemien und dergleichen.«

»Aber bestimmt finden viele Untersuchungen statt, und irgendwann werden sie zu konkreten Resultaten führen«, erwiderte Riker voller Unbehagen.

»Irgendwann ist zu spät, verdammt!« entfuhr es Wesley. »Man hätte längst eine wirksame Behandlungsmethode finden können. Es kommt nur auf die richtigen Prioritäten an.«

Bobbi nahm einige Folien zur Hand, die alle Symptome der Fäule schilderten, las mehrere Sätze und ließ die Unterlagen wieder sinken. Sie verstand kein einziges Wort. »Nun, was gibt es daran auszusetzen? Ich meine, Seuchen und Epidemien sind doch wichtiger als...«

»Als was?« warf Wesley zornig ein. »Als eine Krankheit, die nur einen kleinen Prozentsatz eines einzelnen Volkes bedroht? Einzig und allein Selelvianer sterben an der

Fäule, sonst niemand. Wenn Commander Riker, Captain Picard oder die Starfleet-Admiräle daran litten... Vielleicht wäre man dann bereit, mehr Zeit und Mühe zu investieren. Aber wen interessiert ein genetischer Defekt, der nur Elfen bedroht? Nun, *ich* habe nicht die Absicht, ruhig zuzusehen, wie Jaan stirbt!«

Bobbi sah erst Wesley an und dann Riker. Der Erste Offizier schürzte die Lippen. »Ich glaube, Sie sollten jetzt besser gehen, Miß Chase.« Die junge Frau nickte dankbar und verließ das Zimmer.

Wesley blieb trotzig stehen, und Riker musterte ihn eine Zeitlang.

»Seit dem Abschied von deiner Mutter stehst du Jaan sehr nahe, nicht wahr?«

Diese Frage überraschte Wesley. Neugierig neigte er den Kopf zur Seite und sagte langsam: »Ja. Wir haben uns auch vorher häufig gesehen und unterhalten, aber nach Moms Abreise wurden wir richtige Freunde. Wir haben viel gemeinsam.«

»Tatsächlich?«

Wesley runzelte die Stirn. »Nun, nicht unbedingt ›viel‹. Jaan hat seine Eltern verloren. Meine Mutter ist zwar nicht tot, aber ich kann sie wohl kaum nach Belieben besuchen und über das mit ihr sprechen, was mich bewegt.«

Riker trommelte mit den Fingern an die Kommode, auf der mehrere medizinische Instrumente standen. »Komisch. Ich dachte, die meisten sechzehnjährigen Jungen legen keinen Wert darauf, ihre Probleme mit der Mutter zu besprechen.«

»Nun... Es ist wie mit der Separationsfähigkeit der *Enterprise*. Man hofft, keinen Gebrauch davon machen zu müssen, aber die Möglichkeit an sich beruhigt einen.«

»Ich verstehe.« Riker hielt Wesleys Vergleich für sehr interessant, dachte in diesem Zusammenhang an das psychologische Syndrom der Trennungsangst. Aber solche Dinge fielen in Deannas Zuständigkeitsbereich. »Hör mal, Wes...«

»Versuchen Sie nicht, es mir auszureden. Ich bin entschlossen, die Suche nach einem Heilmittel fortzusetzen.«

Rikers Blick blieb auf Wesley gerichtet. Er brauchte ihm seine Absicht gar nicht ›auszureden‹, konnte ihm einfach einen entsprechenden Befehl erteilen. Als Fähnrich war der Junge verpflichtet, sich an die Anweisungen seiner Vorgesetzten zu halten, und immerhin bekleidete Riker den Rang des Ersten Offiziers. An seiner Autorität bestand also nicht der geringste Zweifel. Er überlegte, ob er Wesley in seiner eigenen Kabine unter Arrest stellen sollte, entschied sich dann aber dagegen – vielleicht erhoffte sich der Junge eine derartige Order. *Und wenn ich die Computer und anderen Geräte fortbringen lasse, wenn ich ihm ausdrücklich verbiete, sich mit dieser Sache zu beschäftigen? Nein, damit löse ich nicht das eigentliche Problem.*

Hinzu kam: Wesley litt. Seine Mutter befand sich nicht mehr an Bord, und er war jetzt ganz auf sich allein gestellt – was sicher nicht ohne Wirkung auf ihn bleiben konnte. Außerdem starb ein guter Freund.

Und dennoch...

»Wes«, sagte Riker behutsam, »ich möchte es noch einmal wiederholen: Du bist kein Arzt. Deine Spezialität heißt Technik und nicht etwa Medizin.«

»Wer als Sohn einer Ärztin aufwächst, bringt viele Dinge in Erfahrung«, antwortete der Junge. »Und was ich nicht weiß, kann ich lernen.«

»Du bist nicht in der Lage, dir innerhalb kurzer Zeit die Kenntnisse der Wissenschaftler anzueignen, die sich bereits seit vielen Jahren mit der Fäule befassen.«

»Vielleicht irren Sie sich«, preßte Wesley hervor. »Ich habe die *Enterprise* gerettet. Sogar mehrmals. Und das war weder Glück noch Zufall. Was ich nicht weiß, kann ich lernen.«

»Das mag für den technischen Bereich gelten, aber nicht...«

»Es gibt keine Einschränkungen.« Der Junge klopfte sich an die Stirn. »Fotografisches Gedächtnis.«

»Was?«

»Ich habe ein fotografisches Gedächtnis. Ich erinnere mich an alles, was ich sehe.«

Riker spürte, wie sich Ärger in ihm regte. »So ein Erinnerungsvermögen nützt dir nur etwas, wenn du auch *verstehst*, was du siehst. Und dazu fehlt dir die notwendige Ausbildung.«

»Ich schaffe es. Und wenn Sie mir Knüppel zwischen die Beine werfen, verurteilen Sie nicht nur Jaan zum Tod, sondern auch viele andere Selelvianer. Nur weil Sie an meinen Fähigkeiten zweifeln.«

Riker seufzte. »Na schön. Ich schätze, du mußt deine eigenen Erfahrungen machen. Wahrscheinlich glaubst du mir erst, wenn du scheiterst.«

Damit wandte er sich um und kehrte in den Korridor zurück.

»Ich schaffe es«, wiederholte Wesley leise. »Ich finde ein Heilmittel. Immerhin bin ich der Brain Trust.«

Riker suchte die Krankenstation auf, um sich von Katherine Pulaski bestätigen zu lassen, daß die medizinischen Materialien wirklich von ihr stammten.

»Ich sah keinen Grund, ihm die Instrumente zu verweigern«, sagte die Ärztin.

»Der Junge glaubt, er könne die Fäule behandeln.«

»Der junge Mann glaubt, er könne die Fäule behandeln«, berichtigte Pulaski. »Wer weiß, Will? Vielleicht hat er recht. Stellen Sie sich folgendes vor: Der fünfjährige Mozart bittet Sie, ihm ein Klavier zu kaufen, weil er eine Symphonie komponieren möchte. Welche Antwort böten Sie ihm an?«

»Ich würde sagen: ›Frag deinen Vater.‹«

»Sie sind zu sehr daran gewöhnt, die Entscheidungen jemand anders zu überlassen — dem Captain.«

Pulaskis Stimme klang keineswegs spöttisch, aber trotzdem preßte Riker verärgert die Lippen zusammen. Er mochte Katherine, aber einer seiner geheimen Wünsche bestand darin, sich bei Diskussionen mit ihr wenigstens einmal durchzusetzen. Dieses Ziel schien nach wie vor in unerreichbarer Ferne zu liegen.

Die Ärztin klopfte ihm auf die Wange. »Seien Sie unbesorgt, Will. Wenn Wesley Erfolg hat, sind Sie ein Commander, der klugen Weitblick unter Beweis stellte. Wenn er scheitert, können Sie sich ein ›Ich habe es ja gesagt‹ erlauben.«

»Mir liegt nichts daran, recht zu behalten. Ich möchte nur, daß der Junge glücklich ist.«

»Gut.« Pulaski zögerte kurz. »Dann hoffen Sie, daß es ihm gelingt, seinem Freund zu helfen.«

»Da wir gerade dabei sind...« Riker sah sich um. »Ist er nicht mehr hier?«

»Jaan? Ich habe ihn entlassen. Oh, ich werde ihn natürlich in regelmäßigen Abständen untersuchen, aber warum sollte er hierbleiben?« Sie zuckte mit den Schultern. »Schließlich leidet er nicht an einer ansteckenden Krankheit. Was hätte es für einen Sinn, ihn an Bord zu behalten, wenn er an eine Behandlungsliege gefesselt ist? Solange er sich nicht übermäßig anstrengt und die notwendigen Arzneien bekommt, geht es ihm gut.«

»So gut es einem Sterbenden gehen kann«, murmelte Riker.

»Ja, mit dieser Einschränkung.«

Nach dem Gespräch mit Katherine Pulaski begab sich der Erste Offizier in den Maschinenraum. Es dauerte nicht lange, bis er Geordi fand. Er stand in einem Nebenzimmer, in dem es von Technikern wimmelte: Sie untersuchten jenes Objekt, das sie den Kreel ›abgenommen‹ hatten — *gestohlen* klang so häßlich. Riker verharrte in der Tür und beobachtete.

Die Männer und Frauen wirkten wie Ameisen, die sich für ein leckeres Zuckerstück interessierten.

Geordi blieb von der allgemeinen Hektik unbeeinflußt, hob einen Scanner, blickte auf die Anzeige und schüttelte den Kopf. Riker nannte seinen Namen, aber LaForge hörte ihn nicht. Einer der Techniker klopfte ihm auf die Schulter, und daraufhin drehte sich Geordi um und ging zum offenen Schott.

Riker mochte ihn, und einmal mehr unterdrückte er sein Mitgefühl, das die Blindheit des Chefingenieurs in ihm weckte. LaForge hätte sicher nichts davon gehalten. Der Erste Offizier wußte, daß Geordis Visor keine völlig schmerzlose Prothese war: Es übermittelte dem Gehirn eine ständige visuelle Informationsflut, und es grenzte an ein Wunder, daß der Chefingenieur keinen geistigen Kollaps erlitt. Geordi ertrug die psychische Belastung mit einer Gelassenheit, die Bewunderung verdiente.

»Statusbericht, Mr. LaForge«, sagte Riker förmlich.

Geordi ignorierte den Ernst des Ersten Offiziers. »Er wird Ihnen nicht gefallen.«

»Warten wir's ab. Was haben Sie bisher entdeckt?«

»Nichts.«

»Nichts?« fragte Riker ungläubig. »Himmel, Geordi, Sie und Ihre Leute untersuchen die fremde Waffe schon seit einer halben Ewigkeit. Brauchen Sie Hilfe?« Mit gespieltem Entsetzen fügte er hinzu: »Wollen Sie etwa behaupten, ohne Wesley kämen Sie nicht weiter?«

Geordi grinste breit. »Nein, selbst der...« – er ahmte den Tonfall des Captains nach – »...außerordentlich begabte Mr. Crusher...«

»Der anderweitig beschäftigt ist«, warf Riker ein.

»...könnte uns nicht helfen«, beendete LaForge den Satz. »Das Ding widersteht all unseren Versuchen, eine Spektralanalyse vorzunehmen. Wir haben verschiedene Scanner eingesetzt, um Aufschluß über die wichtigsten Schaltkreise zu bekommen. Meine Leute rückten dem Apparat mit Tricordern und speziellen Sensoren zu Leibe. Vergeblich. Wir brachten ihn sogar nach unten in die Krankenstation...«

»Nach oben.«

»Meinetwegen: nach *oben* in die Krankenstation«, brummte Geordi. »Nun, wir legten ihn auf einen Diagnosetisch, aber die Indikatoren zeigten auch weiterhin die Nullmarken. Gott ist mein Zeuge: Wir schreckten nicht einmal davor zurück, Röntgenstrahlen zu verwenden – ziemlich archaisch, nicht wahr? Es führte zu nichts. Der Zylinder verschluckt alle Strahlen, die wir auf ihn richten.«

»Können Sie ihn sehen?«

Geordi überlegte kurz. »Eine gute Frage. Ich meine, zuerst klingt sie absurd, aber sie ist durchaus berechtigt. Ja, ich kann das Ding sehen, und das bedeutet, es absorbiert nicht das ganze Spektrum. Normales Licht wird reflektiert, denn sonst wäre die Waffe...«

»... unsichtbar«, sagte Riker.

»Genau. Wie eine Tarnvorrichtung. Es gibt also nur zwei Möglichkeiten. Entweder besteht der Apparat aus einem Metall mit völlig unbekannten Eigenschaften, was eine metallurgische Analyse zu bestätigen scheint...«

»Oder?«

»Oder er verfügt über eine interne Tarnvorrichtung, die Sondierungsstrahlen nicht bis ins Zentrum vordringen läßt.«

»Ich verstehe«, murmelte Riker.

»*Ich* nicht.«

»Was ist mit dem energetischen Potential?«

»Keine Ahnung. Wir fragen uns noch immer, auf welche Weise wir einen entsprechenden Test vornehmen sollen. Wir wollen doch nicht riskieren, den ganzen Maschinenraum in die Luft zu sprengen.«

»Das sind ja nette Aussichten. Der Captain wird begeistert sein.«

»Soll er sich doch selbst um das Ding kümmern«, erwiderte Geordi scharf und zeigte nun seinen Ärger darüber, daß er mit den Untersuchungen nicht weiterkam. »Ich bin außerstande, es zu demontieren. Kommen Sie, ich möchte Ihnen etwas zeigen.« Er führte Riker zu dem glänzenden Zylinder und deutete auf eine bestimmte Stelle. »Abgesehen von den Markierungen und Justierungskomponenten ist das Objekt völlig glatt. An dieser Stelle gab es eine Art Interface, das die Kreel nutzten, um eine improvisierte Verbindung mit den Bordsystemen ihres Raumschiffes herzustellen. Ich frage mich noch immer, wie so etwas funktionieren konnte — das Glück der Dummen. Der Anschluß hätte *irgendeinen* Zweck erfüllen können. Reiner Zufall, daß es den Kreel gelang, die Waffe mit Energie zu beschicken und gegen uns einzusetzen. Ebensogut hätte sie explodieren können.«

»Vielleicht fand der Zylinder Gefallen an den Kreel.«

»Dann sollte man ihm raten, bei der Wahl seiner Freunde vorsichtiger zu sein.«

Riker sah über Geordis Schulter und furchte die Stirn. »Wo befindet sich das Interface?«

»Es ist verschwunden«, erwiderte LaForge.

Riker schwieg einige Sekunden lang, und seine Lippen bewegten sich stumm. »Es ist... was?«

»Verschwunden. Wir lösten die Kreel-Kabel und beobachteten, wie sich die Öffnung schloß.«

»Himmel, das ist doch verrückt! Soll das heißen, der Apparat *lebt?*«

»Das will ich nicht hoffen«, sagte Geordi. »Wir haben so sehr darauf herumgeklopft, daß er zornig auf uns werden könnte. Und wenn Winzig einen Wutanfall bekommt, möchte ich weit weg sein.«

»Winzig?«

»Mein Spitzname für den Zylinder.«

»Sehr einfallsreich. Sagen Sie, Geordi...« Riker ging langsam um die Waffe herum und betrachtete sie von allen Seiten. »Wie ist der Anschluß verschwunden? Hat sich eine Klappe geschlossen?«

»Nein. Ein derartiger Mechanismus wäre nicht etwa rätselhaft, sondern völlig normal. Nein, das Metall schimmerte kurz, und dann...«

»*Erweiterte* es sich«, warf einer der Techniker ein.

LaForge nickte kurz. »Ja, man könnte es so nennen. Die Öffnung wuchs zu — ein Vorgang, der ungefähr drei Sekunden dauerte. Die metallische Substanz schien so weich wie Knetmasse zu werden, bedeckte die Schnittstelle... und wurde so hart und glatt wie der Rest.«

Riker lehnte sich an eine Konsole und schüttelte den Kopf.

»Das Untersuchungsergebnis lautet also folgendermaßen«, fügte Geordi hinzu und lächelte dünn. »Wir haben es mit einem wahrhaft besonderen Gegenstand zu tun.«

Riker fragte sich, was der Captain von einem solchen Bericht halten mochte.

Worf betrat das Holodeck, und hinter ihm glitt das Schott mit einem leisen Zischen zu. Derzeit war kein Simulationsprogramm aktiv, und daher bot sich dem Sicherheitsoffizier ein leerer, dunkler Raum dar, dessen Boden ein goldenes Gittermuster zeigte.

Worf hätte ein komplexes Szenario wählen können: Duelle auf den Wehrgängen einer Festung, Konfrontationen mit den Ungeheuern eines exotischen Planeten. Aber Klingonen hielten nicht viel von Extravaganzen.

Er trat langsam vor und sagte: »Kampfring.«

Sofort bildete sich ein großes Quadrat aus glänzenden Linien. Worf erinnerte sich daran, daß Tasha immer eine Matte gewählt hatte. Das Andenken der Ehrenwerten Tasha Yar verdiente zweifellos seinen Respekt, aber er zog es vor, auf eine Matte zu verzichten.

Worf blieb in der Mitte des Rings stehen, kniff die Augen zusammen und bereitete sich vor. »Gegner«, brummte er. »Vier.«

In jeder Ecke des Quadrats erschien eine muskulöse Gestalt. Worf beobachtete sie und runzelte die Stirn. Irgend etwas stimmte nicht.

Plötzlich fiel es ihm ein.

»Reprogrammierung«, sagte er. »Kreel.«

Die vier simulierten Individuen verschwanden, und einen Sekundenbruchteil später nahmen Kreel-Krieger ihren Platz ein. Sie rührten sich nicht von der Stelle, warteten auf Anweisungen.

Klingonen lächelten nicht, und Worf achtete diese Regel: Er trug eine ausdruckslose Miene zur Schau. Aber innerlich grinste der Sicherheitsoffizier.

Er zögerte und dachte an die bevorstehende Auseinandersetzung. Der Computer würde den Kampf analysieren und ihn unterbrechen, wenn Worf in ernste Gefahr geriet. Doch ein Krieger konnte nur dann sein Bestes geben, wenn etwas auf dem Spiel stand.

Der Klingone entsann sich an die von ihm selbst vorgenommenen Modifikationen des Programms.

»Todesschranken desaktivieren«, sagte er.

Eine körperlose Sprachprozessorstimme antwortete ihm. »Bestätigung.« Worf nickte zufrieden und wußte, worauf er sich einließ: Er riskierte sein Leben.

»Angriff!«, stieß er hervor.

Er wartete, wippte auf den Zehen, hob die Hände und hielt sie in der T-Formation.

Simulierte Gegner waren keineswegs dumm. Der Computer lernte extrem schnell, glich Fehler aus und entwikkelte innerhalb kurzer Zeit wirkungsvolle Strategien. Er stellte sich auf die Person ein, die das Programm benutzte. Mit anderen Worten: Worf konnte in Bedrängnis geraten, wenn er nicht rasch handelte. Er mußte sich auf Geschick und Reflexe verlassen, auf seine kampftechnische Phantasie.

Der erste Kreel stürmte los, und die anderen warteten, um zu beobachten, wie sich Worf verhielt. Der Angreifer offenbarte das typische Gebaren der Abscheulichen: Er ging ohne jede Taktik vor, hielt sich nicht damit auf, nach einer Blöße des Kontrahenten Ausschau zu halten. Er streckte einfach die Arme aus und krümmte die Finger, versessen darauf, sie um den Hals des Klingonen zu schließen, ihm die Kehle zu zerquetschen.

Worf blieb reglos stehen, mit gekrümmten Knien, die Hände bereit. Im letzten Augenblick wich er zur Seite, packte den knurrenden Kreel an Nacken und Taille, nutzte sein Bewegungsmoment aus und warf ihn mit einem Ruck aus dem Ring. Der erste Gegner prallte auf den Boden und stand nicht wieder auf.

Worf wandte sich den anderen zu und vermutete, daß der Computer einen oder höchstens zwei gegen ihn schickte. Doch es erwartete ihn eine Überraschung: Der Computer ließ alle drei angreifen.

Er war so verblüfft, daß er nicht rechtzeitig reagierte. Die Kreel kamen entschlossen heran, packten ihn, zerrten ihn zu Boden. Harte Fäuste trafen den Klingonen, als er das Gleichgewicht verlor und stürzte.

Er wehrte die meisten Hiebe ab, aber ein Gegner schlang beide Arme um sein linkes Bein und versuchte, es zu brechen. Worf drehte sich um, zog den rechten Fuß an und traf den Kreel mitten im Gesicht. Der Abscheuliche wurde fortgeschleudert, und Blut spritzte aus der simulierten Nase.

Worf löste sich von den beiden anderen Kreel. Einer von ihnen holte zu einem wuchtigen Schlag aus, aber der Klingone duckte sich darunter hinweg und trat nach dem Hals des Angreifers. Die häßliche Gestalt fiel, und daraufhin wirbelte Worf um die eigene Achse, hob beide Beine und rammte dem Kreel die Stiefel ans Kinn. Er vernahm ein dumpfes Knirschen, als der Unterkiefer brach, beobachtete mit grimmiger Zufriedenheit, wie sein Gegner einige Zähne verlor. Der verletzte Kreel rollte fort, kippte über den Rand des Rings – und rührte sich nicht mehr.

Die beiden restlichen Kontrahenten sprangen erneut heran, und Worf stemmte sich rasch in die Höhe. Ein Kreel trachtete danach, ihn wieder zu Fall zu bringen, und der andere hatte es auf seinen Torso abgesehen. Der Klingone wich zurück, und die beiden Gegner prallten aneinander. Einer kam sofort wieder auf die Beine, aber diesmal war Worf vorbereitet. Zweimal bohrte er ihm die Faust in die Magengrube, zog dann das Knie an und schmetterte es in eine schmerzverzerrte Fratze. Wieder floß Blut, und Worf triumphierte.

Der andere Kreel stürzte sich von hinten auf ihn, zwang den rechten Arm des Klingonen zurück. Worf winkelte den linken an, warf den dritten Gegner über die Ringbegrenzung, wandte sich dann dem letzten zu.

Er versuchte, den Abscheulichen abzuschütteln, aber der Kreel klammerte sich an ihm fest, ließ nicht etwa los, sondern schlang ihm die Arme um den Hals. *Ein Doppelnelson,* dachte Worf alarmiert, und er hörte, wie es in seinem Genick zu knacken begann.

Er ließ sich auf den Rücken fallen, belastete den Kreel mit seinem ganzen Gewicht, aber der Griff lockerte sich nicht. Vergeblich zerrte Worf an den sehnigen, muskulösen Armen.

Der Sicherheitsoffizier knurrte, und die Computerüberwachung nahm eine kurze Situationsanalyse vor. Die in den Speicherbänken enthaltenen Daten bestätigten die kritische Lage: Sterbende Klingonen schrien oder fluchten nie, gaben nur ein dumpfes Brummen von sich.

Der Computer beschloß, Worf noch eine letzte Möglichkeit zu bieten.

»Gib auf«, sagte der simulierte Kreel.

»*Eher sterbe ich!*« donnerte Worf in der sicheren Überzeugung, daß dies seine letzten Worte waren. Die Konturen der Umgebung verschwammen, und Dunkelheit wogte heran. Das Atmen fiel ihm immer schwerer...

Er konnte die Hände des Kreel nicht sehen — sie blieben an seinem Nacken zusammengefaltet. Die langen, gorillaartigen Arme krümmten sich an der Kehle, und plötzlich sah Worf eine Chance.

Er versuchte nicht länger, die Hände seines Gegners auseinanderzuzwingen, konzentrierte sich statt dessen auf die Unterarme. Sofort nahm der Druck an Hals und Nacken zu, denn nun konnte der Kreel seine ganze Kraft einsetzen. Nur noch wenige Sekunden, bis das Genick nachgab...

Der Klingone schloß seine Finger um den linken Unterarm, hob ihn ein wenig an — und biß hinein.

Er schmeckte schmieriges Blut, und der Kreel schrie.

Worf bohrte die Zähne noch einmal ins Fleisch seines Gegners, und endlich bekam er mehr Bewegungsspielraum. Der Klingone zögerte nicht, knickte in der Hüfte ein, riß den Abscheulichen über die Schulter und schleuderte ihn zu Boden. Er spuckte klebrige Flüssigkeit aus, sprang und landete mit beiden Knien auf dem Kreel, hörte deutlich, wie einige Rippen brachen. Worf beugte sich vor, packte die Gestalt unter ihm an den Schultern, dicht neben dem breiten, deformen Schädel, bohrte die Daumen in einen rudimentären Halsansatz.

Der Kreel gab gräßliche, gurgelnde Geräusche von sich, und die großen Augen traten ihm aus den Höhlen. Dann sagte er ein Wort, das den Klingonen zutiefst verblüffte.

»Gnade«, brachte er hervor, keuchte und schnappte nach Luft.

Worf starrte verdutzt auf seinen Gegner herab, zog die Hände nicht zurück.

Selbst Klingonen, die bei Menschen aufgewachsen waren, konnten sich nicht dazu durchringen, in Kreel gleichberechtigte, intelligente Wesen zu sehen. Auch Worf hielt die Abscheulichen – es gab keine bessere Bezeichnung! – für Schakale, für Ungeziefer, das man ausrotten mußte, für Kakerlaken, die sich von Abfällen und Aas ernährten. Und er hob den metaphorischen Stiefel, um einen der widerwärtigen Käfer zu zertreten.

»Fahr zur Hölle«, zischte er.

Er drehte den Kopf des Kreel, und das laute Knacken des brechenden Genicks bereitete ihm tiefe Genugtuung. Blut rann aus dem Mundwinkel des Toten und tropfte auf die Hände des Klingonen, doch Worf ignorierte es, genoß seinen Triumph.

Der Kreel bewegte sich nicht mehr; Pseudo-Leben floß aus ihm heraus.

Worf stand langsam auf und beobachtete den simulierten Leichnam. Dann betrachtete er seine Hände, krümmte versuchsweise die Finger.

»Programmende« sagte er.

Die vier Gestalten lösten sich auf, ebenso der Ring. Alles schien nur ein Traum gewesen zu sein.

Bis auf...

Das Blut existierte nach wie vor. Worf drehte die Hände, schüttelte verwirrt und fassungslos den Kopf. Noch immer klebte schmierige Flüssigkeit an seinen Fingern, aber sie gehörte zur Simulation und hätte ebenfalls verschwinden müssen.

Worfs Schritte klangen seltsam laut, als er zur Tür ging, und die beiden Schotthälften glitten gehorsam auseinander. Im vertrauten Korridor der *Enterprise* sah der Sicherheitsoffizier noch einmal auf seine Hände herab, und diesmal hielt er vergeblich nach Blut Ausschau.

Er lächelte. Natürlich nur innerlich.

»Jetzt können die Kreel kommen«, grollte er leise.

KAPITEL 7

Auf der Brücke eines klingonischen Schlachtkreuzers fanden nur selten entspannte Plaudereien statt. Einige Offiziere unterhielten sich leise, verstummten jedoch sofort, als Kobry den Kontrollraum der *Kothulu* betrat.

Der Commander stand mit dem Rücken zur Tür, aber er spürte die Präsenz des Botschafters, drehte sich um und musterte den zwergenhaften Klingonen.

»Sie wünschen, Ehrenwerter?« fragte er.

Kobry musterte ihn einige Sekunden lang, bevor er erwiderte: »Ich möchte gern wissen, wann das Rendezvousmanöver mit der *Enterprise* stattfindet.«

»In sechs Stunden, Ehrenwerter.« Der Kommandant zögerte. »Kann ich Ihnen sonst irgendwie behilflich sein?«

Kobry erwog mehrere Antworten auf diese Frage, verwarf sie wieder und sagte schlicht: »Nein. Ich danke Ihnen, Commander.« Er wandte sich um und verließ die Brücke.

Der Kommandant nahm in seinem Sessel Platz und wirkte ganz und gar nicht zufrieden – was auch auf seinen Stellvertreter zutraf.

»Ich finde dies unerträglich«, brummte Tron.

Der Commander bedachte seinen Ersten Offizier mit einem durchdringenden Blick. »Begleiten Sie mich in mein Quartier«, sagte er scharf, stand auf und marschierte davon. Die Brückencrew sah ihm verwundert nach. Tron folgte seinem Vorgesetzten verwirrt.

Kurze Zeit später erreichten sie die Kabine des Kommandanten, in der man getrost vertrauliche Gespräche führen konnte. Noch vor wenigen Jahren wäre so etwas unmöglich gewesen: Tron erinnerte sich an winzige Überwachungskameras, die von der Sicherheitsabteilung in *allen* Kammern versteckt wurden. Er dachte an ständige Kontrollen, Bespitzelungen und geheime Berichte.

Seit dem Bündnis mit der Föderation gehörte so etwas der Vergangenheit an.

Der Kommandant verschränkte die Arme und sah seinen Ersten an. »Könnten Sie sich etwas genauer ausdrükken, Tron? Was meinen Sie mit ›dies‹?«

»Diese... Situation.« Der Zorn in ihm suchte nach einem Ventil, und die Zunge bewegte sich von ganz allein. »Sie haben mir befohlen, den Ehrenwerten Kobry als Leiter seiner Eskorte zur *Enterprise* zu begleiten. Das Föderationsschiff wird auch Kreel aufnehmen.«

»Ja, das stimmt.«

»*Kreel!*«

»Ich bin nicht taub, Tron.«

»Commander...« Klingonen flehten nicht, doch in Trons Stimme vibrierte etwas. »Wir haben gerade erst das Raumdock verlassen, nachdem es den Kreel fast gelungen wäre, unser Schiff zu vernichten. Ganz zu schweigen von dem Anschlag auf mein Leben und den beiden Besatzungsmitgliedern, die auf DQN 1196 starben. Außerdem sind den Kreel nach jenem ersten Zwischenfall noch viele andere Klingonen zum Opfer gefallen.«

»Worauf wollen Sie hinaus?«

Für gewöhnlich hielt sich Tron zurück und wagte es nicht, ganz offen zu sprechen. Aber diesmal glaubte er zu erkennen, daß der Kommandant aufrichtiges Interesse an seinen Ausführungen hatte, und er beschloß, die gute Gelegenheit zu nutzen.

»Auf folgendes, Sir: Die Föderation und das Imperium verhalten sich noch immer so, als gebe es keinen Krieg zwischen uns und den Kreel. Seit sie die Waffen auf DQN 1196 fanden, greifen uns die Abscheulichen immer wieder an. Aber als wir damit begannen, uns zur Wehr zu setzen, bat man die Föderation, in dem Konflikt zu vermitteln. Warum lassen wir uns auf Verhandlungen ein? Wo bleibt unser Recht, Vergeltung zu üben? Wo bleibt unsere Ehre?«

Der Kommandant antwortete nicht sofort. Er blickte aus dem Fenster, betrachtete die bunten Streifenmuster der Sterne. Die *Kothulu* raste mit hoher Warpgeschwindigkeit durchs All, näherte sich dem vereinbarten Treffpunkt.

»Sie sind ein Anhänger der Alten Art«, sagte er schließlich. »Sie bedauern die Große Erleuchtung und das Bündnis mit der Föderation, obwohl es unserem Volk Wohlstand und Fortschritt bescherte. Denken Sie daran: Es befindet sich jemand an Bord, der maßgeblich daran beteiligt war, die Allianz mit dem Völkerbund zu ermöglichen.«

»Der Ehrenwerte Kobry.« Tron seufzte.

»In der Tat«, bestätigte der Kommandant. »Als Staatsmann, Denker und Philosoph genießt Kobry einen ausgezeichneten Ruf. Er hat große Leistungen vollbracht, ist zu einer lebenden Legende geworden. Nun, vor der Großen Erleuchtung waren wir ein Volk barbarischer Krieger, und um ganz ehrlich zu sein: Eigentlich unterschieden wir uns damals nicht sehr von den Kreel.«

Tron spuckte.

»Manchmal fällt es recht schwer, sich der Wahrheit zu stellen«, kommentierte der Kommandant. »Es spielt keine Rolle, was Sie oder ich von der gegenwärtigen Situation im klingonischen Imperium halten. Wir müssen uns den Wünschen des Imperators fügen, und derzeit möchte der Imperator einen totalen interstellaren Krieg verhindern — solange Hoffnung besteht, daß die Verhandlungen zu einem Erfolg führen. Solange wir nicht *ganz* sicher sein können, daß die Kreel alles verachten, was die Klingonen schätzen und ehren.«

»Sie haben ihre Verachtung bereits bewiesen!« stieß Tron hervor.

»Ein *endgültiger* Beweis steht noch aus«, sagte der Kommandant, und dabei klang seine Stimme irgendwie seltsam. Tron hörte aufmerksam zu und stellte erstaunt fest, daß sich sein Vorgesetzter wiederholte. »Verachtung für alles, was die Klingonen schätzen und... *ehren*.«

Tron verstand nicht. »Wir ehren den Kampf«, murmelte er. »Wir ehren einen tapferen Tod. Wir ehren...«

»Personen«, warf der Kommandant ein.

Und allmählich begriff Tron, was der Mann ihm gegenüber anzudeuten versuchte. Als er schwieg, fügte der Commander hinzu: »Besonders... ehrenwerte... Personen.«

»Zum Beispiel den... Ehrenwerten Kobry«, sagte Tron langsam.

»Ja, zum Beispiel.« Die ganze Zeit über mied der Kommandant den Blick des Ersten Offiziers. »Nun, wenn dem Ehrenwerten Kobry etwas zustieße, wenn die Kreel ein Attentat auf ihn verübten... Dann wäre der klingonische Stolz so sehr verletzt, daß keine Verhandlungen mehr in Frage kommen.«

»Ja... Ja, Sie haben recht.«

»In einem solchen Fall ließe sich ein Vernichtungskrieg nicht länger vermeiden, und ich bin sicher, daß wir früher oder später den Sieg errängen – trotz der neuen Kreel-Waffen. Bisher hatten die Abscheulichen reines Glück: Nur die Große Erleuchtung bewahrte sie vor der Ausrottung. Sie verfügen jetzt über eine Technologie, die eine große Gefahr für uns darstellt, und wer weiß, welche Macht sie damit in den nächsten Jahren erringen könnten. Während wir über Frieden und guten Willen sprechen, rüsten sie weitere Raumschiffe mit den überlegenen Waffensystemen aus – bis sie schließlich zu einem mindestens ebenbürtigen Gegner werden. Das kann nicht in unserem Interesse liegen.«

»Nein, natürlich nicht.« Tron begann damit, die enorme Bedeutung der Botschaft zu erfassen, die sich zwischen den verbalen Zeilen verbarg. »Ich verstehe, was Sie mir mitzuteilen versuchen, Sir.«

»Mitzuteilen?« Zum erstenmal sah der Kommandant seinen Stellvertreter an und gab sich dabei völlig unschuldig. »Was soll das heißen, Tron? Es handelt sich nur um ein privates Gespräch zwischen dem Commander und seinem Untergebenen. Ich behaupte nicht, in die Zukunft sehen zu können. Ich habe keine Ahnung, was geschehen wird. Bestimmt unterliegen Sie ähnlichen Beschränkungen.«

»In der Tat, Sir«, sagte Tron vorsichtig. »Mir fehlen die Fähigkeiten eines Wahrsagers.«

»Mir ebenfalls«, bestätigte der Kommandant. »Ich bin weder Diplomat noch ein großer Denker oder Philosoph. Nein, ich bin nur ein einfacher Soldat und Patriot, der sich für seine Heimat das beste aller möglichen Schicksale wünscht. Vermutlich ergeht es Ihnen nicht anders. So etwas trifft auf alle Helden zu.«

»Es ehrt mich, daß Sie mir mit einer solchen Einstellung begegnen, Commander.«

»Sie haben es verdient. Nun, meine Hoffnung besteht darin, daß alle Klingonen genau das bekommen, was sie verdienen.« Der Kommandant wandte sich um. »Sie können jetzt gehen.«

Tron kehrte in den Korridor zurück, und seine Gedanken rasten. Inzwischen zweifelte er nicht mehr daran, worauf sein Vorgesetzter hinauswollte: Er gab ihm freie Hand, forderte ihn auf, nach eigenem Ermessen zu handeln und alle notwendigen Schritte zu unternehmen, um die Verhandlungen scheitern zu lassen. Das Resultat bestand in einem Krieg, der den Klingonen endlich die Gelegenheit gab, die verhaßten Kreel auszurotten.

Eine Chance, mit Würde zu leben oder ehrenvoll zu sterben.

Wie in der guten alten Zeit.

KAPITEL 8

»Mir reicht's«, sagte Jaan. »Ich habe die Nase voll.«

Er verzog das Gesicht und warf seine Karten auf den Tisch. »Nicht einmal ein Flush genügt, um zu gewinnen.« Er beobachtete die anderen Spieler. »Es ist alles Ihre Schuld!«

Data musterte ihn aus gelben Augen, die eigenen Karten hoch erhoben. »Ich fürchte, ich kann dir nicht ganz folgen«, erwiderte er und sprach den Elfen ebenfalls mit du an, obwohl er keineswegs ein Kind war.

Außer dem Androiden saßen noch Geordi und Deanna am Tisch, und vor ihnen bildeten Spielchips mehr oder weniger hohe Stapel. Jaan schüttelte den Kopf. »Ich meine, man sehe sich nur einmal diese Gruppe an. Datas Gesichtsausdruck verändert sich nie. Geordis trägt ein Visor. Und Deanna ist Empathin: Sie weiß genau, wann ich mit meinen Karten zufrieden bin.«

»Ich würde es nicht wagen, meine Fähigkeiten zu nutzen, um mir einen Vorteil zu verschaffen«, entgegnete die Counselor sanft.

»Ich glaube, er scherzt«, warf LaForge ein. Troi konnte zwar die Gefühle anderer Personen erfassen, aber trotzdem — oder vielleicht gerade deswegen — blieb sie die meiste Zeit über sehr ernst. Im Vergleich zu ihr wirkte Data wie die personifizierte Fröhlichkeit.

»Nein, das ist nicht der Fall«, widersprach Deanna.

»Doch«, sagte Jaan und lächelte schief.

Troi musterte ihn einige Sekunden lang und gab keinen Ton von sich. Aber ihr Blick übermittelte eine deutliche Botschaft: *Dir ist nicht zum Scherzen zumute.*

»Wie dem auch sei, ich mache jetzt Schluß«, fügte der Elf hinzu. »Ich bin ziemlich müde.« Er stand auf und verließ den Raum.

Im Korridor verharrte er und lehnte sich an die Wand. Das Herz klopfte ihm bis zum Hals empor, und er mußte sich zwingen, langsam und ruhig zu atmen. Nach einer Weile schaltete er das nächste Interkom ein. »Krankenstation?« fragte er.

»Hier spricht Dr. Pulaski«, tönte es aus dem kleinen Lautsprecher. »Bist du das, Jaan?«

»Ja.« Er versuchte, etwas gerader zu stehen — als befürchtete er, die Ärztin könne ihn sehen und gewisse Schlüsse aus seiner Haltung ziehen. »Ich bin ein wenig wacklig auf den Beinen.«

»Das überrascht mich nicht. Wird Zeit für deine Medizin. Ich wollte schon eine Assistentin damit beauftragen, nach dir zu suchen. Wo bist du?«

»In der Nähe des Freizeitraums D5.«

»Ich schicke dir jemanden.«

»Nein«, sagte Jaan hastig und kämpfte gegen seinen Ärger an. »Ich schaffe es auch allein. Himmel, ich bin kein Krüppel, der ständig Hilfe braucht, den man dauernd tragen muß. Ich... mache mich jetzt auf den Weg zu Ihnen.«

Die Ärztin zögerte kurz. »Na schön. Ich gebe dir fünf Minuten Zeit. Wenn du länger brauchst, lasse ich dich von jemandem hierher bringen.«

»Abgemacht.«

Der Selelvianer stieß sich von der Wand ab und ging in Richtung Turbolift. Nach einigen Schritten erklang eine Stimme hinter ihm. »Jaan.«

Er setzte auch weiterhin einen Fuß vor den anderen. »Ich muß zur Krankenstation, Counselor. Dr. Pulaski hat mir eine Frist gesetzt, und wenn ich nicht rechtzeitig bei ihr eintreffe, schickt sie ein Suchkommando. Wenn Sie ein bißchen mit mir plaudern möchten, müssen Sie mich begleiten.«

»In Ordnung.« Troi gesellte sich an seine Seite. »Ich mache mir Sorgen um dich, Jaan.«

»Der Captain hat Ihnen von meinem kleinen Problem erzählt, nicht wahr?«

»Als Schiffscounselor bin ich für das psychische Wohl aller Personen an Bord zuständig.«

»Das bedeutet also ›ja‹, oder?«

Deanna räusperte sich. »Ja. Aber ich möchte dich darauf hinweisen, daß der Captain keine entsprechende Meldung durchgegeben hat.« *Das braucht er auch gar nicht,* dachte sie. *Bobbi Chase ließ keinen Zweifel daran, wie es um dich steht.*

Sie blieb vor einer Tür stehen. »Dies ist meine Kabine, Jaan. Was hältst du davon, wenn wir uns in aller Ruhe unterhalten?«

Der Selelvianer deutete nach unten. »Man erwartet mich in der Krankenstation. Und wie ich vorhin schon sagte: Wenn ich zuviel Zeit verliere, hetzt Katherine die Hunde auf mich.«

Deanna dachte kurz nach und berührte ihren Insignienkommunikator. »Troi an Krankenstation.«

»Hier Pulaski. Was haben Sie auf dem Herzen, Deanna?«

»Soweit ich weiß, soll Jaan zu Ihnen kommen.«

»Ja, das stimmt.«

»Er ist bei mir, und ich würde gern mit ihm sprechen, wenn Sie gestatten.«

»Nun, ich weiß nicht recht... Vor kurzer Zeit deutete sein Tonfall darauf hin, daß es ihm schlecht geht.«

»Ich halte noch einige Minuten lang durch, Doktor«, warf Jaan ein und bedachte die Counselor mit einem strahlenden Lächeln. »Elfen besitzen ein erstaunliches Regenerationspotential.«

»Ja, davon habe ich gehört. Na schön, Deanna. Aber Sie sind für ihn verantwortlich.«

»Selbstverständlich. Troi Ende.«

Sie drehte sich zu Jaan um, der noch immer lächelte, und erst jetzt fiel ihr auf, wie faszinierend sein Gesicht wirkte.

»Ich muß zugeben, daß ich mit Selelvianern nicht übermäßig vertraut bin«, sagte sie langsam. Es befinden sich über tausend Personen an Bord, und...«

»Kein Problem«, erwiderte der Elf und trat einen Schritt näher. »Überhaupt kein Problem.«

In diesem Augenblick summte Deannas Kommunikator. Sie warf Jaan einen entschuldigenden Blick zu und schaltete das kleine Gerät ein. »Counselor Troi«, sagte sie.

»Picard«, erklang die klare Stimme des Captains. »Es dauert nicht mehr lange bis zum Rendezvous mit dem klingonischen Schiff. Wir bereiten uns darauf vor, den Botschafter und seine Begleiter an Bord zu holen, und ich möchte, daß Sie dabei zugegen sind.«

»Captain...« Deanna zögerte kurz. »Ich bin derzeit in einer privaten Besprechung.«

»Kann sie verschoben werden?«

Die Counselor sah Jaan an und gab die Frage stumm an ihn weiter.

Der Elf schüttelte den Kopf, und seine Lippen formten ein lautloses Nein. In Jaans Augen funkelte es amüsiert.

Deanna überlegte. Sie war davon überzeugt, daß der Selelvianer ihre Hilfe brauchte. *Wenn es in Hinsicht auf die Klingonen zu Schwierigkeiten kommt... Bestimmt kann der Captain lange genug mit ihnen fertig werden, bis ich zur Stelle bin.*

»Troi?« fragte Picard, als die Stille andauerte.

»Ich halte es für höchst unklug, die Besprechung auf einen späteren Zeitpunkt zu verschieben.«

Deanna stellte sich die Überraschung des Captains vor, als er antwortete: »Nun, gut Counselor. Handeln Sie nach Ihrem besten Ermessen. Aber denken Sie daran: Ich warte auf Sie.«

»Ja, Sir. Ich komme so schnell wie möglich.«

»Gut. Picard Ende.«

Sie ließ die Hand sinken, und Jaan berührte sie am Arm. Seine Ausstrahlungskraft war überwältigend.

»Und nun...«, sagte er melodisch. »Worüber möchten Sie mit mir sprechen?«

»Seltsam«, sagte Picard auf der Brücke. Er drehte sich zu

seinem Ersten Offizier um. »Was halten Sie davon, Nummer Eins?« Er wartete die Antwort gar nicht ab. »Übrigens, Mr. Riker... Sie haben da eine Angewohnheit, die mich sehr stört.«

»Was meinen Sie, Sir?« erwiderte Riker verwirrt.

»Wenn man Ihnen eine Frage stellt, zupfen Sie an Ihrem Bart. Dadurch wirken Sie unschlüssig.«

»Ach, tatsächlich?« brummte Riker unschuldig. »Tut mir leid, Sir. Ich werde darauf achten. Nun, was Deanna betrifft... Sie kann sehr stur sein, wenn sie glaubt, daß man ihre Hilfe benötigt.«

»In der Tat.«

»Ich glaube, diese Einstellung macht sie zu einer guten Counselor.«

Der rückwärtige Turbolift öffnete sich, und Geordi und Data betraten die Brücke. Picard hatte sie benachrichtigt, bevor er sich mit Troi in Verbindung setzte.

Data nahm an der Operatorstation Platz und betrachtete interessiert die Darstellung des klingonischen Schlachtkreuzers. Einst wäre die Präsenz eines derartigen Schiffes Grund genug gewesen, mindestens Alarmstufe Gelb zu veranlassen, aber die Ereignisse vor dem Bündnis zwischen Föderation und Imperium kannte Data nur aus historischen Unterlagen, nicht aus eigener Erfahrung.

Der Androide drehte den Kopf und sah zur Navigationskonsole, an der Lieutenant Marks saß. »Wo ist Wesley?« fragte er.

»Data...« erwiderte Picard und zwang sich zur Ruhe. »Bitte verzichten Sie darauf, sich nach Wesley Crusher zu erkundigen.«

»Ja, Sir.«

»Captain«, sagte Worf. Er stand an der Sicherheitsstation. »Es wurde gerade ein Kom-Kanal geöffnet, und ich empfange Signale von dem Raumschiff.«

Picard stellte fest, daß Worf nicht von ›dem klingonischen Kreuzer‹ sprach. »Hier ist Captain Picard von der U.S.S. *Enterprise*.«

Das Bild auf dem großen Wandschirm wechselte, zeigte den klingonischen Kommandanten. »Ich grüße Sie, Captain Picard«, lautete die dumpfe Antwort. »In einer anderen Ära hätte ich Sie vermutlich als Feind verflucht.«

»Ein geschichtlicher Qualitätssprung trennt uns von jener Epoche«, entgegnete Picard.

»Ja. Wir sind bereit, unseren Botschafter und seine Begleiter zu Ihnen zu beamen. Bitte gewährleisten Sie die Sicherheit des Ehrenwerten Kobry.«

»Selbstverständlich. Wie die eines jeden Gastes an Bord.«

»Aber der Ehrenwerte Kobry ist nicht irgendein Gast«, stellte der klingonische Kommandant fest. »Er gehört zu den verdienstvollsten Würdenträgern des Imperiums. Und das dürfte auch den Kreel klar sein.«

»Daran zweifle ich nicht«, sagte Picard. Er ahnte bereits, worauf das Gespräch abzielte, aber er wartete ruhig ab.

»Sie werden auch Diplomaten der Kreel aufnehmen, ohne ihre Bewegungsfreiheit einzuschränken. Nun, wissen Sie, wie wir solche ›Diplomaten‹ definieren?«

Picard schüttelte den Kopf, und hinter ihm erklang die Stimme Worfs. »Es sind Kreel, denen die Munition ausgegangen ist.«

Der Klingone auf dem Bildschirm gab ein seltsames Geräusch von sich, und zuerst dachte Picard, er erlitte einen Hustenanfall. Dann verstand er: Der Kommandant lachte, und es hörte sich an, als ersticke er langsam. »Ausgezeichnet! Ich nehme an, Sie sind der legendäre Worf.«

Der Sicherheitsoffizier begriff plötzlich, daß er ohne die Erlaubnis des Captains gesprochen hatte, und diesmal wartete er, bis ihm Picard ein Zeichen gab. »Ich bin Junior-Lieutenant Worf.«

»Nicht Commander Worf?«

Der Klingone zögerte nur kurz. »So etwas braucht seine Zeit.«

Picard sah Riker an, der ihm einen Was-haben-Sie-denn-erwartet-Blick zuwarf.

Auch die nächsten Worte des Kommandanten galten Worf. »Ich begrüße es, daß sich ein Bürger des klingonischen Imperiums an Bord der *Enterprise* befindet und uns zusätzlichen Schutz garantiert.«

»Ich bin Leiter der Sicherheitsabteilung und unterstehe Captain Picard, der solche Dinge sehr ernst nimmt«, antwortete Worf steif. »Angesichts der besonderen Umstände bin ich überaus zufrieden, meine Pflichten wahrnehmen zu können. Ich möchte jedoch darauf hinweisen, daß ich mich als Bürger der Föderation und nicht des Imperiums sehe.«

Picard nickte anerkennend.

Der Kommandant des Schlachtkreuzers musterte Worf skeptisch. »Ich schlage vor, Sie sehen in einen Spiegel.«

»Ich verstehe nicht ganz...«

»Ein Klingone ist und bleibt ein Klingone, Lieutenant Worf. Achten Sie ruhig die Gebote Ihres Gewissens — Sie sind trotzdem einer... von uns.« Er wandte sich wieder an den Captain. »Bitte treffen Sie Vorbereitungen, den Ehrenwerten Kobry zu empfangen.«

»Wir begrüßen ihn im Ersten Transporterraum«, antwortete Picard. »*Enterprise* Ende.« Er stand auf und fügte hinzu: »Mr. Riker, Mr. Worf, begleiten Sie mich. Mr. LaForge, Sie haben das Kommando.«

»Ich hoffe, Counselor Troi findet bald Gelegenheit, sich zu uns zu gesellen«, sagte der Captain schroff, als sie zum Turbolift gingen. »Sie sollte zugegen sein, wenn der Ehrenwerte Kobry und die anderen Klingonen an Bord kommen.«

»Möchten Sie, daß ich eine diskrete Anfrage an sie richte?« erkundigte sich Riker. »Es wird nicht lange dauern.«

Picard nickte knapp. »In Ordnung, Nummer Eins.«

Deanna Troi mußte ihre ganze innere Kraft aufwenden, um einen Schritt von dem Elfen zurückzuweichen. Es fiel ihr schwer, ihre Gedanken zu fokussieren und sich daran zu erinnern, was sie mit dem Selelvianer erörtern wollte. »Ich möchte mit dir über deine Empfindungen sprechen.«

»Hervorragend.« Jaan lächelte erneut. »Ich mag Frauen, die an meinen Gefühlen interessiert sind.«

Troi schüttelte den Kopf und versuchte, sich von einer seltsamen Benommenheit zu befreien. »Ich glaube, du... du verstehst nicht.«

»Oh, ich verstehe durchaus. Sie sind die Bordcounselor und halten eine therapeutische Unterredung für notwendig. Sie erfüllen Ihre Pflicht. So einfach ist das.«

»Ja.« Deanna holte tief Luft. »Ja, ganz einfach...«

Jaan kam nicht näher, streckte jedoch die Hand aus und berührte Trois Schulter. Seine Augen funkelten, und die Counselor bemerkte kupferfarbene Flecken in den Pupillen des Elfen. »Gilt Ihr Interesse wirklich nur meiner Psyche?« fragte er leise.

Deanna versuchte, erneut Atem zu schöpfen, aber irgend etwas schnürte ihr die Kehle zu. »Ich... ich spüre Gefühle, die sich auf dich beziehen...«

»Mir ergeht es nicht anders«, murmelte Jaan.

»Nein.« Troi begann zu zittern. »Ich wußte, daß du mich nicht... richtig verstehst.«

»Sind Sie sicher?«

»Ja. Ich empfing emotionale Eindrücke von dir, und sie...«

»Nun?«

»Sie deuten auf Furcht hin«, brachte Deanna hervor. »Auf eine Furcht, die deiner Krankheit und ihren Folgen gilt. Furcht und Verzweiflung, Angst davor, daß du...«

»Daß ich was?« Jaan lächelte noch immer.

Trois Puls raste, und es rauschte in ihren Ohren. Was geschah mit ihr? Was kam über sie? Die Counselor begann zu schwitzen.

»Daß du zu allem bereit bist, um...«, stöhnte sie.

»Sind Sie zu allem bereit?«

»Ja. *Nein*. Ich...«

»Sieh mich an, Deanna.«

Sie versuchte, den Blick von ihm abzuwenden, aber Jaan schloß die Hand sanft um ihr Kinn, sah ihr tief in die Augen. »Sehe ich wie jemand aus, der sich fürchtet? Wirke ich verzweifelt?«

»Nein. Aber du... Ich meine...« Troi brach ab. Hinter ihrer Stirn herrschte völliges Chaos, und die Selbstbeherrschung der Counselor zerbröckelte. Die schweißfeuchte Uniform klebte an ihrer Haut fest. »Es... es ist ziemlich warm hier drin, nicht wahr?«

»Nein, eigentlich nicht«, erwiderte Jaan unschuldig.

»Meine Kleidung... Ich fühle mich unwohl in ihr.«

»Nun, das läßt sich leicht ändern.«

Genau in diesem Augenblick summte der Türmelder.

Nein, nicht ausgerechnet jetzt! hätte Jaan am liebsten gerufen. Er war für einen Sekundenbruchteil abgelenkt, und dadurch verlor er die Kontrolle über Deanna. Sie blieb verwirrt und desorientiert, und der Elf nutzte die gute Gelegenheit. »In emotionaler Hinsicht bin ich völlig in Ordnung«, sagte er. »Es gibt überhaupt keinen Grund für Sie, sich Sorgen um mich zu machen.«

Erneut summte es, und Jaan gab die Counselor physisch und mental frei. Sie taumelte einige Schritte zur Seite, straffte dann die Gestalt und lächelte, wenn auch ein wenig unsicher.

»Deanna«, erklang Rikers Stimme im Korridor. »Ich störe Sie nicht gern, möchte nur wissen, wann wir Sie im Transporterraum erwarten dürfen. Der klingonische Botschafter und seine Begleiter kommen an Bord.«

»Nun, ich glaube, wir sind hier fertig, Commander Riker«, antwortete Troi förmlich. »Nicht wahr, Jaan?«

»Sie haben völlig recht.«

Die Tür öffnete sich, und Riker trat ein. Er sah Deanna und Jaan an, wich wieder zurück. »Es liegt mir fern, Ihr Gespräch zu unterbrechen...«

»Oh, das bezweifle ich, Commander«, widersprach Jaan fröhlich. »Aber ich kann Sie verstehen. Counselor Troi ist eine vielbeschäftigte Frau. Es wäre unfair von mir, sie ganz für mich zu beanspruchen.« Er griff nach Deannas Hand und hauchte ihr einen Kuß auf die Finger. »Bis später«, fügte er melodisch hinzu und verließ das Zimmer.

Riker musterte Troi eingehend. »Fühlst du dich wohl, Deanna?« fragte er. Sie waren jetzt allein, und deshalb ging er zum Du über.

»Ja, natürlich. Warum fragst du, Will?«

»Du wirkst... verschwitzt. Und deine Wangen sind gerötet.«

»Tatsächlich? Nun, mir fehlt nichts. Äh, was ist mit dem Botschafter und seinem Gefolge?«

»Die Klingonen treffen gerade ein. Wenn wir uns beeilen...«

»Ich verstehe. Komm.«

Sie machten sich sofort auf den Weg. »Bei der ›privaten Besprechung‹ ging es also um Jaan?« fragte Riker, als sie durch den Korridor wanderten.

Troi nickte. »Sein physischer Zustand verschlechtert sich, und das bleibt nicht ohne Folgen für die Psyche.«

»Was hast du festgestellt? Gibt es Anlaß zu Besorgnis?« Riker bedachte die Counselor mit einem kurzen Blick. »Ich möchte natürlich nicht zu neugierig sein. Du kannst dich jederzeit auf deine Schweigepflicht berufen...«

Deanna lächelte, als sie diese Worte vernahm. Riker befürchtete dauernd, sich in ihre persönlichen Angelegenheiten einzumischen. Vielleicht glaubte er sogar, daß sie und Jaan... Absurd. »Nein, in diesem Fall kann ich ganz offen sein«, entgegnete sie. »Ich bin sicher, daß Jaan in emotionaler Hinsicht völlig in Ordnung ist. Es gibt überhaupt keinen Grund, sich Sorgen um ihn zu machen.«

KAPITEL 9

Die ersten Klingonen, die von der *Kothulu* zur *Enterprise* gebeamt wurden, bildeten die Ehrenwache. Anders ausgedrückt: Es handelte sich um Leibwächter. Es waren insgesamt acht, und nach Picards Meinung ähnelten sie sich wie ein Ei dem anderen. Bei einigen fremden Völkern erwies es sich als problematisch, die einzelnen Individuen voneinander zu unterscheiden. Gesichtszüge und körperliche Merkmale schienen irgendwie zu verschmelzen. Er fragte sich, ob es den Klingonen ebenso schwerfiel, Riker und ihn auseinanderzuhalten. Er drehte kurz den Kopf, sah seinen Ersten Offizier an, der neben Deanna Troi stand – und kam zu dem Schluß, daß die Unterschiede zwischen ihm und Riker kaum übersehen werden konnten.

Die Leibwächter zogen zwar nicht ihre Waffen, doch die Hände blieben ständig in unmittelbarer Nähe der Phaser in den Gürtelhalftern. Zunächst verharrten die Männer auf der Transporterplattform und sahen sich aufmerksam um – als rechneten sie damit, daß sich irgendwo Attentäter versteckten.

Nach einigen Sekunden trat der erste Klingone vor. Im Gegensatz zu den anderen trug er fast festliche Kleidung, was auf einen höheren Rang hinzudeuten schien.

Er näherte sich Worf und sagte: »Captain...«

Zum erstenmal erlebte Picard, wie sein Sicherheitsoffizier mit einer gewissen Verlegenheit reagierte. Er räusperte sich und leistete ihm verbalen Beistand. »Ich bin der Kommandant der *Enterprise*. Jean-Luc Picard, zu Ihren Diensten.«

Der Klingone wandte sich langsam um. »Bitte entschuldigen Sie, Captain. Ich sah einen Bürger des Imperiums in Uniform und... Nun, einem solchen Irrtum fällt man leicht zum Opfer, das verstehen Sie sicher.« Er salutierte.

Oh, ich verstehe durchaus, dachte Picard. *Du hast von Anfang an gewußt, daß ich den Befehl über dieses Schiff habe.*

»Selbstverständlich«, sagte er, lächelte und erwiderte den Gruß. Derartige Gesten gehörten nicht zum Protokoll der *Enterprise,* aber wenn man Besucher empfing, mußte man ihre Bräuche achten. »Ich bin sicher, Ihr *Irrtum* prophezeit nur, wie weit es Lieutenant Worf in Starfleet bringen wird.«

»Oh, gewiß«, lautete die Antwort. »Obwohl... Vor nicht allzu langer Zeit wäre ein Klingone in der Gewalt von Starfleet-Repräsentanten zum nächsten Kerkerplaneten gebracht worden.«

»In der Föderation gab und gibt es keine Kerkerwelten«, widersprach Picard steif.

»Natürlich nicht.« Der Klingone neigte kurz den Kopf. »Ich bin Tron, Erster Offizier des ruhmreichen Commanders, mit dem sie vor einer Weile gesprochen haben.«

»Erster Offizier...«, wiederholte Picard. »Ich nehme an, dann kehren Sie zur *Kothulu* zurück.«

»Nein. Ich gehöre zu den ›glücklichen‹ Klingonen, die den Hinterhalt der Kreel auf DQN 1196 überlebt haben. Ich konnte dabei einige wichtige Erfahrungen sammeln, und deshalb werde ich hier gebraucht. Mein Vorgesetzter wird eine Zeitlang ohne mich auskommen müssen.«

»Wo ist der Botschafter?« fragte Picard.

»Wir wollten uns zuerst vergewissern, daß seine Sicherheit gewährleistet ist«, erklärte Tron.

Picard besann sich auf die Rolle des Diplomaten und verbarg seinen Ärger, den die letzte Bemerkung des Klingonen in ihm weckte. »Ich habe es bereits Ihrem Kommandanten gesagt und möchte es noch einmal für Sie betonen: Dieses Schiff ist völlig sicher.«

»Weil noch keine Kreel an Bord sind.«

»Auch dann droht keine Gefahr.«

»Wie Sie meinen.« Tron schaltete einen Kommunikator ein, den er am Handgelenk trug. »Es ist alles in Ordnung«, sagte er.

Die Stimme des klingonischen Commanders drang aus dem kleinen Lautsprecher. »Gute Jagd.«

Auch die anderen Leibwächter traten von der Plattform herunter, und kurz darauf materialisierte der Ehrenwerte Kobry. Neben ihm stand eine klingonische Frau, die selbst nach menschlichen Maßstäben außerordentlich attraktiv wirkte: groß und schlank, die Schultern gerade, die bloßen Arme recht muskulös. Schwarzes und braunes Leder bedeckte ihren Leib. In den großen, mandelförmigen Augen leuchtete es, und das Haar fiel bis auf die Schultern.

Doch trotz ihrer Schönheit rückte der Ehrenwerte Kobry in den Fokus der allgemeinen Aufmerksamkeit. Picard starrte ihn einige Sekunden lang ungläubig an, überrascht vom Alter und der bemerkenswert zwergenhaften Statur des Botschafters. *Wie kann es ein derart kleiner Klingone im Imperium so weit gebracht haben?* fragte er sich verwundert.

Erneut setzte er eine mimische Maske auf, trat vor und streckte die Hand aus. »Ehrenwerter Kobry...«

»Captain Picard«, erwiderte der Diplomat und lächelte.

Er lächelte! Picard konnte es kaum fassen und hörte, wie Worf hinter ihm nach Luft schnappte.

Er schüttelte Kobrys geradezu winzige Hand und merkte erstaunt, wie fest der Botschafter zudrückte. »Es ist mir wirklich eine Ehre«, sagte der Captain.

»Ja, nicht wahr?« Kobry schmunzelte. *Er schmunzelte!* »Verzeihen Sie, Captain. Ich scherze gern.«

Picard versuchte, seine Gedanken zu ordnen. *Welche Überraschungen hält er sonst noch für mich bereit?*

»Dies ist meine Adjutantin Gava.« Kobry deutete auf die junge Frau. »Gava, ich möchte dir den einzigartigen Captain Picard und seinen ebenfalls einzigartigen Mitarbeiterstab vorstellen.«

Sie duzen sich? dachte Picard. Er nahm Gavas Hand

entgegen. Die junge Frau drückte nicht ganz so fest zu wie der Botschafter, wandte sich anschließend an Worf.

»Es *ist* mir ein Vergnügen«, sagte sie. Ihre Stimme klang heiser und rauchig, fast aufreizend. »Im Imperium hat man viel über Sie geschrieben. Ich nehme an, ein großer Teil davon ist übertrieben.«

»Das glaube ich nicht«, erwiderte Worf fest.

»Wie schön – für uns alle«, kommentierte Gava kehlig.

»Sir ...« sagte der Transporter-Techniker. »Wir empfangen eine Nachricht von der *Kothulu*. Der klingonische Kommandant möchte wissen, ob der Ehrenwerte Kobry und seine Begleiterin eingetroffen sind.«

Picard warf Tron einen kurzen Blick zu. »Antworten Sie ihm, bei uns sei alles in bester Ordnung. Er kann den Flug getrost fortsetzen; unsere besten Wünsche begleiten ihn.« Er deutete zur Tür. »Ich zeige Ihnen jetzt die für Sie vorbereiteten Quartiere.«

Die Leibwächter bezogen in einem Halbkreis Aufstellung und schirmten Kobry ab. Der Botschafter schien überhaupt nicht darauf zu achten. »Gehen Sie voraus, Captain«, sagte er.

Der Androide saß noch immer an der Operatorstation, vernahm das Summen seines Kommunikators und berührte ihn. »Data.«

»Hier ist Wes ...« Der Junge klang müde und erschöpft. »Äh, ich brauche Hilfe.«

»Hat dein Anliegen etwas damit zu tun, daß du vorübergehend von deinen Pflichten entbunden bist?« erkundigte sich Data.

Die anderen Brückenoffiziere hörten den Wortwechsel und drehten sich neugierig um; sie alle fragten sich, warum Wesley dem Kontrollraum fernblieb. Crusher mochte frühreif und manchmal auch ein wenig vorlaut sein, aber wenn er sich noch seltsamer als sonst verhielt ...

»Ich bin nicht von meinen ›Pflichten entbunden‹ worden«, lautete die verärgerte Antwort. »Ich beschäftige mich nur mit etwas anderem. Könnten Sie hierherkommen und mir helfen?«

»Unmöglich«, entgegnete der Androide sofort. »Ich bin im Dienst und darf die Brücke nicht verlassen.«

LaForge lauschte ebenso aufmerksam wie alle anderen und warf ein: »Kein Problem, Data. Ich lasse Sie vertreten.«

»Nein, Geordi«, widersprach der Androide und beharrte auf seinem Standpunkt. »Ich bin für die Operatorstation verantwortlich und muß hierbleiben. Aber wenn ich dir sonst irgendwie behilflich sein kann...« Die letzten Worte galten Wesley.

»Ja, ich denke schon. Hören Sie, ich... Äh, wären Sie wenigstens bereit, das Konferenzzimmer aufzusuchen? Ich möchte nicht, daß jemand zuhört.«

Data drehte den Kopf und sah LaForge fragend an.

»Eigentlich verlassen Sie die Brücke gar nicht«, sagte Geordi. »Und wenn wir Sie brauchen, klopfe ich an.«

Kurz darauf stand der Androide im Besprechungszimmer und betrachtete Wesleys Abbild auf dem Schirm der Kommunikationskonsole. »Worum geht es, Wes?«

»Kennen Sie eine Krankheit, die man ›Fäule‹ nennt?«

Data hatte an sich gearbeitet, um knappere Antworten zu geben. Von einigen Dingen wußte er gar nichts, doch über andere besaß er so umfangreiche Kenntnisse, daß es ihm sehr schwerfiel, Banales von Wichtigem zu trennen. Er versuchte noch immer zu lernen, entsprechende Unterscheidungen zu treffen. »Ja, ich habe davon gehört.«

»Gut. Nun, ich bin auf eine Substanz gestoßen, mit der man vor hundert Jahren den Krebs besiegte.«

»Solicyclin?«

»Nein, ich meine die andere.«

»Nembitol?«

»Ja, genau!« Es raschelte, als der Junge in irgendwelchen Unterlagen blätterte. »Ich habe alle Berichte darüber gelesen. Allem Anschein nach weist das Medikament Eigenschaften auf, mit der sich die Fäule behandeln lassen könnte. Himmel, offenbar handelt es sich um ein perfektes Heilmittel, und es ist mir ein Rätsel, warum es noch nie getestet wurde. Wissen Sie, ob...«

»Vor dreiundzwanzig Jahren. Ohne Erfolg.«

Wesley erblaßte plötzlich. »Sind Sie sicher? Ich meine, ist überhaupt kein Zweifel möglich? In den medizinischen Fachzeitschriften fehlt jeder Hinweis auf Nembitol.«

»*Magazin für Angewandte Wissenschaften*«, sagte Data. »Jahrgang dreiundachtzig, Ausgabe neun, glaube ich.«

Wesley wandte sich einem Computer zu und gab eine Anfrage ein. Eine Zeitlang starrte er auf den Monitor, rührte sich nicht von der Stelle. Dann schlug er mit der Faust auf den Tisch, und der Androide zuckte unwillkürlich zusammen. »*Verdammter Mist!* Wie konnte ich das übersehen?«

»Ja, wie?« fragte Data. »Das verbale Interface des Computers hätte dich eigentlich auf den Artikel hinweisen sollen.«

Wesley wirkte niedergeschlagener als jemals zuvor. »Ich habe es nicht benutzt.«

»Was?«

»Es ist schon seit einer ganzen Weile abgeschaltet. Ich sortiere die Informationen ohne elektronische Hilfe.«

Data blinzelte verwirrt. Er hielt eine solche Verfahrensweise für ausgesprochen dumm. Ebensogut hätte man das Warptriebwerk desaktivieren und statt dessen Ruder benutzen können. »Warum denn?«

»Das Interface bereitete mir Probleme.«

»Das halte ich für sehr unwahrscheinlich«, sagte der Androide und fühlte sich fast persönlich herausgefordert. Während seines Studiums an der Starfleet-Akademie hatte er einen wichtigen Beitrag dazu geleistet, die in Raumschiffen verwendeten Computersysteme leistungsfähiger zu gestalten, ihre Speicherkapazität zu erhöhen und insbesondere die Kommunikationsschnittstellen zu verbessern. »Der Bordcomputer ist extrem — wie lautet der alte Ausdruck? ›benutzerfreundlich‹.«

»Mag sein, soweit es andere Leute betrifft«, erwiderte Wesley mürrisch. »Meine wissenschaftlichen Fragen beantwortet er immer mit einem ›Zweck der Forschung‹?«

»Darauf ist er programmiert«, stellte Data fest. »Um möglichst genau Auskunft zu geben. Gerade dadurch wird er zu einem sehr leistungsfähigen Instrument.«

»Aber wenn ich ›Suche nach einem Heilmittel für die Fäule‹ sage, bietet er mir ein lapidares ›Es existiert keins‹ an. So etwas höre ich von Menschen oft genug, und ich verabscheue es, auch von einer Maschine belehrt zu werden. Wenn der Computer nicht auf meiner Seite ist, muß ich eben allein zurechtkommen.«

Die Einstellung des Jungen beunruhigte Data. »Wes, der Computer ergreift nicht etwa Partei. Er ist nur eine...« *Nur eine Maschine,* wollte er sagen, schwieg jedoch, als er sich daran erinnerte, daß Dr. Pulaski ähnliche Worte an ihn gerichtet hatte, als es um die Frage seiner Menschlichkeit ging. Er entsann sich auch an seinen Ärger und überlegte nun, ob der Computer mit ähnlichen Emotionen reagieren konnte. Legenden berichteten von einem Elektronengehirn, das vor dreihundert Jahren auf die Besatzungsmitglieder eines Raumschiffes zornig wurde, was für die Crew unangenehme Konsequenzen nach sich zog. *Haben Computer Gefühle? Ist eine solche Annahme lächerlich? Wohl kaum. Ich bin ebenfalls eine Maschine, aber ich denke und empfinde.*

Data beschloß, das Thema zu wechseln. »Ich bin gern bereit, dir behilflich zu sein, wenn ich nicht mehr auf der Brücke gebraucht werde.«

Wesley lächelte schief. »Danke, Data. Das weiß ich zu schätzen. Aber ich schaffe es auch allein. Bestimmt.«

Damit unterbrach er die Verbindung.

Data blieb noch einige Sekunden lang sitzen und fragte sich, wie er Crushers Verhalten interpretieren sollte. Log der Junge? Oder machte er sich etwas vor?

»Ich hoffe, Sie sind mit Ihrem Quartier zufrieden.«

Kobry stand in der Mitte des Zimmers, drehte sich langsam um und nickte. »Ich mußte mich mit weitaus schlimmeren Unterkünften begnügen, das versichere ich Ihnen.«

»Gut.« Picard und der Botschafter waren allein — die anderen Klingonen befanden sich in ihren jeweiligen Kabinen. Der Captain trat einen Schritt vor. »Ich muß eine recht heikle Angelegenheit mit Ihnen erörtern.«

»Meine Spezialität«, entgegnete Kobry. Er trug einen großen Ring an der rechten Hand und öffnete ihn nun. Picard hob überrascht die Brauen, als er einen Hohlraum sah und beobachtete, wie der Botschafter eine Phiole hervorholte und den Ring mit kleinen, blauen Pillen füllte. »Für meine Gesundheit«, erklärte der Diplomat, als er den erstaunten Blick des Captains bemerkte. »Ich muß ständig auf der Hut sein — ein unvorsichtiger Klingone wird nicht so alt wie ich.«

»Ich muß zugeben, daß Sie der älteste Klingone sind, den ich jemals gesehen habe.«

Kobry zeigte wieder sein dünnes, hintergründiges Lächeln. »Der Vorteil meiner Statur, Captain: Ich biete nur ein kleines Ziel. Nun... Was für eine Angelegenheit möchten Sie mit mir besprechen?«

Picard widerstand der Versuchung, sich nach dem Grund für Kobrys Zwergenhaftigkeit zu erkundigen — solche Dinge gingen ihn nichts an. »Bevor die Kreel an Bord kommen, werde ich Ihre Leibwächter bitten, mir Ihre Waffen auszuhändigen.«

Kobry wirkte amüsiert. »Das habe ich nicht anders erwartet.«

»Könnte sich daraus ein Problem ergeben?«

»Kommt ganz darauf an, was Sie unter ›Problem‹ verstehen.«

Picard dankte dem Schicksal dafür, daß Data nicht zugegen war. »Wollen Sie damit andeuten, daß Ihre Leute Einwände erheben könnten?«

»Treffend bemerkt.«

»Und wenn Sie ihnen einen entsprechenden Befehl erteilen?«

»Ja, das wäre durchaus möglich. Aber da ihre Aufgabe darin besteht, mich zu schützen... Ich halte es für wahrscheinlich, daß sie zumindest... zögern, solche Anweisungen zu befolgen.«

»Dennoch muß ich darauf bestehen«, sagte der Captain. »Sobald die Kreel an Bord sind, könnte der geringste Anlaß dazu führen, daß Phaser gezogen werden. Ich möchte verhindern, daß es an Bord meines Schiffes zu wilden Schießereien kommt.«

Der Türmelder summte, und Gava trat ein. Sie bedachte Picard mit einem freundlichen Lächeln und wandte sich an den Botschafter. »Hast du es hier bequem genug?«

»Ja. Der Captain möchte, daß sich meine Männer von ihren Waffen trennen. Ich habe ihn auf die damit verbundenen Schwierigkeiten hingewiesen.«

»Rechnen Sie damit, daß sie sich weigern, mir ihre Phaser zu geben?« fragte Picard.

»Oh, nein, keineswegs. Bestimmt überlassen sie Ihnen die Strahler. Immerhin handelt es sich um eine diplomatische Mission.«

»Worin bestehen dann die ›Schwierigkeiten‹?«

Gava sah ihn an. »Jeder Leibwächter trägt mindestens elf Waffen bei sich.«

Picard riß die Augen auf. »*Elf?*«

»Mindestens«, bestätigte Gava und lächelte erneut.

»Aber ich habe nur Phaser gesehen.«

»Natürlich«, warf Kobry ein. »Das ist ja auch Sinn der Sache. Klingonische Krieger sind stolz darauf, an ihren Körpern immer neue und interessante Verstecke für Waffen zu finden. Nehmen Sie ihnen ruhig die Phaser ab, wenn Sie das für notwendig halten, Captain. Gava wird Sie begleiten und bestätigen, daß ich Ihrer Entscheidung beipflichte. Aber wenn Sie meine Eskorte ganz und gar entwaffnen wollen... Dazu wären umfassende Sensor- und Scanner-Untersuchungen erforderlich. Und selbst wenn

Sie die einzelnen Waffen entdecken: Bestimmt sind die Männer nicht bereit, sich einfach so von ihnen zu trennen. Sie würden eher sterben.«

»Eher sterben«, wiederholte Picard leise. »Es klingt allmählich vertraut. Nun gut. Trotzdem verlange ich alle Phaser von Ihren Leuten — damit sich die Kreel nicht sofort bedroht fühlen.«

»Wie Sie wünschen.«

»Meine Sorge gilt den Zivilisten an Bord. Sie wären direkt bedroht, wenn es zwischen Ihnen und den Kreel zu einer Konfrontation käme, bei der Waffen Verwendung finden.«

»Ich verstehe Sie, Captain«, antwortete Kobry. »Wir alle sind gegen offene Feindseligkeiten in der *Enterprise*. Genauer gesagt: *Ich* bin dagegen. Und Sie ebenfalls. Hoffen wir, daß die Kreel unsere Einstellung teilen. Andernfalls könnten sich meine Leute... provozieren lassen. Sie brennen darauf, ›Vergeltung zu üben‹, wie sie es nennen.«

Picard wandte sich der Tür zu, blieb dann noch einmal stehen und sah den kleinen Klingonen an. »Uns steht eine ziemlich problematische Reise bevor.«

Kobry lächelte. »Sie dürfte recht interessant werden, nicht wahr?«

Picard verließ die Kabine, und Gava folgte ihm. Im Korridor trafen sie Worf. »Die Angehörigen der Eskorte sind in ihren Quartieren untergebracht, Captain.«

»Gut. Nun, wahrscheinlich brauche ich auch Ihre Hilfe. Ich werde die Leibwächter auffordern, ihre Phaser dem Sicherheitsoffizier der *Enterprise* zu übergeben, also Ihnen.«

Wenn Worf überrascht war, so ließ er sich nichts anmerken. »Ja, Captain.«

»Übrigens...«, fügte Picard hinzu. »Tragen Sie elf versteckte Waffen bei sich?«

Worf hielt seinem Blick stand. »Natürlich nicht, Sir.«

Picard seufzte. »Das beruhigt mich.« Dann fiel ihm etwas ein. »*Wie viele* Waffen haben Sie?«

»Vierzehn.«

Picard musterte ihn verblüfft. »Halten Sie das für ... angemessen? Die Vorschriften ...«

»Die Vorschriften lassen dem Sicherheitsoffizier einen breiten Ermessensspielraum«, sagte der Klingone. »Wenn ich die Möglichkeit habe, die Besatzung und mich selbst mit, äh, zusätzlichen Mitteln zu schützen, so zögere ich nicht, Gebrauch davon zu machen.«

»Vierzehn?« warf Gava ein. »In einer Uniform, die noch weniger Verstecke bietet als klingonische Kleidung? Sehr beeindruckend.«

»Alles an mir ist ›sehr beeindruckend‹«, behauptete Worf.

Auch das noch, dachte Picard.

KAPITEL 10

Dr. Pulaski betrat die Krankenstation und sah einen Wesley Crusher, der ihr mit dem halben Instrumentarium des Medo-Labors entgegenkam.

»Wesley!« rief sie, und ihre Stimme klang eine Oktave höher. »Was geht hier vor?«

Der Junge stand an einem mittelgroßen Antigrav-Karren, auf und in dem er Dutzende von medizinischen Instrumenten verstaut hatte: Das Spektrum reichte von Geräten für biochemische Analysen bis hin zu kleinen, mit Nährlösungen gefüllten Brutkammern. Wesley starrte die Ärztin einige Sekunden lang groß an, als erkenne er sie überhaupt nicht wieder. Dann antwortete er kleinlaut: »Ich brauche einige Dinge.«

»Einige Dinge? Du räumst die ganze Krankenstation leer. Stell die Apparate sofort zurück.« Pulaski musterte ihn eingehender, bemerkte blasse Wangen, blutunterlaufene Augen. Das sonst immer sorgfältig gekämmte Haar war völlig zerzaust. »Wesley«, sagte sie langsam, »seit wann bist du auf den Beinen?«

»Oh, ich habe geschlafen.«

»Wie lange?«

»Bis ich erwachte. Lassen Sie mich jetzt bitte vorbei?«

»Nein! Kommt überhaupt nicht in Frage. Du hast dich gründlich geirrt, wenn du glaubst, mit einer so umfangreichen Ausrüstung verschwinden zu können. Gib dich mit dem Material in deiner Kabine zufrieden. Wes«, fügte die Ärztin etwas sanfter hinzu, »warum ruhst du dich nicht ein wenig aus?«

»Ich bin vollkommen in Ordnung. Wirklich.« Der Junge lächelte schief. »Sie wissen sicher, wie es ist, wenn man mit einer Untersuchung begonnen hat, die interessante

Resultate verspricht. Man kann nicht einfach so aufhören.«

Pulaski erinnerte sich an ihre eigenen Forschungen, an die vielen Jahre im medizinischen Institut. Ja, sie wußte genau, was zwanghafter Eifer bedeutete.

»Wie dem auch sei, Wesley. Ich erlaube nicht, daß du so viele Geräte fortbringst. Wenn du irgend etwas synthetisieren möchtest, brauchst du mir nur die betreffenden Daten durchzugeben.«

»Es würde zu lange dauern«, wandte Wesley ein. »Außerdem müssen Sie sich um Ihre Patienten kümmern. Alle Leute sind ständig mit wichtigen Dingen beschäftigt — deshalb gibt es noch kein Heilmittel für die Fäule.«

Data trat ein, blieb stehen und blockierte die Tür. Pulaski und Crusher sahen ihn fragend an.

»Es freut mich, daß ich dich hier gefunden habe, Wesley«, verkündete der Androide.

»Es freut Sie, Data«, sagte die Ärztin und machte sich nicht die Mühe, den Namen richtig auszusprechen: Sie verzichtete darauf, das erste ›a‹ in die Länge zu ziehen. »Bemerkenswert. Sie *freuen* sich.« Pulaski schien weitaus amüsierter zu sein als Data.

»Wesley«, wiederholte der Androide und ließ sich nicht ablenken. »Ich mache mir Sorgen um dich. Vor einigen Stunden hast du dich mit mir in Verbindung gesetzt und weitaus aufgeregter und nervöser geklungen als sonst. Ich befürchte, du verlangst mehr von dir, als du zu leisten vermagst.«

Pulaski teilte diesen Standpunkt, aber alles in ihr sträubte sich dagegen, dem Androiden zuzustimmen. Aus einem Reflex heraus erwiderte sie: »Wer oder was gibt Ihnen das Recht, über Mr. Crushers Leistungsvermögen zu urteilen?«

»Ich bin sein Freund.«

»Sein Freund. Ich verstehe.« Dr. Pulaski verschränkte die Arme. »Hören Sie, Data: Der Unterschied zwischen Maschinen und Menschen besteht darin, daß Maschinen tatsächlich eine begrenzte Leistungsfähigkeit haben. Man kann sie nicht über ihre Kapazität hinaus belasten — dazu müßten sie modifiziert oder gar völlig neu konzipiert werden. Menschen hingegen sind imstande, über sich selbst hinauszuwachsen und neue Maßstäbe zu setzen. Diese Fähigkeit gehört zum Entwicklungspotential lebender Wesen, und ich erwarte nicht, daß eine Maschine so etwas nachvollziehen kann. Sie behaupten, lebendig zu sein. Verstehen Sie, was ich meine?«

»He!« entfuhr es Wesley. »Sie brauchen Data nicht gleich so runterzuputzen.«

»Laß nur, Wes«, sagte der Androide, und seine Stimme klang sonderbar scharf. »Dr. Pulaski hat das Recht, ihre Meinungen frei zu äußern. Um Ihre Frage zu beantworten, Doktor... Ja. Ich verstehe voll und ganz. Ich verstehe sogar noch besser, als Sie ahnen.«

»Ausgezeichnet«, erwiderte die Ärztin und zeigte ein Lächeln, von dem Data nicht wußte, ob es aufrichtig oder sarkastisch war. Bevor er eine Analyse vornehmen konnte, wandte sich Pulaski an Wesley. »Du möchtest zusätzliche Geräte? Nimm sie ruhig. Aber bring sie sofort zurück, wenn ich sie brauche. Oh, die Wassermann-Kammer bleibt hier. Eine unvorsichtige Medizinstudentin namens Katherine Pulaski öffnete sie einmal fünf Sekunden zu früh und zerstörte dadurch das halbe Laboratorium.«

»In Ordnung«, brummte Wesley, griff nach einer silbrigen, ofenförmigen Apparatur und trug sie fort.

»Doktor Pulaski«, begann Data, als der Junge außer Hörweite war, »wenn es Ihnen schwerfällt, mich als Mitglied der Besatzung zu akzeptieren, so sollten Sie es mir offen sagen. Ich verstehe nicht, warum Sie abfällige Bemerkungen über mich für notwendig halten.«

Sie sah ihn an und lächelte erneut, diesmal noch etwas breiter. »*Natürlich* verstehen Sie das nicht, Data. Es handelt sich um eine menschliche Eigenheit.«

Der Androide trat einen Schritt auf sie zu, und sein Gebaren deutete auf energische Entschlossenheit hin. »Was haben Sie gegen mich?« fragte er, und als die Ärztin nicht sofort antwortete, fügte er hinzu: »Vertreten Sie eine tendenziell antitechnische Einstellung?«

Pulaski musterte ihn aus zusammengekniffenen Augen. »Sie meinen, ob ich Maschinen hasse? Keineswegs.« Sie legte eine kurze Pause ein und versuchte zum erstenmal, ein vages Empfinden in Worte zu fassen. »Maschinen sind wunderbar. Sie beweisen die Fähigkeit des Menschen, zu denken und zu planen, die Fesseln seiner Umwelt abzustreifen und sich dadurch eine neue Freiheit zu schaffen. Maschinen als Diener des Menschen sind eine gute Sache.«

Sie unterbrach sich, wartete darauf, daß Data einen Kommentar abgab. Aber er schwieg, stand ruhig vor ihr, unerschütterlich und gelassen. Pulaski seufzte. »Begreifen Sie denn nicht? Maschinen und Menschen sind wie... Äpfel und Orangen. Man kann sie gegenüberstellen, aber nicht miteinander vergleichen. Eine Maschine, die umhergeht und spricht und sich für einen Menschen hält... Himmel, so etwas ist absurd. Ein Witz. Eine Maschine, die behauptet, lebendig zu sein — wie kann man so etwas ernst nehmen? Wie kann sie erwarten, ernstgenommen zu werden?«

»Nun...«, sagte Data langsam. »Sie gehen natürlich von einer hypothetischen Situation aus, sprechen von einer Maschine, die zu leben glaubt.«

»Ja, natürlich«, bestätigte Pulaski diplomatisch.

»Eine höchst interessante Hypothese. Ich schlage vor, wir gehen noch einen Schritt weiter, wenn Sie erlauben.«

»Oh, sicher.«

»Nehmen wir einmal an, die Maschine hat bewiesen, daß sie nach allen von Menschen angelegten Maßstäben ›lebt‹, daß sie denkt und fühlt, daß sie träumt...«

»Von elektrischen Schafen?« warf Pulaski ein.

»...daß sie davon träumt, ein vollwertiger Mensch zu sein. Würden Sie dann nicht von einem Lebewesen sprechen, Doktor? Wo hört die Maschine auf, und wo beginnt der Mensch?«

»Das weiß ich leider nicht, Data. Es tut mir leid, aber ich

habe nicht alle Antworten. *Wenn* ich alle Antworten hätte... Nun, dann wäre ich eine Maschine.« Die Ärztin zeigte ihr strahlendstes Lächeln.

In diesem Augenblick kam Wesley ohne die Wassermann-Kammer zurück. »Oh, Data, Sie sind noch hier.«

»Ich wollte gerade gehen«, erwiderte der Androide. »Doktor... Es war ein sehr lehrreiches Gespräch.«

»Danke«, murmelte Pulaski. »Ich bin sicher, Sie speichern es irgendwo ab.«

»Ich hoffe, dazu sind auch Sie in der Lage, Doktor.«

»Nun, da ich kein wandelnder Computer bin, kann ich nicht einfach eine interne Datei anlegen.« Die Ärztin wandte sich an Wesley, um ihm einen letzten Rat zu geben.

Data zuckte nicht einmal mit der Wimper, als er sagte: »Vielleicht sind Sie außerstande, das Gespräch ›abzuspeichern‹. Aber bestimmt wissen Sie, wo Sie es sich hinstekken können.«

Pulaski riß verblüfft die Augen auf und starrte den Androiden groß an. Wesley war ebenfalls sprachlos, erholte sich jedoch schneller von der Überraschung und zog Data mit sich, als er den Antigrav-Karren durch die Tür schob.

»Ich *fasse* es nicht!« platzte es aus dem Jungen heraus, als sie einige Meter zurückgelegt hatten. Er lachte leise. »Ich kann kaum glauben, daß Sie so etwas gesagt haben.«

»Ich wollte Dr. Pulaski nur vorschlagen...«

»Oh, mir ist durchaus klar, worum es Ihnen ging, Data. Was hat Sie zu einer derartigen Antwort bewegt?«

»Mir fiel eine Bemerkung Geordis ein, und ich hielt es für angebracht, sie ein wenig zu verändern. Sie erschien mir angemessen.« Der Androide blieb stehen und wirkte besorgt. »Ich hoffe, daß die Worte den Umständen gerecht wurden.«

»Sie stellten eine Beleidigung dar!«

»Tatsächlich?« fragte Data.

»Ja!«

Der Androide überlegte kurz, das Gesicht völlig ausdruckslos.

»Bist du ganz sicher?«

»So sicher, wie man nur sein kann.«

Ein dünnes Lächeln umspielte Datas Lippen.

»Gut.«

»Worf, es ist... enorm«, staunte Gava.

»Ja«, grollte der Sicherheitsoffizier zufrieden. »Wirklich beeindruckend, nicht wahr?«

»Ich hätte so etwas nie für möglich gehalten.«

»Ich finde großen Gefallen daran.« Etwas leiser und in einem vertraulichen Tonfall fügte Worf hinzu: »Bitte sprechen Sie nicht mit den anderen darüber... Nach jeder Schicht hole ich es hervor und, äh, bewundere es.«

Kobrys Adjutantin trat einen Schritt zurück und starrte auf das Objekt herab. »Nun, im Imperium habe ich viele gesehen. Sie wissen ja, wie stolz Klingonen auf so etwas sind. Aber dies ist mit Abstand das größte Exemplar.«

»Danke«, sagte Worf bescheiden. Er griff nach einer anderen Medaille seiner Sammlung. »Ich fühle mich immer sehr geehrt, wenn ich diese Auszeichnungen betrachte. Sie gehören zu den wenigen Dingen an Bord dieses Schiffes, die mir echte Genugtuung bereiten. Diese hier bekam ich für Tapferkeit, die ›weit über normale Pflichterfüllung‹ hinausging. Ich hätte sie fast abgelehnt.«

»Wieso?« fragte Gava verwundert.

»Ich halte nichts von der Bezeichnung ›weit über normale Pflichterfüllung hinaus‹. Die Pflicht ist alles und hat keine Grenzen.«

»Interessanter Standpunkt.«

»Danke. Ich habe meinen Stolz.«

»Dennoch nahmen Sie die Medaille an.«

»Nun, es gibt Stolz und den Stolz des Narren«, sagte Worf.

»Oh.« Gava lächelte, ging durch die Kabine und ließ ihren Blick über die schlichte Einrichtung schweifen. Worf schloß den Schrank, in dem er seine Auszeichnungen aufbewahrte, drehte sich zu der Klingonin um. »Wie lange dauert es noch bis zum Rendezvous mit dem Kreel-Schiff?« fragte sie.

»Zwei Tage«, antwortete der Sicherheitsoffizier.

Gava nickte. »Wir haben also ausreichend Gelegenheit, miteinander vertraut zu werden.«

»Nicht unbedingt. Ich verbringe den größten Teil meiner Zeit auf der Brücke. Für gewöhnlich arbeite ich zwei Schichten hintereinander.«

»Warum?«

Worf zuckte kurz mit den Schultern. »Was gibt es sonst für einen Krieger wie mich zu tun?«

»Nun, ich weiß nicht...« Gava zögerte. »Sie meinten eben, nur die Medaillen bereiteten Ihnen echte Freude. Stimmt das?«

»Ja.«

»Ich kann es kaum glauben. Was ist mit den vielen Frauen an Bord der *Enterprise?*«

»Ich meide die weiblichen Mitglieder der Crew. Sie sind tabu für mich.«

»Aus welchem Grund?«

»Beziehungen zu einer nichtklingonischen Frau wären sehr... unklug. Nicht für mich, sondern für die betreffende Partnerin.« Worf legte eine Pause ein, um die nächsten Worte zu unterstreichen. »In physischer Hinsicht.«

»Ja, da haben Sie vermutlich recht.« Gava wirkte ein wenig verwirrt, lehnte sich an die Wand und musterte den Sicherheitsoffizier eingehend. »Warum bleiben Sie hier, Worf? Warum arbeiten Sie an Bord eines Föderationsschiffes? Jemand mit Ihren Talenten könnte es im Imperium weit bringen.«

»Vielleicht.«

»Sie hätten keine Probleme mehr mit weiblicher Gesellschaft.«

»In der Tat.«

»Dann ist es mir ein Rätsel, wieso Sie...«

»Ich bin nicht bereit, persönliche Angelegenheiten mit Ihnen zu erörtern«, sagte Worf steif.

Gava hob überrascht die Brauen. »Ich wollte Ihnen keineswegs zu nahe treten. Ich möchte Sie nur besser kennenlernen.«

»Warum?«

Die Klingonin klang sachlich und neutral, als sie antwortete: »Ich lege Wert darauf, gut über einen Mann Bescheid zu wissen, den ich zu meinem Liebhaber wähle.«

Worf dachte kurz darüber nach.

»Zwei Gründe«, sagte er.

Gava verbarg ihre Erheiterung über seinen plötzlichen Stimmungswandel. »Und wie lauten sie?«

»Ich wuchs bei Menschen auf«, brummte Worf. »Haben Sie jemals von dem Angriff auf Khitomer gehört?«

»Natürlich«, erwiderte die Klingonin. »Die erste große Schlacht nach dem Ende der romulanisch-klingonischen Allianz. Die Romulaner waren wütend, weil sich das Imperium mit der Föderation verbündet hatte, und deshalb überfielen sie den klingonischen Außenposten auf Khitomer. Es folgte ein gräßliches Gemetzel, bei dem alle ums Leben kamen.«

»Nicht... alle«, sagte Worf langsam.

Gavas Pupillen weiteten sich. »Sie befanden sich damals auf Khitomer? Aber das ist unmöglich. Sie sind zu jung, um dort gekämpft zu haben. Inzwischen sind viele Jahre vergangen...«

»Es handelt sich um eine meiner frühesten Kindheitserinnerungen.«

»Erstaunlich!«

»So unglaublich es auch erscheinen mag — ich war einmal ein Kind«, stellte Worf trocken fest. Er überlegte, ob er auf der Bettkante Platz nehmen sollte, entschied sich aber dagegen und blieb stehen.

»Nein, ich meinte...«

»Ich weiß, was Sie meinen.« Worfs Gedanken kehrten in die Vergangenheit zurück, die sich noch immer klar vor seinem inneren Auge zeigte. »Ich lag zusammen mit meinen Eltern in einem Unterstand. Mein Vater hockte nur wenige Meter entfernt und bediente eine stationäre Laserkanone. Meine Mutter blieb in unmittelbarer Nähe, um mich zu schützen. Eigentlich eine absurde Vorstellung, nicht wahr? Eine Zerstörung des Unterstands hätte unseren sofortigen Tod bedeutet. Das dachte ich jedenfalls.«

»Was... geschah damals?«

»Ein romulanischer Kampfgleiter nahm uns unter Beschuß, und es kam zu einem direkten Treffer.« Worf sprach völlig ruhig und gelassen. »Der Bunker platzte auseinander, und mein Vater verbrannte im energetischen Feuer. Meine Mutter starb nur wenige Sekunden später. Und ihr Körper rettete mir das Leben.« Er schüttelte den Kopf, konnte es offenbar kaum fassen. »Stunden schienen zu vergehen, Stunden der Finsternis und der Stille. Ich kroch unter der Leiche meiner Mutter hervor, grub mich durch Schutt und Trümmer. Irgendwann wich die Dunkelheit, und als ich Licht sah, streckte ich die Hand nach oben. Eine Stimme rief: ›He, dort rührt sich etwas!‹ Ein Mann eilte herbei, zog mich aus stinkender Asche — und ich hatte das Gefühl, wiedergeboren zu werden. Benommen drehte ich den Kopf, um meinem Retter zu danken, sah seine Kleidung...« Worf klopfte sich auf die Brust. »Er trug diese Uniform.«

»Für ein Kind muß das eine Art Schlüsselerlebnis gewesen sein«, sagte Gava.

»Ja, es bestimmte mein Leben«, bestätigte Worf.

»Faszinierend«, murmelte die Klingonin. »Sie und der Ehrenwerte Kobry haben viel gemeinsam.«

»Ach, tatsächlich?«

»Er wohnte ebenfalls in einem Außenposten, war damals allerdings schon erwachsen. Doch aufgrund seiner Statur behandelte man ihn sehr schlecht, und darunter litt auch seine intellektuelle Entwicklung. Man hielt ihn für einen Schwachsinnigen.«

»Das kann ich mir nur schwer vorstellen.«

»Sie wissen, wer und was er heute ist, doch als junger Mann... Er hatte keinen Namen.«

Worf schnappte nach Luft. »*Er* hatte keinen Namen? Der ehrenvollste Klingone war namenlos?«

»Das schockiert Sie, nicht wahr? Nun, auch er verlor seine Heimat und überlebte durch reines Glück. Auch er wurde von einer Landegruppe der Föderation gefunden. Man brachte ihn in einer speziellen Schule unter, und dort bekam er die Möglichkeit, seine bemerkenswerte Intelligenz zu entfalten. Jahre später, als im Imperium politisches Chaos herrschte, kehrte er zurück. Er vermittelte zwischen der Föderation und den Klingonen, war der perfekte Botschafter, da in seinen Adern auch menschliches Blut fließt.«

»Er ist ein Mischling? Kobry ist ein Mischling? Ich wußte gar nicht, daß es Klingonen gibt, die auch menschliche Gene in sich tragen.«

»Soweit ich weiß, existieren mindestens zwei solche Personen«, erwiderte Gava amüsiert. »Kobry errang Macht und Einfluß, legte den Grundstein für das Bündnis zwischen der Föderation und dem Imperium – obgleich er seine Verdienste sicher herunterspielt, wenn Sie ihn darauf ansprechen.«

»Beeindruckend.«

»Ja.« Gava näherte sich Worf, strich mit der Kuppe des Zeigefingers über die Vorwölbung an seiner Stirn, über den Ansatz des Hornkamms, der über den ganzen Kopf reichte. Worf stand völlig still und ließ sich nichts anmerken – wie es der Tradition von Klingonen entsprach. Klingonische Männer blieben fast immer völlig unbewegt. *Fast* immer.

»Eine Frage«, sagte Gava leise.

»Sie wollen mir noch eine Frage stellen?« Es klang ungläubig. »Sie wissen bereits mehr über mich als sonst jemand.«

»Und ich erhoffe mir zusätzliche Erkenntnisse«, erwiderte sie und streichelte Worfs Bart. »Sie erwähnten eben zwei Gründe dafür, daß Sie der Föderation dienen und nicht dem Imperium.«

»Ja, das stimmt.« Worf versuchte, seine Gedanken zu ordnen. »Der zweite Grund ist folgender: Im Imperium wäre ich einer unter vielen. Hier bin ich... einzigartig. Ich habe unvergleichliche Fähigkeiten anzubieten. Die *Enterprise* braucht mich.«

»Wirklich?«

»Ja.«

»Ich zweifle nicht daran, daß Sie an jedem beliebigen Ort Hervorragendes leisten können, Worf. Aber vielleicht vertreten Sie die richtige Einstellung. Die Menschen sind stolz auf ihre hohe Entwicklungsstufe, doch sie behaupten nach wie vor, der Krieg müsse unter allen Umständen vermieden werden. Sie halten den Kampf für die letzte aller Möglichkeiten und begreifen nicht, daß man doppelten Schmerz empfindet, wenn man auch die andere Wange darbietet.«

»Es erfordert viel Geduld, sie zu belehren«, sagte Worf rauh. »Ich muß jedoch zugeben, daß mir derzeit kaum etwas an philosophischen Diskussionen liegt.«

»Tatsächlich nicht?«

»Nein.«

»Würden Sie mir bitte erklären, was Ihnen lieber ist?«

»Ich möchte es Ihnen zeigen.«

In der Bar ging es ruhiger zu als sonst, und das lag zweifellos an den sechs Klingonen, die in einer Ecke saßen. Sie tranken schon seit drei Stunden – nicht etwa Synthehol, sondern etwas weitaus Stärkeres –, doch sie wirkten noch immer völlig nüchtern. Guinan brauchte sie gar nicht zu bedienen: Die Leibwächter des Ehrenwerten Kobry wußten, daß in der *Enterprise* nur Synthehol ausgeschenkt wurde, und aus diesem Grund hatten sie ihre eigenen Getränke mitgebracht.

Einige Besatzungsmitglieder beobachteten die Klingonen verstohlen und unterhielten sich mit gedämpften Stimmen. Niemand von ihnen wagte es, so laut wie sonst zu sprechen.

Riker stand an der Theke und ließ sich sein Glas füllen. »Noch ein Drink, bevor ich zur Brücke zurückkehre«, sagte er und lächelte.

»Wie Sie wünschen, o bärtiges Wunder«, erwiderte Guinan.

Der Erste Offizier grinste. »Sieht gut aus, nicht wahr?«

»Das am Bart befestigte Gesicht leistet einen nicht unbeträchtlichen ästhetischen Beitrag.« Guinan zögerte kurz. »Bilde ich es mir nur ein, oder ist die Crew seit einer Weile recht nervös?«

»Ich schätze, die Phantasie spielt Ihnen keinen Streich.« Etwas leiser fügte Riker hinzu: »Die Klingonen gehören jetzt zur Föderation, und wir alle sind an Worf gewöhnt. Aber das Bündnis ist noch immer neu genug, um den Argwohn nicht völlig zu besiegen. Hinzu kommt, daß wir bald eine Delegation der Kreel aufnehmen. Vielleicht befürchtet die Mannschaft, der Zeigefinger des Unheils könnte sich auf die *Enterprise* richten.«

»Ja, mag sein.« Guinan dachte einige Sekunden lang nach. »Nun, es steht mir natürlich nicht zu, Ihnen einen Rat zu geben...«

»Mhm«, machte Riker und diagnostizierte falsche Bescheidenheit.

»Aber ich bin schon immer der Meinung gewesen, daß Parties gut geeignet sind, um fremde Leute einander näherzubringen. Festliche Stimmung läßt Distanzen schrumpfen.«

Riker stellte sein Glas ab. »He, das ist eine ausgezeichnete Idee. Ich trage sie dem Captain vor.«

»Weisen Sie ihn darauf hin, daß der Vorschlag von mir stammt«, sagte Guinan. »Dann geht er bestimmt darauf ein.«

Riker lachte. »Glauben Sie, von seinem Ersten Offizier nimmt er ihn nicht an?«

»Nun...« Guinan lächelte gewinnend. »Warum etwas riskieren?«

Riker griff erneut nach dem Glas und trank aus. »Ich

sollte mit Worf sprechen«, murmelte er. »Er weiß sicher, was die Klingonen von einer Party hielten.« Er berührte seinen Insignienkommunikator. »Riker an Worf.«

Einige Sekunden lang blieb alles still, und der Erste Offizier fragte sich, ob Worf nach seinem Kom-Gerät suchen mußte. Eine geradezu lächerliche Vorstellung – immerhin war der Kommunikator am Uniformpulli befestigt. Schließlich erklang eine heisere Stimme. »Hier Worf.«

Ein seltsames Gefühl regte sich in Riker, und er dachte an seinen Besuch in Deannas Kabine. Erneut gewann er den Eindruck, den falschen Zeitpunkt gewählt zu haben. »Wie wär's mit einer Party, Worf?«

»Jetzt sofort?«

»Nein, später. Ein Empfang für den Botschafter und sein Gefolge. Um das Eis zu brechen.«

»Um das Eis zu brechen? So etwas kann nur von Vorteil sein.«

Riker hörte etwas Sonderbares – das leise Lachen einer Frau? »In Ordnung, Worf«, sagte er und stöhnte innerlich. »Ich spreche mit dem Captain darüber. Riker Ende.«

Er drehte sich um und sah Guinan an. »Hatten Sie jemals den Eindruck, daß um Sie herum rätselhafte Dinge geschehen?«

Guinan überlegte. Sie genehmigte sich einen Drink, schürzte die Lippen und schien vollauf damit beschäftigt zu sein, ihre Erinnerungen zu sortieren.

»Nein, nie«, antwortete sie nach einer Weile.

»Was, nie?«

Guinan lächelte. »Nun, *fast* nie.«

In der Kabine des Sicherheitsoffiziers lagen dreizehn Waffen auf dem Boden.

Worf hob sie nacheinander auf und brachte sie an verborgenen Stellen seiner Uniform unter. Gava saß in der Nähe, sah in einen Spiegel und ordnete ihr Haar.

Klingonen verschwendeten keine Zeit mit oberflächlicher Konversation, und Worf sagte nur: »Wir sehen uns nach meinem Dienst wieder.« Er zögerte und fügte vorsichtig hinzu: »Wenn du möchtest.«

Gava drehte sich um und lächelte. »Natürlich möchte ich.«

»Gut.« Worf ging zur Tür und blieb kurz stehen. »Eine Frage.«

»Ich höre.«

»Vor einer Weile hast du zwei Klingonen erwähnt, in deren Adern auch menschliches Blut fließt. Einer von ihnen heißt natürlich Kobry. Nun, ich würde den anderen gern kennenlernen, wenn das möglich ist.«

Gava stützte das Kinn auf die Hand. »Warum?«

»Ich bin bei Menschen aufgewachsen, und manchmal kommt es zu Gegensätzen zwischen ihren Instinkten und meinen. Es wäre sicher interessant, mit einem Klingonen zu sprechen, der ähnliche Probleme hat.«

»Ich verstehe. Eine Begegnung sollte sich eigentlich arrangieren lassen. Der betreffende Klingone befindet sich an Bord.«

Worf wölbte die Brauen. »Gehört er zu Kobrys Eskorte?«

»Ja. Aber ›er‹ ist eine ›Sie‹.« Gava erhob sich und hauchte Worf einen Kuß auf die Wange. »Ich bin ebenso ein Mischling wie Kobry.«

»Im Ernst?«

»Ja.«

»Ich nehme an, deshalb bist du die Adjutantin des Botschafters.«

»Es ist einer der Gründe, ja. Vielleicht erklärt es auch, warum ich mich von dir so angezogen fühle, Worf. Ich spürte den menschlichen Einfluß in dir, eine gewisse Verwandtschaft. Obgleich *Verwandtschaft* nicht unbedingt die richtige Bezeichnung ist.« Gava lächelte kurz und fügte hinzu: »Ich glaube, du wirst jetzt auf der Brücke erwartet.«

»Ja, du hast recht.« Worf drehte sich um, und die beiden Türhälften glitten auseinander. Doch der Sicherheitsoffizier trat nicht sofort in den Korridor, blieb erneut stehen. »Was den Ehrenwerten Kobry betrifft: Empfindest du jene Art von... Verwandtschaft auch ihm gegenüber?«

»Natürlich nicht!«

Erleichterung durchströmte Worf. Eigentlich ging es ihn überhaupt nichts an, welche Partner Gava wählte, aber die Vorstellung, daß sie sich ausgerechnet mit Kobry einließ, belastete ihn ein wenig. »Ich danke dir für diese Auskunft.«

»Gern geschehen«, erwiderte Gava amüsiert. »Ich bringe Kobry ganz andere Gefühle entgegen.«

»Tatsächlich?«

»Ja.«

»Was für welche?«

»Die einer Tochter. Begreifst du langsam? Der Ehrenwerte Kobry ist mein Vater.«

KAPITEL 11

Picard saß im Kommandosessel und sah Riker an. »Eine Party?«

»Ja, Sir. Um eine Gelegenheit zu schaffen, gegenseitigen Argwohn zu überwinden. Um Freundschaft zu schließen.«

Deanna Troi, die links von Picard Platz genommen hatte, nickte zustimmend. »Das könnte der allgemeinen Moral zum Vorteil gereichen, Captain.«

Picard starrte nachdenklich ins Leere. »Ich weiß nicht recht... Vielleicht wäre es besser, zwischen der Crew und den verschiedenen diplomatischen Gruppen an Bord einen möglichst großen Abstand zu wahren.«

»Hmm«, machte Riker.

»Sind Sie anderer Meinung, Nummer Eins?«

»Es bleibt mir gar keine andere Wahl, Captain. Immerhin habe ich diesen Vorschlag an Sie herangetragen. Nun, wenn Sie nichts davon halten, lassen wir es. Sie sollten jedoch wissen, daß die Idee von Guinan stammt.«

»Ach, wirklich?« Picard sah auf.

»Ja, Sir.«

»Oh. Dann ist alles in Ordnung. Treffen Sie entsprechende Vorbereitungen.«

Riker hörte, wie Geordi leise lachte. Er ignorierte LaForge und erwiderte: »In Ordnung, Sir. Ich spreche mit Botschafter Kobry.«

»Gut.« Der Captain drehte sich um. »Mr. Worf, ist es zwischen den klingonischen Leibwächtern und der Crew zu irgendwelchen Schwierigkeiten gekommen?«

»Nein, ganz und gar nicht«, antwortete der Sicherheitsoffizier. »Trotzdem habe ich die Angehörigen meiner Abteilung beauftragt, in Bereitschaft zu bleiben. Ich halte es für besser, auf alles gefaßt zu sein.«

»Dem kann ich nur beipflichten. Haben Sie gute Beziehungen zu den anderen Klingonen schaffen können?«

»Ja«, bestätigte Worf knapp.

Der vordere Turbolift öffnete sich und gab den Blick auf Kobry frei. Zwei Mitglieder seiner Eskorte begleiteten ihn und sahen sich aufmerksam um.

»Captain«, grüßte Kobry und neigte kurz den Kopf. »Darf ich die Brücke betreten?«

»Selbstverständlich, Botschafter.« Picard winkte. »Kommen Sie nur herein.«

Der klingonische Diplomat ging übers Deck und staunte. »Wundervoll«, sagte er leise. »Einfach wundervoll.« Er näherte sich der Operatorstation und sah über Datas Schulter. »Die Kontrollflächen weisen überhaupt keine Schalter auf.«

»Es handelt sich um Sensorkomponenten, die auf Berührungen reagieren«, entgegnete der Androide. »Wenn Sie möchten, erkläre ich Ihnen die einzelnen Funktionen...«

»Oh, nein, danke für das freundliche Angebot. Setzen Sie ruhig Ihre Arbeit fort und lassen Sie sich nicht von mir stören.« Kobry wandte sich um und bemerkte Worf. »Guten Tag, Sicherheitsoffizier. Ich hoffe, Sie sind wohlauf.«

Worf schwieg zunächst und versuchte festzustellen, wieviel der Diplomat wußte. Doch Kobrys Gesicht blieb völlig ausdruckslos. »Es geht mir gut«, sagte er schließlich.

»Botschafter Kobry...«, begann Picard.

»*Ehrenwerter* Kobry«, berichtigte einer der beiden klingonischen Leibwächter.

»Schon gut, Bors«, sagte der zwergenhafte Politiker. »Der Captain kann mich nennen, wie er möchte.«

Picard lächelte höflich und nickte der Eskorte zu. »Ehrenwerter Kobry... Man schlug mir vor, einen Empfang zu veranstalten, um Ihren Begleitern und der Besatzung des Schiffes die Möglichkeit zu geben, sich besser kennenzulernen.«

Kobry wirkte ein wenig skeptisch. »Man kann uns Klingonen kaum als besonders gesellig bezeichnen. Daher weiß ich nicht, ob ein Fest zu den von Ihnen gewünschten Resultaten führen könnte. Ich bin natürlich an so etwas gewöhnt, aber meine Ehrengarde...« Er sprach nicht weiter und zuckte mit den Schultern.

Riker stand neben Worf und warf ihm einen überraschten Blick zu. »Sie haben den Vorschlag doch begrüßt«, flüsterte er.

»Ich war nicht ganz bei der Sache«, erwiderte Worf leise.

»An der Idee an sich gibt es natürlich nichts auszusetzen«, fügte Kobry in bester Diplomatenmanier hinzu.

»Schon gut«, sagte Picard. Er sah Riker an, richtete seine Aufmerksamkeit dann wieder auf den Botschafter. »Eigentlich stammt sie gar nicht von mir, sondern von der Hosteß im Gesellschaftsraum.«

»Meinen Sie Guinan?« fragten die beiden klingonischen Leibwächter gleichzeitig.

»Ja«, bestätigte der Captain überrascht.

»Nun, dann ist alles in bester Ordnung«, sagte Kobry.

Riker runzelte die Stirn und musterte Picard. *Was hat das alles zu bedeuten?* dachte der Erste Offizier verwirrt. *Warum genügt es, Guinans Namen zu erwähnen, um alle Zweifel auszuräumen?* Der Captain hatte sie an Bord gebracht und wußte sicher über sie Bescheid. Riker nahm sich vor, ihn bei einer passenden Gelegenheit darauf anzusprechen.

»Vielleicht sollten Sie mit dem Empfang noch ein wenig warten, Captain«, sagte Kobry nach einigen Sekunden.

»Warum, Botsch... Ehrenwerter Kobry?«

»Es wäre sicher nicht schlecht, auch den Kreel eine Teilnahme zu ermöglichen. Und das Fest sollte stattfinden, wenn wir uns DQN 1196 nähern oder in die Umlaufbahn des Planeten schwenken.«

»Oh, ich verstehe.« Picard nickte. »Positive Assoziation.«

»*Ich* verstehe leider nicht, Captain«, warf Data ein.

»Wenn wir DQN 1196 erreichen, dürfte die Anspannung an Bord schlagartig zunehmen«, erläuterte Picard. »Wir repräsentieren die Föderation und werden eine Landegruppe schicken, um die Anlage zu untersuchen, in der man die Waffen fand. Wir dürfen dabei nicht vergessen, daß sowohl die Kreel als auch die Klingonen Anspruch auf den Planeten erheben. Nun, wenn wir zu jenem Zeitpunkt eine Party veranstalten, so kann das der Mission nur dienlich sein.«

»In der Tat, Captain«, sagte Kobry.

»Hm.« Data dachte nach. »Wie verhalten wir uns, wenn die Kreel nicht bereit sind, an dem Empfang teilzunehmen?«

»Dann bitten wir Guinan, mit ihnen zu sprechen«, erwiderte Picard.

»Hervorragend.« Kobry kehrte aufs obere Deck zurück, legte die Hände auf den Rücken und näherte sich Worfs Station. Der Kopf des Botschafters ragte gerade über die Brüstung. »Hervorragend«, wiederholte er. »Nun, ich möchte Sie nicht länger stören, Captain.«

Er brauchte den Leibwächtern gar kein Zeichen zu geben: Als er zum Turbolift ging, schlossen sie sich ihm sofort an. Die drei Klingonen betraten die Kabine, und hinter ihnen schloß sich das Schott.

»Seltsam«, murmelte Picard. »Mr. Crusher, wie lange dauert es, bis...« Er unterbrach sich und richtete seinen Blick auf die Navigationskonsole, an der Fähnrich Tom Chafin saß.

Riker ahnte die Frage bereits. »Nummer Eins, wann können wir damit rechnen, daß sich Mr. Crusher an seine Pflichten auf der Brücke erinnert?«

»Bestimmt kehrt er bald zu uns zurück, Captain«, antwortete der Erste Offizier.

»Worin besteht sein Problem?«

»Er ist noch immer damit beschäftigt, Dr. Pulaski bei einem Forschungsprojekt zu helfen.«

»Noch immer?«

»Ja, Sir.«

Picard schüttelte den Kopf und wandte sich an Geordi. »Mr. LaForge, Sie haben häufiger als sonst jemand mit Mr. Crusher zusammengearbeitet. Wie lautet Ihre Meinung? Lassen sich seine Talente auch bei medizinischen Untersuchungen sinnvoll einsetzen?«

Geordi überlegte sorgfältig. Seine erste Reaktion bestand darin, Zweifel zum Ausdruck zu bringen und darauf hinzuweisen, daß Wesleys Fähigkeiten in erster Linie den technischen Bereich betrafen. Andererseits wußte LaForge inzwischen, womit sich der Junge befaßte, und er wollte ihm nicht in den Rücken fallen.

»Ich glaube, Mr. Crushers Talente sind in jeder Hinsicht bemerkenswert, ganz gleich, welchen Gebrauch er davon macht, Sir«, sagte Geordi. »Sein wissenschaftliches Leistungsvermögen kann von niemandem übertroffen werden — wobei Data die einzige Ausnahme bildet.«

Picard zögerte und fragte sich, ob sie das Besprechungszimmer aufsuchen sollten. Er dachte einige Sekunden lang nach und blieb still sitzen. »Ist allgemein bekannt, worüber wir reden?«

Die Anwesenden nickten.

»An Bord eines Raumschiffes breiten sich Neuigkeiten...«, begann Deanna Troi.

»...mit Warpgeschwindigkeit aus«, beendete Picard den Satz. »Nun gut, ich kann also offen sein. Glauben Sie, Mr. Crusher verschwendet seine Zeit, indem er versucht, ein Heilmittel für die Fäule zu finden?«

»Wem gilt diese Frage, Sir?« ließ sich Riker vernehmen.

»Ihnen allen. Nehmen Sie kein Blatt vor den Mund.«

»Ich halte ihn für einen Idioten«, sagte Chafin bereitwillig.

»Niemand hat Sie gefragt«, entgegnete Geordi scharf.

»Aber...«

»Ich befürchte tatsächlich, daß Wesley seine Zeit vergeudet, Captain.« Diese Bemerkung stammte von Data.

»Dennoch bin ich der Ansicht, daß man ihm die Möglichkeit geben sollte, seine Arbeit fortzusetzen.«

»Warum?«

»Weil er vielleicht doch Erfolg haben könnte.«

»Und weil er auf dem Standpunkt steht, er sei zu allem fähig«, fügte Deanna hinzu.

»Ich verstehe«, brummte Picard. »Wenn er versagt, lernt er seine Grenzen kennen und ist deprimiert. Und wenn er entgegen aller Wahrscheinlichkeit Erfolg hat, wird er geradezu unerträglich selbstbewußt, stimmt's?«

»Ich würde nicht unbedingt von ›unerträglich‹ sprechen«, schränkte Troi ein. »Aber ansonsten haben Sie vollkommen recht.«

»Sie könnten ihm natürlich befehlen, die Forschungen einzustellen«, bemerkte Worf.

»Und müßten dann damit rechnen, von Wesley für den Tod seines Freundes verantwortlich gemacht zu werden«, sagte Riker.

»Lieber Himmel, noch nie zuvor habe ich ein derart irrationales Argument gehört«, entfuhr es Picard.

»Mag sein, Sir. Aber wer behauptet, sechzehnjährige Jungen seien rational?«

»Er könnte hier seine Pflichten wahrnehmen und sich während der Freizeit mit anderen Dingen befassen«, regte Data an.

Der Captain schüttelte den Kopf. »Das hätte mir gerade noch gefehlt. Ein geistesabwesender Teenager an der Navigationskonsole. Na schön. Soll er ruhig in seiner Kabine bleiben.« Er sah Riker an. »Aber wenn diese Mission beendet ist, müssen wir eine Entscheidung bezüglich Mr. Crusher treffen.«

Der Türmelder summte mehrmals, bevor Wesley aufmerksam wurde. »Ich möchte jetzt keinesfalls gestört werden«, sagte er.

»Ich bin's, Orange.«

Wesley wandte den Blick von der Computerkonsole ab

und rieb sich die Augen. Dunkelheit wogte heran, und ein tonnenschweres Gewicht aus Müdigkeit und Erschöpfung senkte sich auf ihn herab. Es kostete ihn erhebliche Mühe, die Lider wieder zu heben. »Komm herein.«

Jaan betrat das Zimmer und blickte sich erstaunt um. Die Unordnung in der Kabine bot einen deutlichen Hinweis auf Wesleys psychischen Zustand. Es herrschte ein wirres Durcheinander: Überall lagen Notizzettel, bildeten hier und dort hohe Stapel. Jaan nahm einige zur Hand und las sie: knappe, krakelige Worte, unvollständige chemische Formeln, Hinweise auf zu testende Rekombinationen. »Bei Kolker, was hat das alles zu bedeuten?«

»Ich arbeite. Warum fragst du?«

»Warum ich frage? Sieh dich um! Was ist los mit dir?«

»Weißt du das wirklich nicht? Verdammt, ich versuche, dir zu helfen!« Wesley deutete auf einige Unterlagen. »Dies alles hier... Es ist für dich! Ich werde dafür sorgen, daß du überlebst.«

»Orange... Wes... Ich weiß deine Anteilnahme zu schätzen, aber...«

»Zum Teufel mit Anteilnahme. Es kommt auf Resultate an. Und ich werde schon bald konkrete Ergebnisse erzielen, verlaß dich drauf.« Wesley wischte sich klebrigen Schweiß von der Stirn. »Ich habe das Gefühl, mein Kopf könnte jeden Augenblick auseinanderplatzen. Aber ich glaube, ich bin auf einige wichtige Hinweise gestoßen. Es gibt ein anderes Volk, dessen biologische Struktur Parallelen zum selelvianischen Metabolismus aufweist. Nun, das scheint zumindest der Fall zu sein. Es müssen noch einige wichtige Dinge verglichen werden. Die Organe unterscheiden sich ein wenig, doch die Zusammensetzung des Blutes ist fast identisch. Hinzu kommt...«

»Um Himmels willen, Wes, reiß dich zusammen.« Jaan berührte Wesley an den Wangen. »Du bist überhaupt nicht mehr du selbst...«

Er sah in die Augen des Jungen, bemerkte das Glühen der Entschlossenheit in ihnen.

Und plötzlich begriff er, was geschehen war.

Der Trick. *Sein* Trick.

Ich trage die Verantwortung dafür, daß Wesley mit seinem Forschungsprojekt begonnen hat.

Es steckte keine bewußte Absicht dahinter. Jaans Furcht löste einen suggestiven Reflex aus, der Wesley galt, sein intellektuelles Potential stimulierte.

Mache ich mir etwas vor? Handelt Wes tatsächlich aus freiem Willen? Ist es nur ein Zufall, daß er sich genau auf die Art und Weise verhält, die ich von ihm erhoffe?

Jaan überlegte einige Sekunden lang und verspürte ein seltsames Unbehagen. Er hatte mit voller Absicht versucht, Troi zu beeinflussen — daran konnte kein Zweifel bestehen. Weshalb? Vielleicht aufgrund ihrer versteckten Andeutungen. Vielleicht wäre sie bereit gewesen, Picard zu raten, den Selelvianer in seine Heimat zurückzuschicken. *Außerdem ist sie außerordentlich attraktiv — und fürchtet seit einiger Zeit, sie habe kaum mehr einen Nutzen für die Besatzung. Sie braucht einige Streicheleinheiten für ihr Ego. Ich hätte ihr gern geholfen — und mir einen eigenen Wunsch erfüllt. Ja, es gibt genug Gründe für mich, ein wenig ›nachzuhelfen‹, und wenn Riker nicht gekommen wäre...*

Aber ich habe keineswegs versucht, Druck auf Wesley auszuüben, oder?

Jaan dachte über die Natur des ›Tricks‹ nach. Im Prinzip handelte es sich um die Fähigkeit, das Empfinden anderer Personen in eine bestimmte Richtung zu lenken. Sie verstärkte bereits vorhandene Emotionen. Deanna hielt den Elfen für attraktiv, und eigentlich lag ihr gar nichts daran, ihn von Bord zu schicken. Daher fiel es Jaan gar nicht schwer, diesen Gefühlen Priorität zu verleihen. Doch Wesley... Er *zwang* ihn nicht dazu, nach einem Heilmittel zu suchen. Crusher *wollte* helfen; sein größter Wunsch bestand darin, einen Freund vor dem Tod zu bewahren.

Mochte er tatsächlich imstande sein, eine wirksame Behandlungsmethode zu finden? Mehrmals hatte er die *En-*

terprise vor der Vernichtung bewahrt und die Besatzung gerettet, eine Crew, die aus tausend Personen bestand. Diesmal stand nur ein Leben auf dem Spiel. Eine vergleichsweise einfache Aufgabe.

Der Trick verstärkte nur die Absicht des Jungen, weiter nichts. Was war so schlimm daran?

Deannas Worte deuteten an, Jaan sei zu allem bereit, um zu überleben. Was für ein Unsinn! In diesem Zusammenhang ließ er sich wohl kaum dazu hinreißen, jemanden zu töten, oder? *Nein, ich bin gar nicht fähig, ein anderes Leben zu opfern. Ist es etwa verwerflich, Wesley einen zusätzlichen Anstoß zu geben, damit er sein Genie noch besser entfalten kann?*

Wohl kaum. Kein Grund, sich irgendwelche Vorwürfe zu machen.

Jaan spürte Wesleys leeren Blick auf sich ruhen und legte ihm die Hand auf die Schulter. »Es ist alles in Ordnung.«

»Bestimmt?« fragte der Junge.

»Klar, Orange. Hör mal ... Ich verstehe, warum du dich mit diesen Dingen beschäftigst. Nie wieder werde ich einen so guten Freund wie dich haben.«

»Oh, ich sorge dafür, daß du noch viele andere Freunde haben wirst, Jaan. Ich finde ein Heilmittel, glaub mir. Du sollst leben.«

»Na schön, Orange. Bleib am Ball. Ich statte dir ab und zu einen Besuch ab.«

»In Ordnung.«

Jaan stand auf und verließ die Kabine. Als die Tür hinter ihm zuglitt, lehnte er sich an die Korridorwand, schnappte nach Luft und überlegte, ob er seine Seele für die Hoffnung verkauft hatte, die Krankheit zu besiegen.

KAPITEL 12

Es gab Treibgut in der Galaxis: Immer wieder fand man geheimnisvolle Objekte, hier ein Teil, das von mysteriösen Maschinen stammte, dort ein Artefakt, dessen Zweck verborgen blieb – Hinweise auf eine uralte Super-Zivilisation. Hunderte von Archäologen katalogisierten die Objekte, spekulierten über ihre Bedeutung und nahmen Untersuchungen vor, die zu keinen Ergebnissen führten. Niemand war in der Lage, das Rätsel der überlegenen Technologie zu lösen und ihren Schöpfern einen Namen zu geben.

Der ferne Planet DQN 1196 erwies sich als die mit Abstand größte Fundstelle. Über das volle Potential der dort lagernden Waffensysteme konnte man nur spekulieren. Derzeit befanden sich einige Kreel in der unterirdischen Anlage und setzten die Forschungsarbeiten der ersten Landegruppe fort.

Die Klingonen wagten es nicht, sich dem Planeten zu nähern, und ihre Gegner verwendeten die gefundenen Waffen, um Welten des Imperiums zu überfallen. Womit der Teufelskreis von Gewalt und Rache begann. Die Klingonen setzten sich natürlich zur Wehr, und die Kreel mußten schon bald feststellen, daß ihnen nicht annähernd genug fremde Waffen zur Verfügung standen. Sie griffen imperiale Außenposten an und zerstörten wichtige Basen, doch die Klingonen reagierten darauf, indem sie Stützpunkte der Abscheulichen verheerten.

Die Kreel brauchten in erster Linie Zeit. Sie sahen sich mit einem bedeutenden Problem konfrontiert: Es hieß Energie.

Solange sich die Waffen auf dem Planeten befanden, funktionierten sie ausgezeichnet. Doch ihre energetische

Kapazität verringerte sich drastisch, wenn man sie ins All brachte. DQN 1196 schien die Aufgabe einer riesigen Batterie zu erfüllen. Wenn die Waffen an Bord von Raumschiffen montiert werden sollten, so benötigte man alternative Energiequellen. In Kreel-Kreuzern kam es immer wieder zu energetischen Überladungen, sobald die Waffen eingesetzt wurden, und bei Gefechten mit den Klingonen waren bereits acht Schiffe explodiert, ohne daß der Feind seine Phaserkanonen einsetzte.

Deshalb die angebliche Bereitschaft, eine Vereinbarung zu treffen, die den Frieden sichern sollte. Frieden bedeutete Zeit — um herauszufinden, wie die Waffen funktionierten, um zu lernen, besser mit ihnen umzugehen.

Einige Wissenschaftler der Kreel begannen mit umfassenden Analysen. Raum für Raum erforschten sie die subplanetare Anlage von DQN 1196 und testeten jede einzelne Waffe, um sich ein Bild von ihrer Leistungsfähigkeit zu machen.

Die Kreel kontrollierten den Planeten von Anfang an und wehrten alle klingonischen Angriffe ab. Ein einziges imperiales Kriegsschiff konnte eine ganze Welt vernichten — wenn es nahe genug herankam. Doch das Verteidigungssystem von DQN 1196 erwies sich als zu wirkungsvoll, zerstörte mehrere Schlachtkreuzer, deren Kommandanten nicht die nötige Vorsicht walten ließen. Wäre den Klingonen bekannt gewesen, daß die Kreel nur eine Waffe verwendeten, hätten sie vermutlich aus Schande Selbstmord begangen.

Die klingonischen Raumer versuchten daraufhin, den Planeten abzuschirmen, um Kreel-Einheiten daran zu hindern, ihn anzufliegen und die fremden Waffensysteme an Bord zu nehmen. Aber sie mußten einen großen Abstand zu DQN 1196 wahren, und deshalb scheiterten alle entsprechenden Bemühungen. Die Kreel-Schiffe leiteten einfach einen kurzen Warptransfer ein und schlüpften auf diese Weise durch die Blockade.

Irgendwann gaben die Klingonen auf, mieden den

Planeten und zogen es vor, ihre eigenen Welten zu schützen.

Kurz bevor Captain Picard die diplomatische Delegation der Kreel an Bord beamen ließ, kam es auf DQN 1196 zu einem Zwischenfall.

Ein aus sechs ›Wissenschaftlern‹ bestehendes Team führte Experimente mit den Waffen durch. Es blieben fünf übrig, als ein kühnes Mitglied der Gruppe den Versuch unternahm, das große, sägezahnartige Portal zu öffnen, dem Budian zum Opfer gefallen war. Der Mann wies knurrend darauf hin, er habe den Code mit Hilfe seines Computers entschlüsselt, und er zögerte nicht, die bunten Rechtecke des Kontrollfelds zu berühren. Er löste sich zusammen mit seiner fatalen Zuversicht auf.

Kurz darauf betraten die fünf überlebenden Kreel ein kleineres Zimmer und entdeckten dort eine besonders gefährlich wirkende Waffe. In der metallenen Hülle glänzten einige Hieroglyphen, deren Botschaft den Wissenschaftlern völlig unverständlich blieb. Deshalb trafen sie die äußerst unkluge Entscheidung, an die Oberfläche zurückzukehren, den gefundenen Gegenstand auf ein Dreibein zu montieren und ihn zu testen. Übersetzt teilten die Zeichen folgendes mit: »Außerordentlich dumme Waffe. Nicht benutzen.« Die Kreel ahnten natürlich nichts davon, aber selbst wenn sie den Hinweis verstanden hätten: Wahrscheinlich wären sie trotzdem bereit gewesen, ein Experiment vorzunehmen.

Zunächst schien die Waffe einwandfrei zu funktionieren. Ein dicker, blauer Energieblitz zuckte aus der Mündung und bohrte sich durch den Berg.

Aber er verspottete alle physikalischen Gesetze, indem er der Wölbung des Planeten folgte und seinen Weg fortsetzte.

Das unmittelbare Ergebnis bestand darin, daß sich die Kreel dazu gratulierten, eine derart mächtige Waffe entdeckt zu haben. Unterdessen raste der Energiestrahl um DQN 1196 herum, und anderthalb Sekunden später traf er die Wissenschaftler von hinten. Er durchschlug zwei Kreel, brannte sich in die Waffe hinein und brachte sie zur Explosion. Die Druckwelle erledigte den Rest und löschte die Namen der Forscher aus den wissenschaftlichen Kreel-Annalen. Das einige Dutzend Meter vor dem Zugang der unterirdischen Anlage lodernde Feuer erlosch erst nach einem ganzen Tag.

Zum erstenmal seit einem Monat befanden sich keine Kreel mehr auf dem Planeten, und da man es versäumt hatte, das Verteidigungssystem — es bestand, wie schon erwähnt, aus nur einer Waffe — auf Automatik zu justieren, fehlte jeder Schutz für DQN 1196. Die Klingonen wären imstande gewesen, in aller Seelenruhe zu landen und die Welt dem Imperium einzugliedern. Aber sie hielten es für besser, nach wie vor einen großen Bogen um die Welt des Arsenals zu machen, wußten aus Erfahrung, daß es einem Selbstmord gleichkam, sich ihr zu nähern.

Aus den gerade geschilderten Ereignissen lassen sich drei Lehren ziehen. Erstens: Man feuere nie eine Waffe ab, ohne eine genaue Bedienungsanleitung zu haben. Zweitens: Wenn man sie schon einsetzen muß, so nur aus sicherer Entfernung. Drittens: Man überlasse einen Planeten nie sich selbst, denn in einem solchen Fall kann praktisch alles passieren.

Nach einem Monat mehr oder weniger hektischer Aktivität herrschte wieder Ruhe auf DQN 1196. Doch es gab nun einen wichtigen Unterschied. Der Planet hatte zumindest einige Geheimnisse preisgegeben, und er schien jetzt auf etwas zu warten. Vielleicht hoffte er darauf, daß sich sein Schicksal endlich erfüllte.

KAPITEL 13

Der Zeigefinger des Unheils richtete sich auf die *Enterprise*.

Die Kreel trafen ein.

Als der erste Kontakt mit dem Kreel-Schiff erfolgte, beschloß Picard, spezielle Vorsichtsmaßnahmen zu ergreifen. Worf sondierte den Kreuzer, stellte jedoch fest, daß er über keine außergewöhnliche Technologie verfügte. Doch der Captain blieb weiterhin auf der Hut, als er Anweisung gab, das Deflektorfeld zu desaktivieren und die Diplomatengruppe an Bord zu holen.

Picard achtete darauf, den Kreel einen ebensolchen Empfang zu bereiten wie zuvor den Klingonen.

Er hätte natürlich einige Angehörige der Sicherheitsabteilung in den Transporterraum bestellen können, doch vielleicht sahen die Kreel darin ein Zeichen von Schwäche: Ein Kommandant, der an Bord seines eigenen Raumschiffes die Hilfe von bewaffneten Wächtern brauchte... Picard begnügte sich damit, Bereitschaft für eine Einsatzgruppe anzuordnen – um ganz sicher zu sein.

Riker und Deanna leisteten ihm Gesellschaft, als der Transfertechniker die Koordinaten eingab. Worf fehlte aus offensichtlichen Gründen.

»Unterbrechen Sie auf keinen Fall den Blickkontakt, wenn Sie vor den Kreel stehen«, sagte Picard.

Der Erste Offizier nickte. »Ja, ich weiß. In einem solchen Fall hält man uns für Feiglinge.«

»Man könnte meinen, Sie entwickelten einen Schlachtplan«, bemerkte Troi.

»Was keineswegs so abwegig ist, Counselor«, erwiderte der Captain und wandte sich an den Transportertechniker. »In Ordnung. Beamen Sie die Gruppe an Bord.«

Riker kam plötzlich zu dem Schluß, daß er ein wenig zu dicht vor der Plattform stand. Er trat einen Schritt zurück, erinnerte sich an Struktur und Zweck des Transferfeldes. Während es ein Objekt auflöste, speicherte es die Struktur des betreffenden Gegenstands als energetische Matrix, um ihm am Zielort wieder feste Substanz zu geben. Es handelte sich um einen sehr komplizierten Vorgang.

Der Erste Offizier lächelte unwillkürlich, als er an ein bestimmtes Ereignis zurückdachte. Er entsann sich an einen ebenso gefürchteten wie verhaßten Akademie-Dozenten, der sich ins Hauptquartier beamen wollte, um eine Auszeichnung in Empfang zu nehmen, die er nach Meinung vieler Kadetten überhaupt nicht verdiente. Riker und einer der Computerspezialisten manipulierten die Konsole, programmierten sie darauf, allein organische Masse zu transferieren und anorganische Materie — zum Beispiel synthetische Stoffe — zu ignorieren.

Die Folge war: Als der Transfer erfolgte, blieb die Kleidung des Dozenten auf der Plattform zurück, und der arrogante Kerl fand sich splitterfasernackt vor zwanzig Würdenträgern wieder.

Natürlich ergab sich ein ziemlicher Skandal, und man drohte mit einer Massenbestrafung. Aber die Studenten hielten zusammen, und der Akademieleiter — er hielt den Streich für brillant und teilte außerdem die Schadenfreude der Kadetten — legte die Sache schon nach kurzer Zeit zu den Akten.

Riker nahm jenes Erlebnis zum Anlaß, der Transportertechnik mit gehörigem Respekt zu begegnen, und deshalb wich er ein wenig zurück, als die Kreel materialisierten.

Sie verharrten auf der Plattform, spannten die Muskeln ihrer nur spärlich bekleideten Körper und sahen sich mit der unverfrorenen Neugier von Leuten um, die nicht an Materietransmitter gewöhnt waren. Die Gruppe bestand insgesamt aus zehn Personen.

Langsam und vorsichtig traten sie von dem Podest herunter, und einer von ihnen näherte sich Picard. Er mochte rund einen halben Kopf größer sein als der Captain, wirkte kräftig genug, um den Kommandanten der *Enterprise* in Stücke zu reißen.

Picard fragte sich kurz, ob es richtig gewesen war, auf Worfs Präsenz zu verzichten.

»Ich heiße Aneel«, grollte die Gestalt vor ihm.

»Sind Sie der Botschafter?«

Der Kreel grinste und zeigte spitze Zähne. Auf der rechten Seite bemerkte Picard einige gesplitterte Stummel. »Das ist der Rang, in den ich aufgestiegen bin.«

»Ich bin Captain Jean-Luc Picard.«

»Sind Sie der Kommandant?«

»Das ist *mein* Rang, ja«, bestätigte Picard trocken.

»Gut. Wo ist das Klingonenschwein?«

Picard preßte kurz die Lippen zusammen. »Der klingonische *Botschafter* befindet sich in seiner Kabine und würde gern ein Gespräch mit Ihnen führen. Den Zeitpunkt dürfen Sie bestimmen.«

»Ach, darf ich das?« Die anderen Kreel knurrten und schnauften verächtlich.

»Hören Sie mir gut zu, *Captain*...«, begann Aneel und schloß seine dreifingrigen Hände um Picards Schultern.

Riker reagierte sofort, schmetterte dem Kreel die Faust an den Schädel. Aneel ließ den Captain los und wandte sich dem Ersten Offizier zu, doch Riker wehrte ihn mit einem entschlossenen Tritt ab. Die muskulöse Gestalt taumelte zurück, und einige andere Kreel bewahrten ihren Artgenossen davor, das Gleichgewicht zu verlieren und zu stürzen.

Picard berührte seinen Insignienkommunikator. »Sicherheitsabteilung.«

Und die Kreel lachten.

Es klang gräßlich, wie das Heulen tollwütiger Hunde. Der Captain stand hinter Riker, hob überrascht die Brauen und starrte die Gruppe groß an.

»Ausgezeichnet«, sagte Aneel. »Wirklich ausgezeichnet! Dieser würdige Mann... Ist er der Leiter Ihrer Sicherheitssektion?«

Worfs besorgte Stimme drang aus dem Lautsprecher des Kommunikators. »Sollen wir eingreifen?«

»Warten Sie«, erwiderte Picard vorsichtig. »Botschafter...«

»Aneel. Einfach nur Aneel. Wir Kreel legen nicht soviel Wert auf Titel wie die Föderation und Klingonen.« Die Gruppe spuckte.

Picard ging um Riker herum und schob den Arm seines Ersten Offiziers beiseite. Dicht vor Aneel blieb er stehen.

»An Bord meines Schiffes wird nicht gespuckt«, sagte er scharf und blickte dem Kreel direkt in die Augen. »Ich dulde hier auch keine Auseinandersetzungen. Es handelt sich um eine diplomatische Mission, aber wenn Sie beweisen, daß man Ihnen kein Vertrauen schenken darf, werde ich nicht zögern, Sie unter Arrest zu stellen. Haben Sie verstanden?«

Aneel lächelte erneut – es sah aus, als blecke er die Zähne. »Durchaus, Captain.«

Er zögerte, und Riker rechnete fast damit, daß er erneut die Arme ausstreckte, um Picard zu packen. Aber dann drehte er sich um und stellte seine Begleiter vor. Kobrys Gefolge war nicht so sehr eine Eskorte, eher eine Leibwache – und die Kreel, deren Namen nun genannt wurden, schienen Saufkumpanen zu sein. Aneel mochte die Aufgaben eines Botschafters wahrnehmen, doch die anderen hatten ganz das Flair von Unruhestiftern.

Picard beschloß, kein Risiko einzugehen. *Was die Klingonen betrifft, habe ich gewartet, bis ich unter vier Augen mit Kobry sprechen konnte, aber in diesem Fall muß sofort etwas unternommen werden.*

»Bitte überlassen Sie mir Ihre Waffen«, sagte er.

Von einem Augenblick zum anderen herrschte Stille im Transporterraum. Aneel runzelte die Stirn. »Warum?« grollte er.

»Weil ich sicherstellen möchte, daß Sie niemanden über den Haufen schießen, solange Sie sich an Bord der *Enterprise* aufhalten«, antwortete Picard.

»Und wenn wir uns weigern?«

»Dann schicke ich Sie zu Ihrem Schiff zurück.«

»Captain...«, erklang die Stimme des Transfertechnikers. »Der Kreel-Kreuzer hat bereits Fahrt aufgenommen und befindet sich nicht mehr in Transporter-Reichweite.«

Aneel grinste breit. »Wie wollen Sie Ihren Forderungen *jetzt* Nachdruck verleihen?«

Picard trat noch etwas näher heran, bis ihn nur noch wenige Zentimeter von dem Kreel trennten. Er mußte den Kopf nach hinten neigen, um zu ihm aufzusehen.

»Wenn Sie sich weigern, mir Ihre Strahler auszuhändigen, kehren Sie *zu Fuß* nach Hause zurück.«

Erneut folgte angespanntes Schweigen.

Aneel zog seinen großen Intervaller aus dem Halfter, und Riker setzte sich sofort in Bewegung, dazu bereit, den Captain beiseite zu stoßen. Aber der Kreel drehte die Waffe herum und bot Picard den Kolben an. »Nehmen Sie«, brummte er.

Riker ließ den angehaltenen Atem lautlos entweichen, als der Captain nach dem Strahler griff.

»Sie sind Gäste«, sagte Picard. »Und ich erwarte von Ihnen, daß Sie sich entsprechend benehmen.«

Aneel bedeutete seinen Begleitern, sich ebenfalls von ihren Waffen zu trennen. Riker und der Transfertechniker sammelten sie ein, und der Kreel-Botschafter verneigte sich mit einer Eleganz, die in einem auffallenden Kontrast zu seinem Erscheinungsbild stand.

Picard sah stumm zu, und nach einer Weile vernahm er ein leises Knacken im Lautsprecher seines Insignienkommunikators. »Captain, die Sicherheitsgruppe ist noch immer in Bereitschaft.«

»Wir haben die Situation unter Kontrolle. Picard Ende.« Er unterbrach die Verbindung, bevor Aneel Worfs Stimme als die eines Klingonen identifizieren konnte.

»Es geht uns nur darum, friedliche Beziehungen herzustellen«, behauptete Aneel, und sein Lächeln kam einer Grimasse gleich.

»Das ist auch mein Bestreben«, erwiderte Picard.

»Gut. Und nun... Wo ist das Klingonenschwein?«

Picard seufzte innerlich und verzichtete auf eine scharfe Antwort.

»Folgen Sie mir«, sagte er und verließ den Transporterraum.

Sie bildeten eine bizarre Prozession: Picard und Aneel an der Spitze, gefolgt von neun leicht bekleideten Kreel; Riker – er trug die eingesammelten Waffen – und Troi bildeten den Abschluß. Einige Besatzungsmitglieder und zivile Passanten blieben stehen, starrten sie groß an – und der Erste Offizier begriff nun, wie sich damals der Dozent gefühlt haben mußte.

»Ein wahrhaft prächtiges Raumschiff, Captain«, sagte Aneel.

»Danke.«

»Wir haben nichts Vergleichbares – trotz unserer jüngsten Fortschritte. Das gilt auch für den wundervollen Transporter. Eigentlich eine Schande, daß nur wenige Völker in den Genuß moderner Technologie kommen, während die anderen leer ausgehen, finden Sie nicht?«

Picard legte die Hände auf den Rücken. »Die kulturell-philosophische Evolution sollte mit der technischen Entwicklung Schritt halten. Sonst ergeben sich große Probleme.«

»Was für eine dumme Ausrede!« zischte der Kreel. »Ein Vorwand dafür, Ihre Überlegenheit zu wahren.«

»Da irren Sie sich, Aneel«, widersprach Picard. »In unserer Geschichte gibt es viele Beispiele für das Unheil, zu dem es kommen kann, wenn bestimmte Völker Zugang zu einer Technik erhalten, für die sie noch nicht reif genug sind.«

»Das gilt auch für uns Kreel, nicht wahr?«

Picard hielt den Kopf gerade, musterte Aneel aus dem Augenwinkel. »Das haben Sie gesagt. Ich wollte auf folgendes hinaus: In der Föderation gibt es eine sogenannte Erste Direktive, die Einmischungen in eine sich entwikkelnde Zivilisation verbietet. Was Sie betrifft... Mit technologischer Unterstützung erwiesen wir Ihnen bestimmt keinen guten Dienst.«

»Schöne Worte! Wir Kreel halten nicht viel von Worten. Konkrete Fakten sind uns weitaus lieber.«

»Ich möchte Ihnen etwas erklären, Aneel. Vor mehreren hundert Jahren vertraten die Menschen der Erde ähnliche Einstellungen. Der Fortschritt wurde in erster Linie nach dem militärischen Nutzen beurteilt. Selbst der Beginn des Raumfahrtprogramms, das letztendlich zu der Technologie führte, die Sie hier sehen, diente dem Krieg. Anstatt sich auf den Bau von Raumstationen zu konzentrieren, in denen Menschen arbeiten, experimentieren und lernen konnten, waren die Regierungen nur an orbitalen Waffensystemen interessiert.«

»Na und?«

Picard blieb stehen und sah den Kreel an. »Jene Waffen gaben der Menschheit die Möglichkeit, den Dritten Weltkrieg zu beginnen. Aufgrund von kurzsichtiger, dummer Verbohrtheit hätten wir uns fast selbst vernichtet.«

»Was ist falsch an der militärischen Anwendung moderner Technik?«

»Was daran falsch ist?« brachte Picard ungläubig hervor. »Angenommen, wir hätten damals Besuch aus der Zukunft oder von einer höher entwickelten Zivilisation bekommen. Angenommen, meine Vorfahren wären in der Lage gewesen, Transporter zu verwenden. Stellen Sie sich vor, wie man die Transfertechnik verwendet, um Atombomben an bestimmten Zielen materialisieren zu lassen. Ich bin sicher, unter solchen Umständen hätte die Spezies Mensch das zwanzigste Jahrhundert nicht überlebt.«

Picard beglückwünschte sich insgeheim zu der Entscheidung, die Computersysteme der *Enterprise* mit elektronischen Sicherheitsschranken geschützt zu haben – um zu verhindern, daß die Kreel Zugang zu wichtigen technischen Informationen erhielten. Sie waren nicht in der

Lage, Dateien zu öffnen, die zum Beispiel über Konstruktionskonzepte des Transporters Auskunft gaben.

Sie setzten den Weg fort, gingen um eine Ecke – und begegneten vier Klingonen.

Die Reaktion bestand darin, daß alle nach Waffen griffen, die nicht mehr in den Halftern steckten.

Wenn ich ihnen die Phaser und Intervaller gelassen hätte, käme es jetzt zu einer Katastrophe, dachte Picard und seufzte lautlos.

»Ich schätze, Sie kennen sich bereits«, sagte er lakonisch.

»Nur zu gut«, erwiderte Aneel langsam.

Der Klingone namens Tron musterte ihn und kniff die Augen zusammen. »Ich erinnere mich an Sie, an Ihre Stimme. Sie befanden sich auf DQN 1196.«

»Sie ebenfalls?«

»Ich gehörte zu der klingonischen Landegruppe, die von Ihnen angegriffen wurde.«

»Tatsächlich?« Aneel grinste hämisch. »Und Sie haben überlebt, um davon zu berichten? Offenbar schieße ich nicht mehr so gut wie früher. Ich sollte mehr üben.«

Tron stürzte sich auf Aneel, und auch die anderen fielen übereinander her.

Riker überließ die Intervaller Troi und griff nach Picards Arm, um ihn beiseite zu ziehen und selbst einzugreifen. Doch zu seiner großen Überraschung stieß der Captain seine Hand fort und warf sich zwischen Tron und Aneel. Picard bewies verblüffend viel Kraft, als er die beiden Streithähne voneinander trennte.

»*Das reicht!*« donnerte er so wütend, daß Klingonen und Kreel erstarrten. »Verdammt, dies ist eine *diplomatische Mission*, und wenn es erneut zu Handgreiflichkeiten kommt, aus welchem Anlaß auch immer, *lasse ich Sie in Ketten legen!* Haben Sie *verstanden?*«

Der brodelnde Zorn zwischen den beiden Gruppen schien feste Substanz zu gewinnen, aber Picards Präsenz schuf eine Barriere, die niemand in Frage zu stellen wagte. Zumindest *noch* nicht.

»Die Kreel möchten nur respektiert werden«, sagte Aneel gefährlich ruhig. »Aber die Klingonen nutzen jede Gelegenheit, die Kreel umzubringen.«

In Trons Augen blitzte es. »Unser Wunsch besteht einzig und allein darin, daß die Kreel endlich aufhören, in aller Deutlichkeit ihre parasitäre Natur zu zeigen.«

»Parasitäre Natur?« knurrte Aneel. »Sehen Sie etwa Schmarotzer in uns?«

»*Stinkende* Schmarotzer.«

»Meine Herren...«, sagte Picard scharf. »Ich höre bereits das Rasseln der Ketten.«

Aneel drehte sich zu ihm um. »Captain, Sie haben selbst darauf hingewiesen, daß wir Gäste an Bord Ihres Schiffes sind. Warum lassen Sie zu, daß uns diese... Personen beleidigen?«

»Wie soll man jemanden beleidigen können, der keine Ehre hat?« erwiderte Tron gleichmütig.

Riker tastete nach seinem Kommunikator, um die Sicherheitsabteilung zu verständigen. Eigentlich lag ihm nichts daran, schon in einem so frühen Stadium hart durchzugreifen, um eine Auseinandersetzung zwischen Kreel und Klingonen zu verhindern; aber er hielt es für seine vordringliche Aufgabe, die Sicherheit des Captains zu gewährleisten. Darüber hinaus stellte er verärgert fest, daß einige neugierige Besatzungsmitglieder näher kamen und gafften. Begriffen sie denn nicht, welcher Gefahr sie sich aussetzten?

Genau in diesem Augenblick erklang eine amüsierte Stimme. »Gibt es hier ein Problem?«

Die Schaulustigen wichen zur Seite, ließen den Ehrenwerten Kobry und seine Adjutantin Gava passieren.

Als Aneel den klingonischen Botschafter sah, begann er schallend zu lachen. Die anderen Kreel folgten seinem Beispiel, gaben kehlige, gutturale Laute von sich. Tron und die übrigen Klingonen hoben geballte Fäuste, als einem der ehrenvollsten Bürger des Imperiums eine solche Behandlung zuteil wurde.

Die Kreel lachten so sehr, daß sie sich krümmten und am ganzen Leib erbebten. Picard und Riker sahen von einer Gruppe zur anderen, und der Captain spürte, wie Empörung einen Kloß in seinem Hals bildete. Er versuchte, sich in Kobrys Lage zu versetzen, schauderte innerlich und trat einen Schritt vor. Deanna Troi berührte ihn kurz an der Schulter. »Seien Sie unbesorgt«, murmelte die Counselor. »Der klingonische Botschafter ist... völlig gelassen.«

Der Kreel-Spott schien wirkungslos an Kobry abzuprallen. Der zwergenhafte Botschafter zeigte nur jenes rätselhafte Lächeln, das Taka Nagai sehr fasziniert hatte. Nach einer Weile setzte er sich in Bewegung und näherte sich dem immer noch grölenden Aneel.

Dicht vor ihm verharrte er, verschränkte die Arme und wartete in aller Seelenruhe.

Die Klingonen wechselten unsichere Blicke und überlegten vermutlich, wie sie sich verhalten sollten. Wenn die Kreel Kobry angegriffen hätten, wären sie dazu verpflichtet gewesen, ihn zu verteidigen — sie alle ersehnten sich eine derartige Chance. Aber solange dem Ehrenwerten keine unmittelbare Gefahr drohte, durften sie nicht aus eigener Initiative handeln.

Kobry geduldete sich, und schließlich verstummten die Kreel.

Aneel und seine Begleiter grinsten noch immer, aber ihr Lächeln wirkte plötzlich wie eingefroren. Mit zunehmender Verwirrung starrten sie auf den kleinen Klingonen herab.

Kobry ließ ihnen keine Zeit, um die veränderte Situation zu erfassen. »Wenn Sie noch ein wenig über meine Statur lachen möchten... Ich bin gern bereit, auch weiterhin zu warten.«

Aneel schüttelte verwundert den Kopf. »Wer *sind* Sie?«

»Ich bin der Ehrenwerte Kobry.« Der Botschafter klopfte sich an die Brust und streckte die Faust so aus, daß die Knöchel nach unten deuteten. »Sie heißen Aneel, nicht wahr?«

»Ja.«

»Der andere Kreel, der zusammen mit Ihnen das Arsenal auf DQN 1196 entdeckte... Deni. Ist er ebenfalls hier?«

Deni stand einige Schritte abseits und hob kurz die Hand.

Kobry neigte den Kopf. »Ich spreche Ihnen mein Mitgefühl für all jene Kreel aus, die durch den sinnlosen Konflikt zwischen unseren beiden Völkern ums Leben kamen.«

Das verschlug Aneel die Sprache. Er konnte sich nicht dazu durchringen, in diesen Worten ein Zeichen von Schwäche zu sehen — Kobry wirkte viel zu selbstbewußt.

»Mein... mein Beileid für die gefallenen Klingonen«, sagte Aneel langsam und konnte es selbst kaum fassen. Die anderen Kreel waren mindestens ebenso überrascht. »Was... *sind* Sie?«

Kobry verbeugte sich andeutungsweise. »Ein demütiger Diener des Imperators. Dies ist meine Adjutantin Gava.«

Aneel musterte sie von Kopf bis Fuß und lachte.

»Sie erinnern mich an eine Klingonin, die ich vor einigen Jahren vergewaltigt habe.«

Verdammter Mist! dachte Riker.

Der Erste Offizier trat sofort einen Schritt vor, aber Tron duckte sich trotzdem zum Sprung. »*Sie lügen!*«

»Lassen Sie sich nicht provozieren!« warnte Kobry.

»Eine Lüge, ja«, räumte Aneel ein. »In Wirklichkeit habe ich sie gleich mehrmals vergewaltigt, und schließlich fand die Klingonin solchen Gefallen daran, daß sie nach mehr verlangte. Sie...«

Tron verlor endgültig die Beherrschung.

Er stieß Riker einfach beiseite, schleuderte ihn an die Wand und griff Aneel an. Picard alarmierte die Sicherheitsabteilung. Kobry versuchte vergeblich, sich Gehör zu verschaffen. Kreel und Klingonen stürzten sich aufeinander, holten wütend aus und schlugen zu.

Wie aus dem Nichts erschienen die anderen Klingonen der Eskorte und warfen sich ebenfalls in das wilde Durcheinander. Nur die Enge des Korridors verhinderte ein

Blutbad. Ganz gleich, welche Waffen die Leibwächter an ihren Körpern versteckt hatten — es blieb ihnen nicht einmal genug Platz, um ein Messer aus dem Stiefel zu ziehen.

»Aufhören! Das ist ein Befehl!« schrie Picard. Eine Sekunde später wurde er fast von in Panik geratenen Zivilisten niedergetrampelt, die ihn überhaupt nicht sahen und nur an Flucht dachten. Gava stolperte, und Deanna Troi zog sie rechtzeitig zur Seite.

Einer der Kreel löste sich aus dem Handgemenge und sah, daß Deanna die Intervaller trug. Er knurrte triumphierend und lief auf sie zu, um ihr die Waffe zu entreißen. Gava trat vor und rammte ihm das Knie in den Schritt, woraufhin der Kreel stöhnend zu Boden sank.

»Kobry!« rief Gava und hielt sich nicht damit auf, auch den Titel zu nennen.

Riker stemmte sich in die Höhe und schirmte Picard ab. »Captain«, sagte er gepreßt, »bitte um Erlaubnis...«

»Ja, erteilt.«

Der Erste Offizier zog seinen Phaser und schoß aus der Hüfte heraus.

Klingonen und Kreel erschlafften, rührten sich nicht mehr von der Stelle. Es dauerte nur wenige Sekunden, bis alle Kämpfenden bewußtlos waren.

Stille schloß sich an, und kurz darauf erklang ein leises Stöhnen.

»Kobry«, sagte Picard. Zusammen mit Riker begann er, reglose Leiber beiseite zu schieben, um den klingonischen Botschafter zu finden. Kobry lag ganz unten; die anderen Körper hatten ihn vor den Phaserstrahlen geschützt. Der Captain und sein Erster Offizier zogen ihn behutsam unter den vielen Bewußtlosen hervor.

Worf und einige andere Männer der Sicherheitsabteilung trafen ein. Der Offizier hob die Hand, und daraufhin verharrte die Gruppe.

»Du hast das Beste verpaßt«, sagte Gava.

Kobry schüttelte den Kopf. »Wahrscheinlich hätte es

noch schlimmer kommen können — obwohl mir eine solche Vorstellung sehr schwer fällt.«

Gava sank neben ihrem Vater auf die Knie. »Die Mission ist von Anfang an zum Scheitern verurteilt.«

»Da bin ich anderer Meinung«, widersprach Picard. »Wir müssen alles versuchen, um unserer Aufgabe gerecht zu werden. Die Umstände spielen nur eine untergeordnete Rolle.«

»Der Captain hat recht, Gava«, bestätigte Kobry. »Unsere Regierungen vertrauen darauf, daß es uns gelingt, einen interstellaren Krieg zu verhindern. Es herrscht ein Waffenstillstand, solange die Verhandlungen stattfinden. Aber wenn zwanzig Klingonen und Kreel nicht auf Gewalt verzichten können, bis wir DQN 1196 erreichen — wie sollen wir dann hoffen, zwischen unseren beiden Völkern eine stabile friedliche Koexistenz zu ermöglichen?«

»Gute Frage«, bemerkte Worf.

Kobry stand auf und strich seine Kleidung glatt. »Captain, ich möchte allein und ungestört mit dem Kreel-Botschafter sprechen.«

Picard nickte. »Lieutenant Worf, bringen Sie die Klingonen im Arrestbereich auf Deck 2 unter, im Block A. Für die Kreel gibt es ein sicheres Quartier auf Deck 18, Block Z.«

»Die Kammern befinden sich an den gegenüberliegenden Enden des Diskussegments«, stellte der Sicherheitsoffizier fest.

»Genau. Die beiden Delegationen sollten möglichst weit voneinander entfernt sein, bis eine Übereinkunft getroffen wird.«

Gava wandte sich an Worf. »Wie lange mag das dauern?«

»Eine ganze Weile«, erwiderte der Offizier leise. »Eine halbe Ewigkeit und noch etwas länger. Zwischen Kreel und Klingonen herrscht erst Frieden, wenn es in der Hölle schneit.«

Seine Stimme war kaum mehr als ein Flüstern, aber Picard hörte ihn trotzdem und drehte sich um. »Ich hoffe, daß sich Ihre Prophezeiung nicht bewahrheitet, Lieutenant.«

KAPITEL 14

Jaan wanderte durch den Korridor und ging in Richtung Krankenstation, um sich erneut von Dr. Pulaski behandeln zu lassen. Unterwegs fiel ihm eine seltsame Veränderung auf.

Für gewöhnlich begrüßten ihn Besatzungsmitglieder und Zivilisten — hauptsächlich die Frauen unter ihnen — mit einem freundlichen Lächeln, ohne daß er den Trick einsetzen mußte. Auf viele Leute übte er einen gewissen Reiz aus, und das gefiel ihm.

Doch jetzt gewann er den Eindruck, daß man ihm aus dem Weg ging. Die Passanten machten entweder einen weiten Bogen um den Elf, oder sie bedachten ihn mit kummervollen Blicken und fragten besorgt: »Wie geht es dir?« Ihre Mienen brachten ein Mitgefühl zum Ausdruck, das Jaan immer mehr als Belastung empfand.

Er tat ihnen leid. Wie demütigend! Der Selelvianer wollte sich nicht bemitleiden lassen. Ihm ging es nur darum, seine Arbeit fortzusetzen, zu leben. *(Ist das etwa zuviel verlangt?)* Nach und nach spürte er, wie er die übrigen Personen an Bord der *Enterprise* abzulehnen begann. Er verabscheute ihre Einstellungen ihm gegenüber, und gleichzeitig regte sich Neid in ihm.

Er dachte an ihre Gesundheit: Sie würden noch viele Jahre lang leben, während ihm nur wenige Monate Zeit blieben.

Bobbi Chase näherte sich Jaan, und auch in ihrem Gesicht stand Sorge geschrieben.

Ärger vibrierte in Jaan. Er ahnte, welche Worte die junge Frau an ihn richten wollte. *Oh, wie fühlst du dich heute? Geht es dir etwas besser? Ach, wenn ich dir doch nur helfen könnte*... Und so weiter, und so fort.

Selbst ein Gesunder wurde früher oder später krank, wenn er ständig derartige Bemerkungen hörte.

Zwar galt Jaans Zorn nicht in erster Linie Bobbi, aber er beschloß trotzdem, ihr eine Lektion zu erteilen. Er nahm sich vor, ihr frömmlerisches Mitleid zu verstärken, bis sie in Tränen ausbrach. Anschließend stimulierte er vielleicht andere Empfindungen in ihr...

Ja. Ja, eine gute Idee. Es mochte interessant sein festzustellen, welche Folgen sich ergaben. Eine Stunde angenehmer Zweisamkeit...

Eine solche Gelegenheit durfte man nicht ungenutzt verstreichen lassen.

Die junge Frau trat an den Elfen heran. »Ich würde gern mit dir sprechen, Jaan.«

Er lehnte sich an die Wand und lächelte schief. »Worum geht's?«

»Um Wesley.«

Einige Sekunden lang starrte er Bobbi groß an. »Um Wesley?«

»Ja. Weißt du, ich dachte, er mag mich, und... Nun, ich habe ihn sehr gern, aber seit einiger Zeit schließt er sich dauernd in seiner Kabine ein. Ich... ich weiß nicht, was mit ihm los ist.«

»Du machst dir Sorgen um Wesley?« brachte Jaan ungläubig hervor. »Was ist mit mir?«

Bobbi senkte den Kopf. »Ich denke oft an dich«, sagte sie nach einer Weile. »Das solltest du eigentlich wissen. Aber...« Sie sah wieder auf. »Ich hatte den Eindruck, daß du keinen Wert auf Mitleid legst, und deshalb wollte ich dich nicht verärgern, indem ich dir mein Mitgefühl zeige.«

Ihre Einschätzung entsprach Jaans Empfindungen, aber die sachlich klingende Bemerkung schürte das Feuer der Wut in ihm, und plötzlich verlor er die Beherrschung.

»Ach, glaubst du das wirklich?« platzte es aus ihm heraus. Schweiß perlte auf der Stirn des Elfen. »Himmel, du hast überhaupt keine Ahnung. Nicht die geringste!«

»Jaan, ich...«

»Sei still! Ich will nichts mehr hören. Laß mich in Ruhe. Kümmere dich um deinen lieben Wesley!«

Seine laute Stimme weckte die Aufmerksamkeit anderer Passanten. Jaan ignorierte die erstaunten Blicke, schob sich an Bobbi Chase vorbei und lief blindlings los ...

Nach einigen Metern stieß er gegen Aneel.

Ein Mann aus der Sicherheitsabteilung begleitete den Kreel und ging direkt hinter ihm, konnte den Selelvianer also nicht sehen. Aneel schenkte dem plötzlich vor ihm auftauchenden Hindernis nur beiläufig Beachtung. Er streckte den muskulösen Arm aus, stieß Jaan so grob beiseite, daß der Elf an die Wand prallte.

Heftiger Schmerz brannte in Jaan, und er spürte, wie ihm die Knie weich wurden. *Fall jetzt nicht in Ohnmacht*, dachte er zornig, nahm seine ganze Kraft zusammen und wankte zum nächsten Turbolift.

Aneel sah ihm nach. »Das war doch ein Elf, oder?«

»Ja«, bestätigte der Wächter. »Kommen Sie.«

»Es scheint ihm nicht sehr gut zu gehen.«

Bobbi kämpfte gegen eine Mischung aus Verwirrung und Verlegenheit an, und als sie die letzten Worte des Kreel vernahm, erwiderte sie scharf: »*Natürlich* geht es ihm nicht sehr gut. Er stirbt. Die Fäule bringt ihn langsam um, und das ist unfair!«

»Wer hat behauptet, Leben und Schicksal seien fair?« antwortete Aneel gleichmütig, während sich die mentalen Zahnräder hinter seiner Stirn schneller drehten.

Er kannte Elfen — sogar ziemlich gut. Vor einigen Jahren hatte er einige Selelvianer gefangengenommen, sich ein wenig mit ihnen vergnügt und sie später wieder freigelassen — als Schatten ihrer selbst. Sie waren attraktiv und zeichneten sich durch eine natürliche Eleganz aus, doch es mangelte ihnen an physisch-psychischer Widerstandskraft. Eigentlich erstaunlich, wenn man ihre geistigen Fähigkeiten berücksichtigte.

Aneels Gedanken zielten in eine ganz bestimmte Richtung.

»Wann erreichen wir das Konferenzzimmer?« fragte er.

»Bald«, entgegnete der Wächter. »Ich habe die Anweisung, zunächst einen anderen Ort mit Ihnen aufzusuchen.«

Da es sich um eine diplomatische Besprechung handelte, befanden sich nur wenige Personen im Raum. Picard war natürlich zugegen, ebenso Troi. Der Captain hätte auch Rikers Präsenz begrüßt, hielt es jedoch für besser, daß sein Erster Offizier auf der Brücke blieb: Wenn es zu neuerlichen Zwischenfällen kam, mußten rasche Entscheidungen getroffen werden.

Kobry und Gava saßen am Tisch. Die übrigen Klingonen und Kreel – abgesehen von Aneel, der bald eintreffen mußte – befanden sich nach wie vor in den Arrestsektionen.

»Glauben Sie wirklich, daß Sie Ihre Ziele erreichen, Ko... Ehrenwerter Kobry?« erkundigte sich Picard.

Der Botschafter winkte ab. »Lassen Sie den Titel ruhig weg. Es kostet zuviel Zeit, ihn jedesmal auszusprechen. Was Ihre Frage betrifft... Ich *weiß*, daß meine Bemühungen nicht umsonst bleiben werden.«

»Weshalb sind Sie so sicher?«

»Ich muß an der Zuversicht festhalten.« Der Klingone lächelte dünn. »Hoffnung allein genügt nicht. Man muß *sicher* sein.« Er warf einen Blick aufs Chronometer. »Inzwischen sollte Aneel den kleinen Umweg hinter sich haben.«

»Eine seltsame Taktik«, kommentierte Picard. »Gehört sie zu Ihrer Diplomatie?«

»Sie ist ein wichtiger Bestandteil davon, ja. Und sie könnte sich als recht nützlich erweisen.«

Kurz darauf glitt die Tür mit einem leisen Zischen auf, und Aneel trat ein, begleitet von dem Mann aus der Sicherheitsabteilung.

Der Kreel schien gut gelaunt zu sein.

»Setzen Sie sich, Botschafter«, sagte Picard. Aneel kam der Aufforderung nach und nahm Kobry gegenüber Platz.

Er ließ sich in den gepolsterten Sessel sinken und lächelte fröhlich.

»Wie gefällt Ihnen der Gesellschaftsraum?« wandte sich Picard an ihn.

Aneel bleckte die Zähne — das Kreel-Äquivalent eines Lächelns — und nickte zufrieden. »In diesem Zusammenhang kann sich Ihre Gastfreundschaft durchaus mit der unsrigen messen.«

»Danke für das Kompliment«, sagte Picard. »Nun, Botschafter... Der Ehrenwerte Kobry hat um diese Besprechung gebeten. Mir wäre es weitaus lieber, Sie auf dem nächsten Planeten abzusetzen, aber ich bin natürlich an die Anweisungen des Föderationsrates gebunden. Wie dem auch sei: Der Ehrenwerte Kobry glaubt, er könne eine Lösung für unser Problem anbieten.«

Aneel drehte den Kopf und musterte Kobry aus trüben Augen. Der Kreel war keineswegs betrunken, aber er wirkte zumindest entspannt. Dennoch bewahrte er einen Teil seiner hochmütigen Arroganz. »Erwarten Sie wirklich von mir, daß ich mit Ihnen verhandle?«

»Ja«, antwortete Kobry ruhig.

Picard warf Troi einen kurzen Blick zu und erhoffte sich einen Hinweis auf die Stimmung der beiden Diplomaten. Deanna zuckte andeutungsweise mit den Achseln, nahm noch immer einen Rest von Anspannung wahr.

»Das ist doch lächerlich«, brummte Aneel. »Sie sind so winzig, daß ich über Sie stolpern könnte. Wieso hat das Imperium ausgerechnet einen Zwerg als Unterhändler geschickt?«

Kobry schmunzelte. »Es gab viele Klingonen, die eine ähnliche Ansicht vertraten. Man nahm mich nicht ernst.«

»Tatsächlich nicht?« Aneel gab sich überrascht.

Kobry nickte. »Nun, dadurch überlebte ich in einer Gesellschaft, in der die einzelnen Sprossen der Karriereleiter aus Intrigen, Betrug, Attentaten und Mordanschlägen bestehen. Ich verließ das Imperium für eine Weile, verbrachte mehrere Jahre in der Föderation und kehrte zurück, als die Klingonen damit begannen, sich im großen Maßstab gegenseitig umzubringen.

Ich sammelte Gefolgsleute um mich — Klingonen, die sich von mir überzeugen ließen, nicht auf mein äußeres Erscheinungsbild achteten. Die Personen in den oberen Etagen der Hierarchie — sie ignorierten mich, nahmen meine Aktivitäten nicht ernst. Sie setzten ihre Machenschaften fort, planten neue Verschwörungen. Nach und nach lichteten sich ihre Reihen, und dadurch bekam ich die Möglichkeit, meinen Einfluß auszuweiten. Irgendwann sah sich der Imperator um und stellte überrascht fest, daß seine Berater fehlten — sie waren ihren eigenen Intrigen zum Opfer gefallen.

Und dann bemerkte er einen gewissen Kobry.« Der klingonische Botschafter schüttelte amüsiert den Kopf. »Einen Kobry, der unterdessen viele Anhänger gewonnen hatte. Einen Kobry, der Besonnenheit lehrte und ein Bündnis mit der Föderation vorschlug. Einen Kobry, der anregte, sich endgültig von den Romulanern abzuwenden. Wir mußten wachsen und reifer werden, uns von der eigenen Vergangenheit befreien. Wir mußten zu einer neuen Identität finden, die Barbarei in eine echte Zivilisation verwandeln. O ja, wir sind aggressiv und schrecken nicht vor einem Kampf zurück — diese Eigenschaften gehören zu unserer Natur, machen uns stark. Aber Stärke darf nicht ohne Intelligenz bleiben. Der Kluge erkennt die Notwendigkeit zu kämpfen — aber er weiß auch, daß häufig guter Wille genügt, um einen Konflikt aus der Welt zu schaffen.«

Aneel winkte ab. »Die Kreel wissen ganz genau, wann es nötig ist, in die Schlacht zu ziehen. Wir nehmen jede Herausforderung an.«

»Und genau an dieser Stelle müssen Sie einen Schlußstrich ziehen«, sagte Kobry. »Es wird Zeit, daß Sie ebenfalls wachsen. Und wir sind bereit, Ihnen dabei zu helfen.«

»Sie wollen uns nur *helfen*, weil wir jetzt Waffen besitzen, die eine Bedrohung für Sie darstellen.«

»Das ist nur ein Aspekt der gegenwärtigen Lage«, erwiderte Kobry. »Er weist auf eine Situation hin, die schon vor Jahren entschlossenes Handeln erfordert hätte.«

»Entschlossenes Handeln? Damit meinen Sie vermutlich die Ausrottung unseres Volkes.«

Der klingonische Botschafter lehnte sich zurück und stützte die Ellenbogen auf die Armlehnen des Sessels. »Es gab Stimmen, die tatsächlich derartige Maßnahmen verlangten. Aber inzwischen haben wir begriffen, daß man sich damit selbst eine Falle stellt. Nun, gerade aus diesem Grund ist die Reise nach DQN 1196 so wichtig. Sie gibt uns Gelegenheit ...« Kobry unterbrach sich und sah Picard an. »Wann erreichen wir den Planeten, Captain?«

»Mit Warp sechs in etwa fünf Tagen. Leider geht es nicht schneller. Wenn ich daran denke, was in hundertzwanzig Stunden an Bord geschehen könnte ...«

»Vielleicht ist es sogar ganz gut, daß uns soviel Zeit bleibt«, murmelte Kobry. »Botschafter Aneel, ich halte die Reise nach DQN 1196 aus zwei Gründen für außerordentlich bedeutsam.« Er hob die Hand und streckte den Zeigefinger. »Erstens: Es war notwendig, Delegationen unserer Völker in *einem* Raumschiff unterzubringen, um die Grundlagen für einen Dialog zu schaffen. Um zu beweisen, daß der Frieden zwischen Klingonen und Kreel wirklich möglich ist. Zugegeben, die erste Begegnung zwischen uns wurde nicht gerade von Harmonie geprägt, aber wir sollten uns davor hüten, die Hoffnung zu verlieren. Zweitens: Der Planet steht im Mittelpunkt unseres Disputs. Die Waffen in der unterirdischen Anlage verkörpern eine enorme Macht. Ich möchte Ihnen nicht zu nahe treten, Aneel, aber Ihre Wissenschaftler dürften kaum in der Lage sein, das ganze Potential des Arsenals zu erfassen. Wenn jene überlegene Technik allein den Kreel zur Verfügung steht, ist ein Krieg unvermeidlich. Die unmittelbare Konfrontation zwischen unseren Völkern könnte zur gegenseitigen Auslöschung führen.«

»Oder zum Ende der Klingonen«, warf Aneel ein.

»Oder zur Vernichtung der Kreel-Welten«, erwiderte

Kobry. »Wollen Sie das Risiko eingehen, *alles* zu verlieren? Sie wiesen darauf hin, wie sehr den Kreel daran liegt, respektiert zu werden, und deshalb frage ich Sie als Repräsentanten Ihres Volkes: Was ist wichtiger für Sie – Respekt oder Tod auf dem interstellaren Schlachtfeld?«

Damit verletzte Kobry eine der wichtigsten diplomatischen Regeln. Sie lautete: Stell nie eine Frage, wenn du nicht sicher bist, welche Antwort du erwarten kannst. Der Kreel ihm gegenüber bildete nach wie vor einen Unsicherheitsfaktor. Kobry wußte nicht, wie er auf die Frage reagieren würde.

Der klingonische Botschafter schwieg und übte sich in Geduld.

Aneel musterte ihn eine Zeitlang, richtete seinen Blick dann auf die anderen Anwesenden. Ihre Aufmerksamkeit gefiel ihm: Gespannt und besorgt warteten sie darauf, welche Worte er wählte. Der Kreel begriff plötzlich, daß er über den weiteren Verlauf der Verhandlungen entscheiden konnte.

Er lächelte innerlich, als er daran dachte, daß seine Antwort überhaupt keine Rolle spielte – er hatte bereits einen Plan entwickelt, der Erfolg versprach.

Zufriedenheit erfüllte ihn.

»Was schlagen Sie vor?« entgegnete er gelassen.

»Ein Abkommen?« fragte Tron ungläubig.

Die Klingonen in der Arrestkammer bildeten einen Halbkreis vor Kobry. Worf stand draußen im Korridor – aus Sicherheitsgründen, wie Picard betont hatte. Auf Kobrys Bitte hin war das Kraftfeld im Zugang desaktiviert worden; der Botschafter wollte nicht durch eine Ergbarriere zu seiner Eskorte sprechen.

Gava leistete Worf Gesellschaft. Der Sicherheitsoffizier spürte, wie sie ihn ›zufällig‹ am Bein berührte, und daraufhin wich er ein wenig zur Seite. Gerade jetzt durfte er sich nicht ablenken lassen.

»Ja«, bestätigte Kobry. »Ich habe ein Abkommen mit dem Kreel-Botschafter geschlossen.«

Mehrere Klingonen spuckten.

»*Hören Sie auf damit!*« sagte Kobry scharf, und in seinen Augen funkelte unübersehbarer Zorn. »Beim Imperator, Sie verhalten sich wie kleine Kinder! Von jetzt an werden Sie nicht mehr spucken, wenn Sie den Namen unserer Verhandlungspartner hören, ist das klar? Nun, ich habe eine Übereinkunft mit den Kreel getroffen ...« Er wartete, um festzustellen, ob sich die Männer vor ihm an seine Order hielten. »Sie bekommen bald Kopien des Vertrages, der alle Voraussetzungen für die Kooperation zwischen unseren Delegationen beschreibt und sowohl die *Enterprise* als auch den Planeten DQN 1196 zu neutralen Zonen erklärt, in denen jede Form von Gewalt verboten ist. Haben Sie verstanden? Ganz gleich, auf welche Weise man Sie provoziert – in den beiden Zonen finden keine Auseinandersetzungen statt.«

»Und womit bürgen die Kreel für die Einhaltung des Vertrages?« Trons Stimme klang verächtlich.

»Mit ihrer Ehre.«

Die Klingonen schnauften verblüfft. »Mit ihrer *Ehre?*« wiederholte einer von ihnen. »Kreel interpretieren Ehre nur als eine Schwäche ihrer Gegner.«

Kobry preßte kurz die Lippen zusammen. »Viele Kreel sind im Kampf gefallen, und die Überlebenden beklagen ihre Toten ebenso wie wir. Kummer und Wut schüren Haß und das Verlangen, Rache zu nehmen. Nur mit gutem Willen kann man den gegenseitigen Groll beenden und wahren Frieden schaffen. Auch zwischen der Föderation und dem Imperium gab es Ressentiments, und doch gelang es, sie zu überwinden. Aber bevor wir mit entsprechenden Diskussionen beginnen können, muß verhindert werden, daß Klingonen und Kreel übereinander herfallen. Aneel und seine Gefährten haben mir versichert, daß sie uns weder beleidigen noch angreifen werden.«

»Die Kreel wollen zur Abwechselung einmal *zivilisiert* sein?« fragte Tron ironisch.

»Man kann es auch so ausdrücken, ja. Ich habe versprochen, daß wir uns ebenso verhalten.« Kobry legte eine kurze Pause ein. »Es sei denn natürlich, Klingonen können es nicht mit der Ehre der Kreel aufnehmen.«

Worf verbarg seine Bewunderung für Kobry. Der Botschafter forderte seine Eskorte heraus, appellierte an den Stolz seiner Leibwächter.

Die erwartete Wirkung stellte sich sofort ein. Tron und seine Begleiter strafften die Schultern, und in ihren Zügen zeigte sich feste Entschlossenheit.

»Der ehrenhafteste Kreel ist nichts im Vergleich zum Geringsten aller Klingonen«, erklang es.

»Ich habe nicht etwa irgendwelche Klingonen mitgenommen, sondern die besten«, erwiderte Kobry wie beiläufig und sah auf seine Fingernägel herab. »Nehmen Sie die Herausforderung an?«

Die Männer wechselten kurze Blicke, und Tron trat einen Schritt vor. »Ein Klingone braucht Herausforderungen. Wenn die Kreel behaupten, einen Ehrenkodex zu haben, so zeigen wir ihnen, was wahre Ehre bedeutet.«

»Gut.« Kobry nickte. »Der Captain hat mir erlaubt, Sie aus der Haft zu entlassen – wenn Sie bereit sind, sich an den Vertrag zu halten.«

»Das begrüßen wir«, brummte ein besonders kräftig gebauter Klingone namens Sklar. »Daß der Ehrenwerte Kobry ohne Leibgarde unterwegs ist, bereitet uns Unbehagen.«

Der Botschafter seufzte. »Seien Sie unbesorgt.« Er wandte sich an Worf. »Bitte bringen Sie mich zu meinem Quartier, Lieutenant. Ich bin ein wenig müde.«

»Wir begleiten Sie, Sir«, warf Tron ein.

»Oh, beim Lieutenant bin ich gut aufgehoben. Verstehen Sie mich nicht falsch: Wenn er kein Klingone wäre, könnte ich kaum auf eine Eskorte verzichten. Aber da er zu unserem Volk gehört und sich hier gut auskennt, droht keine Gefahr. Habe ich recht, Worf?«

Der Sicherheitsoffizier nickte und beobachtete die Klingonen in der Arrestkammer. Er versuchte, ihre Gedanken und Empfindungen zu erraten, sah jedoch nur steinerne Mienen. Nur Trons Gesicht blieb nicht völlig ausdruckslos, zeigte eine Spur von Ärger; die getroffenen Entscheidungen schienen ihn nicht gerade zu erfreuen.

Der Ehrenwerte Kobry drehte sich um und ging durch den Korridor davon. Worf hielt sich links von ihm, Gava auf der rechten Seite. Die drei Klingonen wanderten mit gleichmäßigen Schritten, und nur Worf sah sich immer wieder wachsam um – Kobry und seine Tochter blickten starr geradeaus. Der Sicherheitsoffizier traute dem Frieden nicht ganz, rechnete weiterhin mit Zwischenfällen. Diese innere Haltung kam einem Prinzip gleich: Wer auf alles gefaßt war, ließ sich nur schwer überraschen.

»Trons Hinweis hat durchaus etwas für sich«, sagte Worf nach einer Weile. »Sie brauchen eine Eskorte.«

Kobry schüttelte kurz den Kopf. »Ich bin auch zurechtgekommen, als ich noch keine Ehrengarde hatte, Lieutenant. Es gab genug Gelegenheit, Erfahrungen zu sammeln. Kennen Sie das Geheimnis meines Überlebens?«

»Nein, Sir.«

»Erstens: Ich gebe ein kleines Ziel ab, wie ich schon sagte. Und zweitens: Ich weiß ständig, was um mich herum geschieht.«

»Ich verstehe.« Eine Zeitlang schwiegen sie.

»Soweit ich weiß, sind Sie und meine Tochter ein Liebespaar«, sagte der Ehrenwerte Kobry.

Diese nüchterne Feststellung verblüffte Worf so sehr, daß er fast stehengeblieben wäre. Er sah Gava an, deren hilflose Geste ihm mitteilte, daß sie ihrem Vater nichts gesagt hatte. »Darf ich fragen, wie Sie davon... erfahren haben?« erwiderte Worf.

»Erinnern Sie sich an den zweiten Grund, den ich Ihnen nannte?« Kobry lächelte. »Ich bin über alles informiert.«

Erneut richtete Worf seinen Blick auf Gava.

»Ich habe nicht darüber gesprochen, Vater«, begann sie. »Ich lege großen Wert auf Diskretion. Wie...«

»Wenn ich mich darauf verlassen hätte, daß man mir

Bescheid gibt, wäre ich längst tot«, entgegnete Kobry. »Mörder treten nur selten an einen heran und sagen: ›Ich habe die Absicht, Sie morgen oder übermorgen umzubringen.‹ Nein, man muß lernen, die Zeichen zu deuten. Körpersprache, hier eine knappe Geste, dort ein Blick. Man überlebt nur, wenn man solche Botschaften versteht.«

»Mißbilligt der Ehrenwerte Kobry meine Beziehungen zu seiner Tochter?« fragte Worf steif.

Gavas Vater lachte. »Der Ehrenwerte Kobry vertritt die Ansicht, daß ihn diese Sache nichts angeht. Niemand zwingt meine Tochter, und ich bezweifle, ob Sie sich als klingonischer Mann unter Druck setzen lassen.«

Sie erreichten das Quartier des Botschafters, und die Tür öffnete sich. Kobry drehte sich um. »Meine Tochter ist recht wählerisch«, sagte er. »Sie können stolz darauf sein, daß sich Gava für Sie entschieden hat, Worf. Das bestätigt den Eindruck, den ich von Ihnen gewonnen habe.«

»Danke, Ehrenwerter Kobry«, erwiderte der Sicherheitsoffizier. »Einer Frau wie Gava fällt es schwer, jemanden zu finden, den sie respektieren kann.« Der Botschafter bedachte seine Tochter mit einem liebevollen Blick.

»Das stimmt«, bestätigte die Klingonin und erwiderte Kobrys Lächeln. »Ich stelle immer Vergleiche mit meinem Vater an.«

»Was nicht gerade fair ist«, sagte Kobry und gab sich zerknirscht. »Im Vergleich mit mir ziehen alle den kürzeren. Ich wünsche euch beiden noch einen guten Tag.« Die Tür schloß sich hinter ihm.

Gava und Worf sahen sich an.

»Ich muß jetzt zur Brücke zurück«, stellte der Sicherheitsoffizier fest.

»Ja, natürlich. Wir sehen uns nach deinem Dienst wieder, in Ordnung?«

»Ja«, bestätigte Worf.

»Ich hoffe nur, du bist nicht zu müde.«

»Vorher bestimmt nicht. Und nachher...«

»Mache ich dich wieder munter.«

»Nun, wie steht's um mich, Doktor?«

Jaan setzte sich auf und ließ die Beine über den Rand der Diagnoseliege baumeln. Pulaski sah auf die Untersuchungsergebnisse.

»Jaan...«

»Oh-oh.«

Die Ärztin ließ das Blatt sinken. »›Oh-oh‹? Du kennst meine Antwort bereits, nicht wahr?«

»Die Art, in der Sie meinen Namen ausgesprochen haben... Einen solchen Tonfall benutzt man, wenn bei einer Party jemand auftaucht, mit dem man nicht gerechnet hat... Übrigens: Wie ich hörte, soll tatsächlich eine Party veranstaltet werden, sobald wir den Zielplaneten erreichen. Ein Fest zu Ehren der Klingonen und Kreel.«

Pulaski schüttelte den Kopf. »Ich kann mir kaum vorstellen, daß sie miteinander feiern.«

»Soweit ich weiß, war es Guinans Idee.«

»Oh, dann ist alles in Ordnung.« Die Ärztin seufzte leise. »Nun, Jaan... Ich glaube, du solltest dich ein wenig ausruhen.«

»Warum?«

»Ich habe es zum erstenmal mit der Fäule zu tun...«

»Mir ergeht es nicht anders.«

»... und sie breitet sich rascher in dir aus, als ich zunächst dachte«, fügte Dr. Pulaski hinzu.

»Soll das heißen, Sie wollen mich ans Bett fesseln?«

»Nein, natürlich nicht, Jaan«, erwiderte die Ärztin. »Ich schlage nur vor, du... schonst dich etwas.«

»Mein Zustand verschlechtert sich also, wieviel Zeit bleibt mir noch? Weniger als sechs Monate?«

»Ich weiß es nicht genau«, sagte Dr. Pulaski. »Ich möchte dich nicht beunruhigen.«

»Sie wollen mich nicht *beunruhigen?*« wiederholte Jaan, und zum erstenmal hörte Pulaski mühsam unterdrückten Zorn in seiner Stimme. Die Lippen des Elfen zitterten, und ganz plötzlich holte er aus, stieß medizinische Instrumente beiseite. Einige Assistenten hörten das Klappern und sahen durch die Tür des nahen Labors, aber Katherine winkte sie zurück. »*Bei Kolker, kann jemand beunruhigter sein als ich?*« entfuhr es Jaan. »Kennen Sie eigentlich die Lebenserwartung meines Volkes? Nein? Selelvianer werden fast zweihundert Jahre alt! Wir haben für alles Zeit.«

»Jaan...«

Wut und Verzweiflung ließen sich nicht länger zurückhalten, fanden endlich ein Ventil. »Aber das gilt nicht für mich! Nein, nicht für Jaan Baat-Utuul-Devin! Ich muß als junger Mann sterben, weil mir meine verdammten Eltern eine verdammte Krankheit vererbten! Ich kann nie Kinder haben, Doktor. Ich lasse nichts von mir zurück.«

»Was ist mit deinen Artikeln?« Pulaski trat etwas näher, um den Elfen zu berühren, um ihn zu trösten. »Du hast doch gesagt, wenn man genug schreibt...«

»Zum Teufel damit! Glauben Sie etwa, niedergeschriebene Worte können mich für all die verlorenen Jahre entschädigen? Nur Orange läßt mich nicht im Stich. Nur er bemüht sich, mir zu helfen. Warum versuchen Sie nicht, ein Heilmittel zu finden?«

»Weil sich weitaus begabtere Wissenschaftler und Forscher schon seit langer Zeit mit der Fäule befassen und bisher keine wirkungsvolle Behandlungsmethode entwickeln konnten«, entgegnete die Ärztin. »Niemand ist in der Lage, jede beliebige Krankheit zu heilen. Ich weiß, was du dir wünschst. Du möchtest, daß Wesley oder ich die bisherigen Forschungsergebnisse analysieren, uns irgendwann an die Stirn klopfen und sagen: ›Natürlich! Wie konnte man das übersehen? Es ist ja so einfach!‹ Und dann brauen wir ein Heilmittel, indem wir Penizillin und Kokosnußöl mischen, nicht wahr? Aber leider funktioniert die Wissenschaft anders. *Ich* weiß das, aber Wesley hat noch keine Ahnung davon. Er wird es jedoch bald begreifen.«

Pulaski rechnete damit, daß Jaan einen Wutanfall erlitt. Sie bereitete sich darauf vor, dem Elfen ein starkes Sedativ zu verabreichen, ihn vielleicht sogar auf einem Behandlungstisch festbinden zu müssen. Aber zu ihrer großen

Überraschung riß sich der Selelvianer zusammen und fand zu seinem disziplinierten Selbst zurück. Er schloß für einige Sekunden die Augen. Als er sie wieder öffnete, blitzte in seinen Pupillen kein Zorn mehr.

»Bitte entschuldigen Sie, Doktor«, sagte er. »Ich weiß nicht, was über mich gekommen ist. Nun, ich werde Ihren Rat beherzigen.«

Erleichterung durchströmte Katherine, aber kurz darauf wich sie neuerlicher Besorgnis. Vielleicht war es besser, wenn Jaan mit Wut auf sein Schicksal reagierte, wenn er seine Gefühle ganz offen zeigte und sich zumindest von einem Teil des seelischen Ballastes befreite. Beherrschung bedeutete nur, daß er alles in sich hineinfraß, wodurch der Druck in ihm zunahm.

Wenn das geschah, drohte irgendwann eine verheerende emotionale Explosion.

Hatte Picard recht? Wäre es besser gewesen, Jaan in die Heimat zurückzuschicken? Pulaski überlegte, ob sie mit dem Captain sprechen sollte, entschied sich dann aber dagegen. Nach ihrer Auseinandersetzung konnte sie nicht zu ihm gehen und sagen: »Es war dumm von mir, mich Ihrer Entscheidung zu widersetzen, Jean-Luc.« *Nein, das ist die letzte aller Möglichkeiten — wenn es so ernst wird, daß ich gezwungen bin, mich an Picard zu wenden.*

Die Ärztin hoffte inständig, daß sie keinen Fehler machte.

Die Tür der Krankenstation glitt auf. Pulaski wandte sich dem Neuankömmling zu und hob überrascht die Brauen, als sie den kleinen Klingonen erkannte.

»Kann ich Ihnen helfen?« fragte sie unsicher.

»Sind Sie die Leiterin dieser Abteilung?«

»Ja. Ich heiße Dr. Katherine Pulaski. Und Sie...«

»Ich bin der Ehrenwerte Kobry«, stellte sich der Botschafter vor, lächelte und streckte die Hand aus. »Ich möchte etwas Wichtiges mit Ihnen besprechen.«

KAPITEL 15

Zwei Tage waren seit der Unterzeichnung des *Enterprise*-Paktes verstrichen, wie man das Abkommen zwischen den beiden diplomatischen Delegationen nannte. Während dieser Zeit versuchten Klingonen und Kreel, sich aus dem Weg zu gehen. Kaum jemand von ihnen freute sich über die Übereinkunft, aber sie beschlossen trotzdem, sich daran zu halten. Für Tron und seine Gefährten handelte es sich um eine Frage des Stolzes, und die Kreel wollten mindestens das gleiche Ehrgefühl beweisen wie die Klingonen.

Trotzdem hielt es Picard für angebracht, dem Pakt Nachdruck zu verleihen – mit der ständigen Präsenz von Offizieren oder Männern aus der Sicherheitsabteilung.

Zur ersten Belastungsprobe des neuen Friedens kam es im Gesellschaftsraum. Klingonen und Kreel statteten der Bar häufige Besuche ab, aber bisher waren direkte Begegnungen ausgeblieben.

An diesem besonderen Tag kam Deanna Troi gerade von einem eher enttäuschenden Gespräch mit Wesley Crusher. Sie wußte ganz genau, daß der Junge Hilfe brauchte – eine Hilfe, die sie ihm nicht gewähren konnte. Wesley verausgabte sich, sowohl physisch als auch mental.

Sein Zustand wurde immer kritischer. In den Augen glühte noch immer das Feuer der Entschlossenheit, doch unter ihnen hatten sich dunkle Ringe gebildet. Wes sprach nun in knappen, abgehackten Sätzen, als wollte er keine Zeit mit unnützen Worten verlieren. Als Deanna ihm eine Mahlzeit brachte, wollte er zunächst nichts essen. Er griff erst nach Messer und Gabel, als sie ihm damit drohte, die Krankenstation zu verständigen. Die Counselor blieb bei ihm und beobachtete, wie er den Teller leerte; als sie die

Kabine verließ, konnte sie wenigstens sicher sein, daß er etwas im Magen hatte.

Als Deanna nun durch den Korridor ging, sah sie einige Kreel, die aus einem Seitengang kamen. Zu ihnen gehörte auch Aneel. Troi brauchte gar nicht ihre empathischen Fähigkeiten einzusetzen, um festzustellen, welche Gefühle sich in ihm regten. Das breite, anzügliche Grinsen war deutlich genug.

Die Kreel schlossen sich ihr an. »Sie sind die Betazoidin, von der ich gehört habe, nicht wahr?« fragte Aneel.

Tonfall und Emotionen des Botschafters kratzten an Deannas Seele, aber sie ließ sich nichts anmerken. »Ja. Gefällt Ihnen der Aufenthalt an Bord dieses Schiffes?« Sie rang sich ein freundliches Lächeln ab.

»Er könnte angenehmer sein«, knurrte Aneel und grinste erneut. »Aber wir kommen zurecht, stimmt's?«

Die anderen Kreel brummten zustimmend, und Deanna wünschte sich Riker herbei. Zwar drohte ihr keine unmittelbare Gefahr, aber sie empfand die Emanationen Aneels und der anderen immer mehr als Belastung. »Ich bin auf dem Weg zur Brücke«, log sie.

»Nun...«

Aneel blieb stehen, als er den Selelvianer bemerkte, den er vor einigen Tagen gesehen hatte. Der Elf wartete vor einer breiten Doppeltür, und als sie sich öffnete, schnappte der Kreel verblüfft nach Luft: Zwei in dicke Winterkleidung gehüllte Gestalten traten in den Korridor. Schneeflocken tanzten umher und lösten sich einfach auf, als sie den Gang erreichten. Der Selelvianer nickte den beiden Personen einen knappen Gruß zu und setzte sich in Bewegung. Hinter ihm schloß sich das Schott.

»Was ist das für ein Ort?« fragte Aneel.

»Das Holodeck«, antwortete die Counselor. »Realistische Computer-Simulationen schaffen jede gewünschte Umgebung.«

»Interessant.« Der Kreel streckte den Arm aus. »Bringt uns der Turbolift dort zum Gesellschaftsraum?«

»Ja«, bestätigte Deanna und verbannte die Erleichterung aus ihrer Stimme.

»Gut. Kommt, Männer.«

Aneels plötzlicher Eifer, die Bar aufzusuchen, überraschte Deni und seine Begleiter. Sie schwiegen jedoch und folgten ihrem Anführer, der mit langen Schritten durch den Korridor marschierte.

»Warum die Eile?« fragte Deni schließlich.

»Mir fiel gerade etwas ein, und ich wollte nicht, daß die Betazoidin Verdacht schöpft«, erwiderte Aneel. »Was haben Sie über die Counselor herausgefunden?«

Deni hatte über alle wichtigen Besatzungsmitglieder Erkundigungen eingezogen. »Seien Sie unbesorgt. Deanna Troi kann keine Gedanken lesen. Sie nimmt nur Gefühle wahr.«

Einer der anderen Kreel kicherte. »Von mir hat sie jede Menge Emotionen empfangen«, sagte er. Lautes, kehliges Gelächter folgte auf diese Worte, erklang auch im Turbolift.

Im Gesellschaftsraum begegneten Aneel und sein Gefolge einigen Männern und Frauen, die gerade dienstfrei hatten. Doch die Aufmerksamkeit der Kreel galt sofort den sechs Klingonen an einem Ecktisch.

Von einem Augenblick zum anderen herrschte Stille in der Bar. Die anwesenden Menschen ahnten Unheil: hier sechs Klingonen, dort sechs Kreel; insgesamt vierundzwanzig Fäuste.

Die Anspannung knisterte wie statische Elektrizität.

Am Tisch der Klingonen nahm Sklar den höchsten Rang ein, und die anderen sahen ihn an, bereit dazu, sich ein Beispiel an ihm zu nehmen. Sklar rührte sich nicht von der Stelle. Er entsann sich an den vom Ehrenwerten Kobry unterzeichneten Vertrag, wußte auch, was der Botschafter von seiner Eskorte erwartete. Aber er dachte auch an Tron und dessen Einstellungen gegenüber den Kreel; Tron haßte die Abscheulichen, und Sklar erging es nicht anders. Sicher, es ging um klingonischen Stolz — aber waren die

Kreel wirklich reif genug, um eine Vorstellung von Ehre zu haben?

Sklar und die übrigen fünf Leibwächter rührten sich nicht von der Stelle, spannten jedoch die Muskeln, um jederzeit aufzuspringen und sich zu verteidigen, falls die Kreel einen Angriff wagten. Sklars rechte Hand, unter dem Tisch verborgen, tastete nach dem Messer im Stiefel. Neben ihm bereitete sich Sublieutenant Derl darauf vor, eine Garrotte aus der Gürtelschnalle zu ziehen.

Aneel schwankte selbstbewußt heran, ließ die Arme baumeln und lächelte — verächtlich, wie Sklar meinte. Einen halben Meter von seinem Stuhl entfernt zog der Klingone eine mentale Linie und beschloß, sein Messer zu verwenden, wenn der Kreel die unsichtbare Grenze überschritt. Niemand konnte von ihm verlangen, einen Angriff einfach so hinzunehmen. Sollten sie sich etwa von den Abscheulichen erwürgen lassen, nur um den Pakt zu achten?

Aber Aneel blieb unmittelbar vor der imaginären Linie stehen, verschränkte die Arme, starrte aus viel zu großen Augen auf Sklar herab und schien darauf zu warten, daß der Klingone irgend etwas unternahm.

»Kann ich Ihnen behilflich sein, meine Herren?« erklang Guinans Stimme hinter der Theke.

Aneel zögerte, und seine Worte galten nicht der Hosteß, sondern Sklar, als er sagte: »Ich bestelle Ihnen und Ihren Leuten etwas zu trinken — wenn Sie mir und meinen Begleitern eine Runde ausgeben.«

Sklar blinzelte verblüfft. Mit einem solchen Angebot hatte er ganz und gar nicht gerechnet — es widersprach wohl kaum Text und Geist des Vertrages. Er sah seine Gefährten an, die mindestens ebenso überrascht wirkten.

»Nun?« fragte Aneel. »Wollen Sie weniger Gastfreundschaft zeigen als wir?«

Sklar preßte die Lippen zusammen, und tiefe Falten bildeten sich in seiner Stirn. Langsam drehte er den Kopf und rief: »Barkeeper — Getränke für die Kreel.«

Und Aneel antwortete sofort: »Barkeeper – Getränke für die geschätzten Klingonen.«

»Geht auf die Rechnung des Hauses«, sagte Guinan.

Normalerweise bevorzugten die Klingonen hochprozentige Rachenputzer – wie zum Beispiel den Fusel, den sie an Bord gebracht hatten –, aber bei dieser besonderen Gelegenheit hielt Guinan gastronomischen Takt für angeraten und schenkte Synthehol aus.

Kreel und Klingonen stießen miteinander an.

»Wann erreichen wir DQN 1196, Mr. Data?«

Der Androide saß an der Operatorstation und wandte sich zu Picard um. »Genau zweiunddreißig Minuten früher als bei Ihrer letzten Anfrage, Sir.«

Der Captain lehnte sich in seinem Kommandosessel zurück und seufzte. »Je eher wir diese Sache hinter uns gebracht haben, desto wohler fühle ich mich. Ich habe dauernd den Eindruck, daß ein ganz spezielles Damoklesschwert über unseren Häuptern schwebt.«

»Bisher ist alles gutgegangen«, warf Riker ein.

»Sie meinen, bisher ist noch niemand umgebracht worden, Nummer Eins.« Picard schüttelte den Kopf. »Wenn mich meine Ahnungen nicht trügen...«

Plötzlich klang eine aufgeregte Stimme aus dem Interkom-Lautsprecher. »Sicherheitsabteilung an Brücke!«

Worf drehte ruckartig den Kopf, reagierte noch schneller als der Captain. »Brücke, hier spricht Lieutenant Worf.«

»Ein Zwischenfall, Sir. Im Gesellschaftsraum. Dort halten sich Klingonen und Kreel auf. Es werden Messer geworfen...«

»Verdammt!« fluchte Picard. »Worf, Nummer Eins, sehen Sie dort unten nach dem Rechten!«

»Sicherheitsgruppe zur Bar!« befahl Worf und lief zum rückwärtigen Turbolift. Riker folgte ihm dicht auf den Fersen.

Es schien viele Jahre her zu sein, seit Jaan und Wesley im

simulierten Wald eine Verfolgungsjagd veranstaltet hatten.

Der Selelvianer schlich an den Bäumen vorbei, schloß die rechte Hand fester um den Kolben des Phasers und hielt nach dem vom Computer geschaffenen Feind Ausschau. Er wollte Wesley nicht stören – der Junge war seine einzige Hoffnung, sein einziger wahrer Freund.

Einmal mehr überlegte Jaan, ob er Wes mit seinem Trick zu sehr unter Druck gesetzt hatte. *Und wenn schon,* fuhr es ihm durch den Sinn. *Soll er seine Forschungen fortsetzen. Vielleicht hat er Erfolg. Vielleicht findet er ein Heilmittel. Und wenn nicht ...*

Erneut brodelte Zorn in ihm. Wenn Wesleys Bemühungen vergeblich blieben – spielte es eine Rolle? Er verlor nur ein wenig Schlaf, weiter nichts. *Aber ich ...* dachte Jaan finster. *Mir droht der Tod. Das ist weitaus wichtiger, oder? In den meisten Kulturen gilt es nicht als Verbrechen, überleben zu wollen.*

Hat mir die Föderation Hilfe angeboten? Hat sie eine Behandlungsmethode für die Fäule entwickelt? Nein. Oh, angeblich arbeiten die Wissenschaftler daran, aber die meisten von ihnen haben weitaus wichtigere Dinge zu tun. Zum Beispiel bauen sie bessere und größere Raumschiffe. Wen kümmert es, ob ein einzelner Selelvianer stirbt oder nicht?

»Zum Teufel mit ihnen«, sagte Jaan – und einen Sekundenbruchteil später traf ihn ein Phaserstrahl an der Brust.

Der simulierte Gegner schoß auf ihn, und die Entladung riß Jaan von den Beinen, schleuderte ihn an einen Baumstamm. Schmerz durchzuckte den Elfen, als er zu Boden sank.

Hilflos und zutiefst gedemütigt lag er im Laub. Vor noch nicht allzulanger Zeit war er bei diesem Wettkampf unschlagbar gewesen; nicht einmal die vom Computer gesteuerten Gegner konnten es mit seiner Agilität und Reaktionsschnelligkeit aufnehmen. Doch inzwischen fiel es ihm immer schwerer, sich zu konzentrieren, und er bewegte

Zwischendurch:

Synthehol mag ein Klingone für besonders schmackhaft halten, doch wir Menschen haben unsere eigenen Vorlieben – auch bei einem heißen Drink für zwischendurch:

würzig muß er sein, so wie der…

sich unbeholfen. Die Krankheit breitete sich in ihm aus, kroch durch sein Nervensystem.

Das elektronische Simulacrum stand vor ihm und gab keinen Laut von sich. Was sollte es auch sagen? Es handelte sich nur um eine leblose Hülle, kontrolliert von den Impulsen des Holodeck-Computers.

Eine leblose Hülle. Ohne Gefühle und Gedanken. Tot.

»Verdammt!« brachte Jaan hervor und stemmte sich in die Höhe. Das Zittern in seinen Beinen nahm zu, und in der Magengrube bildeten sich neue Krämpfe. Übelkeit quoll in ihm empor.

Ich hätte auf Dr. Pulaski hören und mich schonen sollen. Aber warum? Um einige Tage mehr zu haben? Um etwas länger zu leiden?

Tränen rannen ihm über die Wangen, und Jaan schämte sich. Aber er konnte sie nicht zurückhalten, und der simulierte Gegner beschränkte sich weiterhin auf die Rolle eines stummen, unbeteiligten Beobachters.

»Fort mit dir«, sagte Jaan dumpf, und die Gestalt gehorchte, schob ihre Waffe ins Halfter und marschierte davon.

Der Elf sank auf den Boden zurück, rieb sich dort die Brust, wo ihn der Phaserstrahl getroffen hatte.

Warum ich? Warum ausgerechnet ich? Was habe ich getan, um eine solche Strafe zu verdienen? Es ist so verdammt unfair. Ich habe versucht, ein gutes Leben zu führen, und das ist nun der Lohn. Die Fäule bringt mich langsam und gnadenlos um. Aber ich bin noch jung...

Jaan seufzte, und neuerlicher Schmerz loderte in ihm. Er hielt den Atem an, ließ ihn nach einigen Sekunden entweichen, als die Pein erträglicher wurde. Der Elf wartete noch, bis er aufstand und beschloß, das Holodeck zu verlassen.

Eine andere Gestalt trat aus dem Schatten der Bäume.

Jaan hörte das Knacken von Zweigen und wirbelte so jäh um die eigene Achse, daß er fast das Gleichgewicht verloren hätte. Aus einem Reflex heraus hielt er sich an dem Baumstamm fest und musterte den Neuankömmling.

»Was machen Sie hier?« fragte er verwundert.

Die Gestalt lächelte. »Ich bin gekommen, um dir etwas anzubieten.«

»Was denn?«

»Leben.«

Worf und Riker stürmten durch den Korridor und stellten einen neuen Geschwindigkeitsrekord auf, als sie den Gesellschaftsraum erreichten. Schon von weitem hörten sie die lauten, kehligen Stimmen von Kreel und Klingonen, die sich Herausforderungen zuriefen.

Die alarmierte Sicherheitsgruppe bestand aus fünf Personen und wartete mit gezückten Phasern. Die beiden Offiziere zögerten nur kurz vor der Tür. »Waffen auf Betäubung justieren«, sagte Worf. »Und jetzt... los!«

Das Schott glitt auf, und die Männer sprangen in den Raum, legten an. Ohrenbetäubender Lärm schlug ihnen entgegen, und Riker hörte nicht nur die Stimmen von Kreel und Klingonen, sondern auch andere.

Zuerst sahen sie überhaupt nichts. Fünfzehn oder zwanzig Besatzungsmitglieder der *Enterprise* kehrten ihnen den Rücken zu und bildeten eine dichte Mauer. Der Erste Offizier vernahm anerkennende Rufe; hier und dort wurden sogar Wetten abgeschlossen.

Was geht hier vor, zum Teufel? dachte er.

»Zur Seite«, fauchte Worf. Er wartete nicht darauf, daß man seinem Befehl gehorchte, bahnte sich einfach einen Weg durch das Gedränge, gefolgt von Riker und den völlig verdutzten Männern der Sicherheitsabteilung.

Als die Anwesenden merkten, wer sich an ihnen vorbeizuschieben versuchte, machten sie hastig Platz. Nach einer Weile gelangten die Offiziere zum vorderen Bereich der Menge, verharrten dort und staunten sprachlos.

An der Wand hing einer der ledernen Umhänge, wie sie die Kreel trugen. Jemand hatte konzentrische Kreise daraufgemalt, und genau im Zentrum der improvisierten Zielscheibe steckte ein Dolch.

Zehn Meter entfernt stand ein halbnackter Kreel — offenbar stammte der Umhang von ihm — und zielte mit einem zweiten Messer. Einige begeisterte Artgenossen umringten ihn und feuerten ihn an. In unmittelbarer Nähe warteten mehrere Klingonen und behaupteten immer wieder, der erste Treffer sei reines Glück gewesen.

Worf und Riker wechselten einen erstaunten Blick. Sie hatten mit Verletzten oder gar Leichen auf dem Boden gerechnet, nicht mit einem sportlichen Wettstreit.

Der Kreel — Riker erkannte ihn wieder; er hieß Deni — holte aus und schleuderte den Dolch. Das Messer bohrte sich ebenfalls in die Mitte der Zielscheibe.

Dutzende von Stimmen ertönten gleichzeitig, und jeder Anwesende versuchte lautstark, sich Gehör zu verschaffen. Einige Klingonen verlangten Revanche, und die Kreel grölten, dies sei die Revanche, aber man könne durchaus mit einer neuen Runde beginnen. Es herrschte ein unglaubliches akustisches Chaos.

Riker holte tief Luft und schrie: »*Ruhe!*«

Von einem Augenblick zum anderen war es still im Gesellschaftsraum. Riker schüttelte den Kopf, als er an die ›Zielscheibe‹ herantrat, den Dolch herauszog und den Umhang anhob. In der Wand zeigten sich Dutzende von Löchern, die offenbar von anderen Messern stammten. Wie der Erste Offizier feststellte, hatte man eine kittartige Substanz benutzt, um das lederne Kleidungsstück an den Kunststoff zu kleben — für gewöhnlich diente das wachsähnliche Material dazu, Synthehol-Flaschen zu versiegeln.

Der Klingone namens Derl trat einen Schritt vor. »Wir haben versucht, die Wand zu schonen«, erklärte er, und es klang keineswegs reumütig. Riker drehte sich um, musterte ihn und starrte dann die anderen an. »Sind Sie verrückt geworden?« platzte es aus ihm heraus. »Hier mit Dolchen zu werfen! Es hätte jemand verletzt werden können! Außerdem beschädigen Sie Eigentum der Föderation.« Er holte tief Luft und fügte in einem drohenden Tonfall hinzu: »Wer ist auf diese *großartige* Idee gekommen?«

Klingonen, Kreel und Besatzungsmitglieder antworteten wie aus einem Mund: »Guinan!«

Riker sah die Hosteß an. Sie stand noch immer hinter der Theke, lächelte und gab sich völlig unschuldig.

»Oh«, murmelte der Erste Offizier und zuckte mit den Schultern. »Dann ist alles in Ordnung.«

Jubelnde Stimmen ertönten, und Riker rief: »*Allerdings*...« Als sich der Lärm in der Bar auf ein erträgliches Maß reduzierte, sagte er: »Leider sehe ich mich gezwungen, die Messer zu beschlagnahmen. Ich habe nichts dagegen, daß Sie sich vergnügen, aber ich würde es vorziehen, wenn Sie dabei weniger scharfe Objekte benutzen. Ist das klar?«

Die Anwesenden nickten, eine Geste, die bei den Kreel ruckartigen Verbeugungen gleichkam. Riker brummte zufrieden und verließ den Gesellschaftsraum, gefolgt von Worf und der Sicherheitsgruppe.

Die Klingonen und Kreel sahen sich an.

»Der Erste Offizier hat die Dolche mitgenommen«, stellte Deni fest.

»Und wenn schon«, brummte Sklar. Er strich den einen Ärmel zurück und zeigte zwei Messer in knappen Halftern. »Wie wär's mit diesen Klingen?«

Unterdessen kehrten Worf und Riker zur Brücke zurück und erstatteten einem besorgten Captain Bericht.

»Wenigstens bringen sie sich nicht gegenseitig um«, kommentierte Deanna Troi.

»Sie haben zwar recht, aber es ist nur ein schwacher Trost«, erwiderte Picard. »Ich hoffe, es kommt zu keinen neuerlichen Schwierigkeiten.«

In der Bar wurden weiterhin Messer geworfen — wie Riker und Worf insgeheim vermuteten. Und die *Enterprise* näherte sich DQN 1196. Niemand bemerkte, daß Aneel den Gesellschaftsraum verlassen hatte.

Jaan beobachtete die Gestalt und erkannte sie als einen Angehörigen der Kreel-Delegation. Er setzte sich auf und strich einige Lehmbrocken von der Hose.

»Leben?« wiederholte er.

»Ja.«

»Soll das ein Witz sein?«

»Eigentlich nicht.« Die Gestalt trat vor, neigte sich dabei von einer Seite zur anderen. »Mein Name lautet Aneel.«

Ein typischer Kreel, dachte Jaan. Abscheulich, anmaßend und viel zu selbstbewußt, obwohl er dazu eigentlich keinen Grund hatte. »Aneel der Kreel«, sagte Jaan. »Das kann man sich leicht merken. Nun, ich habe keine Lust, mit Ihnen über das Leben zu sprechen. Eine derartige Diskussion wäre völlig sinnlos.«

»Bist du sicher?«

»Und ob.«

Der Kreel nahm Jaan gegenüber auf dem Boden Platz und stützte sich mit seinen langen Armen ab. »Du leidest an der Fäule, nicht wahr?«

Der Selelvianer bedachte ihn mit einem giftigen Blick. »Bei Kolker, woher wissen Sie davon? Wird per Subraum-Kommunikation über meinen Zustand berichtet?«

»Es gibt auch andere Möglichkeiten, Informationen zu gewinnen«, erwiderte Aneel und dachte an die redselige junge Frau im Korridor.

»Na schön. Wenn Sie von meinem Problem wissen, sollte Ihnen klar sein, daß ich nicht gerade in bester Stimmung bin.« Jaan stand auf und wollte das Holodeck verlassen, aber jäher Schmerz loderte in seiner Brust und nahm ihm den Atem. Er taumelte, stöhnte und fiel. Der Kreel machte keine Anstalten, ihm zu helfen, sah nur zu.

»Der Körper läßt dich allmählich im Stich«, sagte Aneel kühl. »Arme und Beine, auf die kein Verlaß mehr ist.«

»Seien Sie still.«

»Außerdem siehst du nicht mehr so gut wie früher, oder?«

»*Seien Sie endlich still!*« platzte es aus Jaan heraus. Die Wut schuf eine sonderbare Leere in ihm. »Lassen Sie mich in Ruhe, verdammt!«

Aneel rührte sich nicht von der Stelle. »Ich gehörte zur ersten Kreel-Gruppe, die sich auf Höllentor umsah.«

»Und wenn schon«, murmelte Jaan müde.

»Höllentor. Man nennt den Planeten auch DQN 1196. Dort befindet sich das Arsenal.«

»Na und?«

»Das Arsenal«, betonte Aneel. »Föderation und Klingonen glauben, es enthielte nur moderne Waffen.«

Jaan schüttelte den Kopf. »Worauf wollen Sie hinaus?«.

»Aber dort befinden sich auch noch andere Dinge.«

»Höchst interessant«, sagte Jaan spöttisch.

»Zum Beispiel ein Heilmittel für die Fäule.«

Es dauerte einige Sekunden, bis der Elf verstand. »Ein Heilmittel...«

»Für die Fäule, ja.«

Jaan fühlte sich wie vor den Kopf gestoßen. »Das ist doch... lächerlich.«

»Wieso?«

Der Selelvianer suchte nach den richtigen Worten. »Sie besuchen einen unbewohnten Planeten, finden rein *zufällig* irgendwelche Waffen und entdecken durch *Zufall* das Heilmittel für eine Krankheit, die mich *zufälligerweise* innerlich zerfrißt.« Jaan lachte humorlos. »Halten Sie mich etwa für einen Idioten?«

»Ich habe nicht behauptet, daß wir nur ein Heilmittel für die Fäule fanden«, sagte Aneel. »Auf DQN 1196 gibt es noch viele andere, praktisch für alle bekannten Krankheiten. Insbesondere dienen sie zur Behandlung von Zersetzungsprozessen im Zentralnervensystem, und darum geht es doch bei deinem Leiden, stimmt's?« Er zuckte mit den Schultern. »Nun, für mich spielt es keine Rolle, ob du mir glaubst oder nicht.«

Er stand auf und ging fort, kam fast zehn Meter weit, bevor Jaans Stimme erklang. »Warten Sie.«

Du hast angebissen, dachte Aneel und drehte sich um. »Ja?«

»Was verlangen Sie von mir?«

»Was meinst du damit?«

»Das wissen Sie ganz genau«, erwiderte Jaan ungeduldig. »Glauben Sie bloß nicht, mich mit Ihrer Unschuldsmiene täuschen zu können.«

Aneel kehrte zurück, bückte sich ruckartig, packte Jaan an den Schultern und zerrte ihn auf die Beine. Furcht schnürte dem Elfen die Kehle zu, als er die spitzen Zähne des Kreel sah und spürte, wie ihm stinkender Atem über die Wange strich. »Werd nicht frech«, knurrte Aneel. »Und wag es bloß nicht, deinen Trick einzusetzen. Ich habe einmal dabei geholfen, einen Selelvianer zu sezieren, und daher weiß ich, wozu Leute wie du imstande sind. Du kannst mir nicht suggerieren, dir das Heilmittel zu überlassen. Und wenn du es versuchst, schneide ich dir deine hübsche Kehle durch. Hast du verstanden?«

Jaan nickte stumm.

Aneel lächelte und ließ den Elfen los. »Gut. Nun, um deine Frage zu beantworten: Du könntest mir auf eine ganz bestimmte Art und Weise helfen...«

»Und wenn ich mich dazu bereit finde...«

»Bekommst du das Heilmittel gegen die Fäule, sobald wir Höllentor erreichen. Einverstanden?«

Jaan schluckte. Er vertraute dem Kreel nicht. Aber er bot ihm mehr an als alle anderen, mit Ausnahme vielleicht von Wesley — Hoffnung.

Lügt er? Oder sagt er wirklich die Wahrheit?

Jaan hatte nichts zu verlieren und alles zu gewinnen. Wenn man langsam starb, sah man die Dinge aus einer anderen Perspektive; dann änderten sich die Prioritäten.

»In Ordnung«, antwortete Jaan. »Was erwarten Sie von mir?«

»Wir treten auf der Stelle«, sagte Geordi und seufzte.

Data betrachtete die fremde Waffe. Die Techniker kehrten bereits zu ihren üblichen Posten zurück.

»Vielleicht sollen wir nicht herausfinden, wie dieses Objekt funktioniert«, murmelte der Androide.

»Tut mir leid, Data, aber Einstellungen wie ›Es gibt Dinge, die nicht für Menschen bestimmt sind‹ halte ich für überholt.« Geordi schüttelte den Kopf. »Ganz gleich, was wir in Erfahrung bringen und bewerkstelligen wollen – wir sollten dazu in der Lage sein. Wenn das nicht gelingt, benutzt man die falschen Werkzeuge.«

»Ich meinte es anders, Geordi. Es ging mir um folgendes: Jemand...«

»Oder etwas«, warf LaForge ein. »Jemand oder etwas – so heißt es immer.«

»Na schön«. Data nickte. »Jemand oder etwas verhindert, daß wir Aufschluß über die Funktionsweise der Waffe gewinnen. Jemand oder etwas möchte, daß wir zu der Welt zurückkehren, von der dieses Artefakt stammt – damit wir dort die Antworten auf unsere Fragen finden oder... einen Kontakt herstellen.«

Geordi musterte den Androiden. »Warum? Weshalb sollten sich die Unbekannten solche Mühe machen?«

»Keine Ahnung«, entgegnete Data. »Ich weiß nur eins: Bei der Entdeckung und Erforschung neuer Welten sind wir immer wieder auf Spuren uralter Zivilisationen gestoßen. Einige von ihnen existieren bereits auf einer rein geistigen Ebene – Entitäten, die sich unserem Verständnis entziehen. Nun, viele Anhaltspunkte deuten auf eine Art Supervolk hin, das Hinweise für uns hinterlassen hat.«

»Aber vielleicht ist es mit sich selbst beschäftigt und schert sich überhaupt nicht um uns«, sagte Geordi. »Zügeln Sie Ihre Phantasie, Data. Jene *allwissende* Spezies – vielleicht hat sie nur keine Lust, ihre Planeten aufzuräumen.«

»Oder dies alles ist ein Test«, erwiderte Data.

»Lieber Himmel, kommen Sie mir bloß nicht damit«, stöhnte LaForge. »Wenn ich an Q und die anderen Begegnungen denke... Ein weiterer Test hätte uns gerade noch gefehlt.«

Nachdem Fähnrich Tom Chafin auf der Brücke kein Hehl daraus gemacht hatte, daß er Wesley Crusher für einen Idioten hielt, beschloß Picard, dem selbstherrlichen jungen Mann neue Erfahrungen zu ermöglichen. Er versetzte ihn zur Sicherheitsabteilung, vertraute ihn der gestrengen Obhut Worfs an. Doch Worf mußte sich um wichtigere Dinge kümmern; ihm fehlte die Zeit, einen neuen Rekruten auszubilden. Aus diesem Grund betraute er ihn mit einer Aufgabe, der im Prinzip große Bedeutung zukam – und die gleichzeitig verhindern sollte, daß der junge Fähnrich irgendeinen Unsinn anstellte.

Chafin bewachte die Waffenkammer. Das Türschloß war so programmiert, daß es – abgesehen von Picard, Riker und Worf – nur auf seine Stimme reagierte. Er hielt seine Pflicht für sehr wichtig, stand vor dem Schott und lächelte den vorbeikommenden Besatzungsmitgliedern zu.

Normalerweise brauchte die Waffenkammer überhaupt nicht bewacht zu werden. Aber angesichts der Feindseligkeit zwischen Kreel und Klingonen verzichtete Worf nicht auf diese zusätzliche Vorsichtsmaßnahme.

Chafin nahm die neue Pflicht mit gestärktem Selbstbewußtsein wahr, und seine Stimmung hätte nicht besser sein können, als sich Jaan näherte und grüßte.

Der Elf verlor keine Zeit. Er trat ganz dicht an den Fähnrich heran, und seine Augen glühten. »He, Tom ... Erinnerst du dich an die bezaubernde junge Frau, über die wir vor rund einem Monat sprachen?«

»Amy?« Chafin hob die Brauen, »Was ist mit ihr?«

»Ich bin ihr eben begegnet.« Jaan senkte die Stimme. »Sie mag dich, Tom. Sehr sogar.«

»W-willst du mich auf den Arm nehmen?«

»Nein, natürlich nicht.«

»Herr im Himmel, ich habe so sehr gehofft, ihre Aufmerksamkeit zu erringen.«

»Das ist dir gelungen«, sagte Jaan. Er kam noch etwas näher. »Ich schlage dir folgendes vor. Hörst du mir zu?«

»Ja.«

»Besuch sie in ihrer Kabine. Sag ihr, daß du sie hinreißend findest. Du hast bestimmt Erfolg bei ihr.«

»Glaubst du w-wirklich?«

»Ich garantiere es dir.«

»Aber...« Chafins Pflichtbewußtsein stellte eine letzte Hürde dar. »Ich darf meinen Posten nicht verlassen...«

Jaan setzte erneut seinen Trick ein. »Kein Problem«, sagte er. »Meinst du? Meine Aufgabe besteht darin, die Waffenkammer zu bewachen, und...«

»Ich bin bereit, dir einen großen Gefallen zu erweisen, Tom. Ich bleibe hier und vertrete dich.«

»*Im Ernst?*«

»Wozu sind Freunde da?«

»Oh, Jaan...« Chafin war überwältigt und umarmte den Selelvianer. »Das ist toll von dir. Ich weiß gar nicht, wie ich dir danken soll.«

»Schon gut. Ach, übrigens... Wie öffnet man die Tür?«

»Ganz einfach.« Chafin holte tief Luft und sagte laut: »Computer, Stimmkontrolle. Öffne den Zugang.«

Das Schott glitt gehorsam auf. »Siehst du?« Chafin konnte es gar nicht mehr abwarten, sich auf den Weg zu machen. »Natürlich reagiert das Schloß nur auf meine Stimme und die einiger hoher Offiziere.«

»Oh, natürlich«, entgegnete Jaan und blieb wie beiläufig auf der Schwelle stehen. Der Türsensor reagierte auf seine Präsenz und verhinderte, daß sich das Schott schloß.

»Meine Güte, wie sehr ich mich freue!« platzte es aus Chafin heraus. »Bis später.« Und er eilte davon.

Einige Sekunden später trat Aneel hinter einer Ecke hervor und sah dem Fähnrich nach. »Was hast du mit ihm angestellt?« fragte er Jaan.

»Er glaubt, eine junge Dame erwarte ihn. Kommen Sie«, drängte der Elf. »Nehmen Sie sich, was Sie brauchen.«

Aneel holte einen Beutel hervor, den er an der Schulter tragen konnte, ohne daß jemand Verdacht schöpfte. Als er in die Waffenkammer schritt, lächelte er triumphierend.

Phaser. Kleine, elegant wirkende Waffen, die eine tödliche Wirkung entfalten konnten. Genau darauf hatte er es abgesehen.

Der Kreel verstaute ein Dutzend Strahler in seinem Beutel, während Jaan weiterhin die Tür blockierte. »Beeilen

Sie sich!« zischte der Selelvianer. »Wenn uns jemand sieht...«

»Hast du Angst, Elf?« höhnte Aneel, zog den Sack zu und verließ das Zimmer. Jaan wich beiseite, und daraufhin schloß sich das Schott.

Sie gingen sofort weiter, erreichten den Turbolift und befanden sich kurze Zeit später in Jaans Kabine. Der Selelvianer ließ sich in einen Sessel sinken und seufzte. »Wir haben's geschafft.«

»Selbstverständlich. Wenn Chafin zu seinem Posten zurückkehrt...«

»Ist er viel zu durcheinander, um sich an mich zu erinnern«, sagte Jaan. »Keine Sorge. Was die junge Frau betrifft... Toms Avancen dürften sie sehr überraschen. Aber sie weiß ebensowenig wie er selbst, was ihn dazu bewog, zu ihr zu kommen.« Er schüttelte den Kopf. »Ich verstehe das nicht. Weshalb benötigen Sie Phaser?«

»Weil uns der Captain die Waffen abnahm, und dadurch sind wir im Nachteil. Die Strahler sind klein genug, um sie zu verstecken – schließlich sollen die Klingonen nicht wissen, daß wir uns verteidigen können.«

»Das ist der einzige Grund?«

»Oh, sicher«, behauptete Aneel und zeigte falsche Fröhlichkeit. »Wir sind nur vorsichtig, das ist alles. Niemandem von uns liegt etwas an neuen Auseinandersetzungen. Es wurde sogar ein Vertrag unterschrieben. Wir möchten nur vorbereitet sein. Das kann sicher nicht schaden, oder?«

»Nein«, sagte Jaan langsam. »Nein, wohl kaum. Und wenn wir DQN 1196 erreichen...«

»Ich habe es nicht vergessen«, brummte Aneel. »Dort bekommst du das Heilmittel. Du hast keine große Gegenleistung erbringen müssen, oder? Das Schicksal lächelt wieder für dich, Elf.« Der Kreel grinste, bleckte die Zähne.

KAPITEL 16

Während der nächsten Tage herrschte eine erstaunliche Ruhe an Bord.

Man konnte die Beziehungen zwischen Klingonen und Kreel nicht gerade als idyllisch bezeichnen. Beide Gruppen begegneten sich mit zurückhaltender Freundlichkeit und warteten darauf, beleidigt zu werden. Doch da Provokationen ausblieben, hatten die ›Diplomaten‹ gar keine andere Wahl, als sich zivilisiert zu verhalten.

Als sich die *Enterprise* DQN 1196 näherte, nahm die Anspannung spürbar zu, und auch die Ankündigung eines offiziellen Empfangs änderte nichts daran. Beide Seiten erhoben vorsichtige Einwände, zogen sie jedoch zurück, als sie erfuhren, daß die Idee von Guinan stammte.

Das neueste Gerücht betraf Worf und seine angebliche Freundin. Ein aufmerksames Besatzungsmitglied beobachtete, wie die überaus zufrieden lächelnde Gava die Kabine des Sicherheitsoffiziers verließ, und daraufhin breitete sich die Nachricht wie ein Lauffeuer aus.

»Manchmal werden Schlüsse gezogen, ohne daß die Fakten bekannt sind«, knurrte Worf. Zwar entsprach das Gerücht voll und ganz der Wahrheit, aber dieser Umstand änderte nichts an seinem Ärger.

Nur noch wenige Flugstunden trennten die *Enterprise* von DQN 1196, und der Klingone saß in seiner Kabine, bereitete sich gerade auf die nächste Dienstschicht vor, als der Türmelder summte. Worf nahm an, daß ihm Gava einen weiteren Besuch abstattete, griff nach dem linken Stiefel und sagte: »Herein.«

Schwere Schritte wiesen ihn darauf hin, daß nicht etwa die Tochter des Ehrenwerten Kobry zu ihm kam. Er drehte den Kopf, und sein Blick fiel auf Tron.

»Was machen Sie hier?« fragte Worf.

Tron wölbte die Brauen. »Sie haben mir erlaubt, Ihre Kabine zu betreten.«

»Ja«, preßte der Sicherheitsoffizier hervor.

Die beiden Männer schwiegen einige Sekunden lang und musterten sich gegenseitig.

»Gava ist sehr attraktiv«, sagte Tron.

»In der Tat.«

»Wie loyal sind Sie ihr gegenüber?«

»Das geht Sie nichts an«, erwiderte Worf, zog auch den rechten Stiefel an und erhob sich. Er war ein wenig größer als Tron und sah auf ihn herab. »Wenn Sie mir etwas mitteilen möchten — heraus damit.«

»Ich bin nur interessiert.«

»Und Ihr Interesse gilt persönlichen Angelegenheiten.«

»Nein, ich meine Ihre Ansichten und Einstellungen.« Tron sprach ganz langsam und vorsichtig, gab nicht zu erkennen, worauf er hinauswollte. »Soweit ich weiß, wuchsen Sie bei Menschen auf.«

»Ja«, brummte Worf. »Kommen Sie endlich zur Sache.«

»Ein Klingone, der bei Menschen aufwuchs ... Wem gilt Ihre Loyalität: den Menschen oder dem Imperium?«

»In diesem Zusammenhang habe ich meinen Standpunkt bereits dargelegt«, antwortete Worf. »Ich halte es nicht für notwendig, mich zu wiederholen.«

»Oh, sicher. Sie verstehen sich als Bürger der Föderation.«

»Das habe ich gesagt. Und es auch bewiesen. Wenn Sie mich jetzt entschuldigen würden ...«

»Was ist mit den Kreel?«

Worf zögerte. »Was soll schon mit ihnen sein?«

»Fühlen Sie sich auch den Kreel verpflichtet?«

Der Sicherheitsoffizier drehte sich wie in Zeitlupe um. »Was soll das heißen?«

Tron trat näher, und in seinen Augen blitzte es. »Ich spreche von dem Wohlwollen, das den Tieren an Bord dieses Schiffes zuteil wird«, sagte er scharf und konnte sich kaum mehr beherrschen. »Ich spreche von meinen Männern, die sich mit ihnen verbrüdern. Ich spreche von Klingonen, die plötzlich vergessen, wer ihre Feinde sind. Erinnern Sie sich nicht mehr?«

Worf stand wie angewurzelt, und hinter seiner Stirn herrschte Chaos. Schreckensbilder formten sich vor dem inneren Auge des Offiziers: der Tod seiner Eltern, die vielen Stunden in den Trümmern des zerstörten Unterstands, der Leichnam seiner Mutter, der ihm das Leben gerettet hatte...

Gava wußte nicht alles. Sie ahnte nichts vom Entsetzen des Knaben namens Worf, der schrecklichen Angst, lebendig begraben zu sein, langsam zu ersticken. Erinnerungen... Er versuchte, aus dem großen Schutthaufen zu kriechen, verharrte jedoch, als er kehlige Stimmen hörte, als er begriff, wer auf Khitomer gelandet war.

Worf vernahm das hyänenartige Heulen der Kreel.

Wie Schmeißfliegen fielen sie über den Planeten her, als die romulanischen Angreifer ins All zurückgekehrt waren. Vielleicht hatten die Romulaner sie sogar von der Zerstörung des Stützpunktes unterrichtet – um die klingonische Ehre zu verspotten.

Der junge Worf lag unter den Trümmern, und mehrere Stunden lang hörte er das höhnische, gutturale Knurren der Kreel. Einige von ihnen näherten sich den Resten des Unterstands, und Worf widerstand der Versuchung, nach oben zu kriechen und einen schweren Stein zur Hand zu nehmen, um die Schädel der Abscheulichen zu zerschmettern. Die Romulaner griffen mit Kampfgleitern und kleinen Raumschiffen an, blieben anonym. Doch die Kreel... Sie verließen ihre Shuttles, bekamen eine unverwechselbare Identität und verwandelten sich in einen Fokus für den Haß des klingonischen Knaben.

Ein Gefühl der Schande kehrte zurück. Als die Gefahr bestand, von den Kreel entdeckt zu werden, grub sich Worf tiefer, verbarg sich erneut unter der Leiche seiner Mutter. Später erschien ihm dieses Verhalten als ein Beweis für Feigheit — es spielte keine Rolle, daß ihn die Kreel ohne zu zögern getötet hätten, daß er damals nur einige Jahre alt und völlig hilflos gewesen war. Worf entsann sich nur an Furcht, an Wut auf die plündernden Kreel. Die Schande wurde zu einem ständigen Begleiter, als Worf aufwuchs. All die vielen Jahre, seine Leistungen und Medaillen, konnten ihn nicht davon befreien.

»Ich finde die Kreel nicht besonders sympathisch«, lautete die Antwort des Sicherheitsoffiziers.

Tron nickte langsam. »Mir ergeht es ebenso, Freund. Nun, der Ehrenwerte Kobry hat eine Übereinkunft mit ihnen getroffen. Kobry wird von der Föderation unterstützt.«

»Und dem Imperium«, fügte Worf hinzu.

»Und von Gava«, sagte Tron ironisch. »Was nicht unwichtig sein dürfte, oder?«

Worf preßte die Lippen zusammen und wartete stumm.

»Wie lange gelingt es Ihnen noch, Ihre Instinkte zu unterdrücken?« fuhr Tron fort. »Wieviel muß geschehen, bis der klingonische Krieger in Ihnen erwacht und ruft: ›Das reicht jetzt! Ich habe genug!‹«

»Wollen Sie mich etwa auffordern, meine Befehle zu mißachten?«

»Ganz und gar nicht. Sie sind Klingone, und deshalb halte ich es für meine Pflicht, Sie zu warnen.«

»Drohen Sie mir?« fragte Worf eisig.

»Keineswegs. Es handelt sich um eine andere Art von Warnung, und sie gilt dem Leiter der Sicherheitsabteilung.«

»Könnten Sie sich etwas klarer ausdrücken?«

Tron betastete eine schwertähnliche Waffe, die an der Kabinenwand hing. »Es ist gefährlich, die eigenen Instinkte zu ignorieren. Als Klingonen wissen wir beide, daß man den Kreel nicht vertrauen darf. Aber wir überhören die Stimme der Vorsicht, und dadurch setzen wir uns einer großen Gefahr aus. Ich bin davon überzeugt, daß die Kreel irgend etwas planen.«

»Haben Sie Beweise?«

»Beweise? Genügen Ihnen mehr als hundert Jahre der Aggression und hinterhältigen Heimtücke? Glauben Sie etwa, die Kreel hätten sich plötzlich geändert? Nur ein Narr streckt ihnen die Hand entgegen und riskiert, den ganzen Arm zu verlieren.«

Tron wandte sich um und ging, ließ einen im höchsten Maße besorgten Worf zurück.

Der Sicherheitsoffizier setzte sich mit der Brücke in Verbindung und informierte den Captain, daß er seinen Dienst einige Minuten später antreten würde. Er wies darauf hin, er müsse sich um ein Problem der inneren Sicherheit kümmern. Anschließend machte sich Worf auf den Weg, um mit Gavas Vater zu sprechen.

»Wir nähern uns DQN 1196, Sir«, sagte Data.

Picard seufzte innerlich, froh darüber, daß sie ihr Ziel erreicht hatten, ohne daß es zu neuerlichen Konfrontationen zwischen den beiden Delegationen gekommen war. Kobry zeigte ein bemerkenswertes diplomatisches Geschick, indem er bei Klingonen und Kreel so etwas wie gegenseitigen Respekt schuf. Man konnte sie kaum Freunde nennen, aber wenigstens sank die Temperatur nicht jedesmal um zwanzig Grad, wenn sie sich begegneten.

Außerdem führten Kobry und der Kreel-Botschafter namens Aneel ausführliche Gespräche. Sie diskutierten die politischen und militärischen Standpunkte ihrer Völker und Regierungen, schufen damit die Grundlage für einen dauerhaften Frieden. Picard zweifelte nicht an Kobrys Aufrichtigkeit – der kleine Klingone schien durch und durch ehrlich zu sein. Doch der Captain war nicht annähernd so sicher, ob die Kreel ein ähnliches Vertrauen verdienten. Kobry wirkte zuversichtlich, und Picard hoffte, daß es sich nicht um Zweckoptimismus handelte.

»Standardorbit, Mr. Data«, sagte er. »Öffnen Sie die Grußfrequenzen, Mr. Marks.«

Marks, der den anderweitig beschäftigten Worf vertrat,

kam der Aufforderung sofort nach. Mehrere Minuten lang versuchte er, einen Kontakt herzustellen, doch er bekam keine Antwort. Schließlich wandte sich Picard an Riker. »Eigentlich müßten sich Kreel auf dem Planeten befinden, aber offenbar ignorieren sie unsere Signale. Was halten Sie davon, Nummer Eins? Müssen wir mit Feindseligkeiten rechnen?«

»Das glaube ich nicht, Sir. Man hätte uns längst angreifen können.«

»Ja. Auf diese Weise wurden die klingonischen Raumschiffe *begrüßt*. Na schön, stellen Sie eine Landegruppe zusammen.«

»Ja, Sir. Data, Geordi – begleiten Sie mich.«

»Hervorragend«, brummte LaForge. »Ich freue mich schon auf die Gelegenheit, mir das Arsenal aus der Nähe anzusehen. Hoffentlich sind die dort lagernden Waffen nicht ganz so stur wie Winzig.« Damit meinte er das Objekt im Maschinenraum.

Data überließ Marks seinen Platz an der Operatorstation.

»Ich schlage vor, Sie nehmen wenigstens einen Mann aus der Sicherheitsabteilung mit«, sagte Picard.

»Das hatte ich vor, Sir.«

»Aber nicht...«

»Worf. Ja, ich weiß, Sir. Wenn wir auf DQN 1196 Kreel antreffen, sollte kein Klingone zu unserer Gruppe gehören.«

Eine Zeitlang sahen sich die beiden Männer stumm an. Riker hätte es nicht gewagt, Picard offen herauszufordern, zumindest nicht außerhalb des Besprechungs- oder Konferenzzimmers. Doch sein Blick übermittelte dem Captain eine deutliche Botschaft. *Ich bin durchaus imstande, eine Landegruppe ohne Ihre Hilfe zusammenzustellen. Danke für Ihren guten Rat, aber ich benötige ihn nicht. Ich weiß, worauf es ankommt.*

»Handeln Sie nach eigenem Ermessen, Nummer Eins.«

»Danke, Sir.«

»Sie brauchen mir nicht zu danken«, erwiderte Picard trocken. »Sie hätten ohnehin Ihren Willen durchgesetzt.«

»Mag sein, Sir«, räumte Riker ein. »Trotzdem möchte ich nicht auf die Unterstützung meines Vorgesetzten verzichten.«

»Natürlich stehe ich voll und ganz auf Ihrer Seite.«

»Das weiß ich sehr zu schätzen, Worf«, erwiderte der Ehrenwerte Kobry.

Sie befanden sich im Panoramazimmer: Worf, Kobry und zwei Leibwächter. Der klingonische Botschafter sah aus dem Fenster, und ein dünnes Lächeln umspielte seine Lippen. »Es gefiel mir schon immer, die Sterne zu beobachten«, sagte er. »Sie erinnern uns daran, wie klein und unbedeutend wir sind – ganz gleich, für wie wichtig wir uns halten.«

»Das stimmt«, entgegnete Worf ruhig. »Allerdings...«

»Wächter«, sagte Kobry abrupt. »Ich möchte unter vier Augen mit Worf sprechen. Bitte lassen Sie uns allein.«

Die beiden Klingonen wechselten einen unsicheren Blick.

Kobry seufzte. »Wir sind die einzigen Personen in diesem Zimmer«, stellte er fest. »Bleiben Sie von mir aus neben der Tür stehen, wenn Sie beobachten möchten, wer eintritt. Ich bin jedoch sicher, daß uns hier keine Gefahr droht.«

Widerstrebend kehrten die Leibwächter in den Korridor zurück und warteten dort.

»Was möchten Sie mit mir diskutieren, Ehrenwerter?« fragte Worf, als die anderen Klingonen außer Hörweite waren.

»Oh, nichts weiter«, erwiderte Kobry.

»Aber Sie sagten doch...«

»Ich hatte den Eindruck, daß es Ihnen nicht nur um die Kreel geht. Sie bedrückt noch etwas anderes.«

»Es ist mir ein Rätsel, was Sie meinen«, sagte Worf.

»Wirklich? Nun, es fällt Klingonen häufig recht schwer,

ganz offen über bestimmte Dinge zu sprechen.« Kobry zögerte kurz. »Gava wies mich darauf hin, wir beide hätten viel gemeinsam.«

»Gava redet zuviel«, brummte Worf.

Der Botschafter lachte. »Eine Feststellung, in der typisch klingonisches Taktgefühl zum Ausdruck kommt«, kommentierte er. Dann wurde er wieder ernst. »Wir beide sind Kinder des Sturms. Ich habe gehört, daß auch Sie unter recht schwierigen Bedingungen aufwuchsen.«

Worf gab keinen Ton von sich und hörte ihm aufmerksam zu.

»Klingonen verzeihen und vergessen nicht«, fuhr Kobry fort. »Die Rache gehört zu unseren stärksten Motivationen.«

Worf schwieg noch immer.

»Aber das ist verkehrt«, sagte der Botschafter. »Rache setzt den Teufelskreis der Gewalt fort. Irgendwann muß man vergeben.«

»Für manche Greuel gibt es keine Vergebung.«

»Mag sein. Aber selbst wenn man sich weigert zu vergeben — man muß nicht unbedingt Vergeltung üben.«

Worf musterte Kobry skeptisch. »Die klingonische Ehre verlangt Rache.«

»Nein, da irren Sie sich. Nun, manchmal ist tatsächlich kein Verzeihen möglich. Solche Fälle gebieten Vorsicht. Aber Rache ist keine unabdingbare Notwendigkeit.«

»Die Nacht folgt immer dem Tag.«

»Ah, so sehen Sie das also. Genau darin besteht der Unterschied zwischen uns. Für Sie folgt die Nacht dem Tag. Für mich kommt der Tag nach der Nacht.«

Worf schnaufte abfällig. »Wortklaubereien.«

»Nein, eine philosophische Einstellung. Auch Sie brauchen eine Philosophie, Worf.«

»Ihre?« fragte der Sicherheitsoffizier mit gelindem Spott.

Kobry zuckte mit den Schultern. »Es gibt Parallelen zwischen uns, aber Sie sind nicht ich. Sie haben auch viel mit den anderen Klingonen an Bord gemeinsam, aber trotzdem unterscheiden Sie sich von ihnen. Sie mögen sich als Bürger der Föderation fühlen, aber Sie sind kein Mensch. Nein, Sie sind einzigartig.«

»Dem pflichte ich gern bei.«

»Lassen Sie mich noch etwas hinzufügen. Menschen fällt es leichter als Klingonen, auf Rache zu verzichten. Das dürfte Ihnen längst klargeworden sein.«

»Ja«, bestätigte Worf.

»Daraus folgt, daß es zwischen der menschlichen Besonnenheit und Ihren klingonischen Instinkten dann und wann zu Konflikten kommt.«

Worf antwortete nicht sofort. Kobry hatte natürlich völlig recht, aber es geschah zum erstenmal, daß jemand so klare und unmißverständliche Worte an ihn richtete. »Eine Möglichkeit.«

»Versuchen Sie nicht, die sanftere Seite Ihres Wesens zu unterdrücken«, sagte Kobry, und jetzt klang seine Stimme eindringlich. »Stärke ist wundervoll, das Werkzeug des Überlebens. Aber gelegentlich erweist sich derjenige als stark, der seinen Gegnern Mitgefühl schenkt.«

»Mitgefühl kann ein Messer im Rücken bedeuten.«

Kobry lächelte. »Ich meine Anteilnahme. Keine Dummheit. Wer seinen Feinden den Rücken zukehrt, ist ein kompletter Narr.«

Die *Enterprise* schwenkte in eine Umlaufbahn des Planeten DQN 1196, und Picard teilte Kreel und Klingonen mit, daß sie ihr Ziel erreicht hatten. Beide Delegationen verlangten sofort, zum Arsenal gebracht zu werden, aber der Captain erinnerte daran, daß die Föderation als Vermittler auftrat: Er bestand darauf, zunächst eine eigene Landegruppe zu schicken. Er wollte den prekären Frieden nicht gefährden, indem er zuließ, daß sich die ›Diplomaten‹ mit überlegenen Waffen ausrüsteten und einige ›Tests‹ durchführten.

Statt dessen schlug Picard vor, den angekündigten Empfang zu veranstalten – der auf Guinans Idee zurückging, wie er betonte. Kreel und Klingonen erklärten sich einverstanden, wenn auch ein wenig widerstrebend. Man beschloß, die *Soiree* im Gesellschaftsraum stattfinden zu lassen – er befand sich ganz vorn im Schiff, symbolisierte somit die Zukunft der beiden Völker. Dort herrschte eine entspannende Atmosphäre, und hinzu kam, daß Guinan – deren guten Einfluß niemand in Frage stellte – die Getränke ausschenkte.

Picard unterrichtete Aneel davon, daß alle Versuche gescheitert waren, sich mit den Kreel auf DQN 1196 in Verbindung zu setzen. Doch Aneel schien nicht sonderlich besorgt zu sein.

»Wissen Sie, Captain«, erwiderte er, »wir verfügen leider nicht über so kleine und außerordentlich leistungsfähige Kommunikatoren wie Sie. Auf dem Planeten gibt es nur eine Funkstation, und wenn niemand in der Nähe ist, können Ihre Signale gar nicht beantwortet werden.«

»Wir haben auch eine Sensorerfassung vorgenommen«, sagte Picard. »Es konnten keine Lebensformen geortet werden.«

»Das ist der Beweis. Vermutlich halten sich unsere Wissenschaftler in der unterirdischen Anlage auf und setzen ihre Forschungsarbeiten fort. Denken Sie daran: Bei früheren Untersuchungen zeigte DQN 1196 eine große Resistenz gegenüber Sondierungsimpulsen.«

Zwar konnte der Captain das Unbehagen nicht ganz abstreifen, aber er beschloß, sich zunächst keine weiteren Sorgen zu machen.

Deanna Troi ging etwas langsamer, als sie sich dem Gesellschaftsraum näherte. Die Party war bereits in vollem Gange; laute Stimmen erklangen, und Gläser klirrten.

Solche Feste belasteten die Counselor. Wenn viele Personen zusammenkamen, verdichteten sich ihre emotionalen Ausstrahlungen und schabten an Deannas mentalen Barrieren. Wenn ein Radio mit voller Lautstärke lief, konnte man den Apparat ausschalten oder sich die Ohren zuhalten, aber Trois empathische Rezeptoren blieben immer auf Empfang justiert. Es erforderte ein hohes Maß an Konzentration, die Gefühle zu filtern. Normalen Betazoiden fiel das nicht weiter schwer, aber in Deannas Adern floß auch menschliches Blut, und daher kostete sie die psychische Selektion weitaus mehr Kraft. Für sie kam jede Party einer Flut aus Gefühlen gleich, und sie mußte einen geistigen Damm errichten, um sich zu schützen.

Sie wäre lieber in ihrer Kabine geblieben, doch als Bordcounselor bestand ihre Pflicht darin, sich wenigstens kurz sehen zu lassen und mit den Gästen zu sprechen.

Dennoch verspürte sie eine gewisse Erleichterung, als sie von einem Klingonen aus Kobrys Eskorte aufgehalten wurde. Er stand im Korridor, hielt ein Glas in der Hand und lächelte, als er Deanna sah. *Wie hieß er noch...?*

Der Mann erriet ihre Gedanken. »Sklar«, sagte er.

»Ehrenwerter Sklar«, grüßte Deanna.

Der Klingone schüttelte den Kopf. »Nein, nur Sklar, ohne Titel. Ich freue mich, daß wir uns hier begegnen, Counselor Troi.«

»Warum?«

»Ich verabscheue Parties. Sie bieten mehr als genug Gelegenheit, ein Messer zwischen die Rippen zu bekommen.«

Nun, diese Bemerkung erklärte den emotionalen Schatten der Furcht, den Deanna in ihm wahrnahm. *Was für seltsame Ängste,* dachte sie. »Ich fühle mich bei Empfängen ebenfalls nicht sehr wohl«, gestand sie ein. »Wenn auch aus anderen Gründen. Aber ich sollte den Gesellschaftsraum trotzdem aufsuchen...«

»Oh, ich glaube, Sie brauchen sich nicht zu beeilen«, sagte Sklar. »Das Fest dauert sicher noch eine Weile. Ich habe nur selten die Möglichkeit, Angehörige anderer Völker kennenzulernen. Zum erstenmal seit langer Zeit befinde ich mich nicht an Bord meines Schiffes. Bitte erweisen Sie mir die Ehre, hier ein Gespräch mit Ihnen führen zu dürfen. Drüben in der Bar versteht man kaum sein eigenes Wort.«

Deanna lächelte. Sklar schien recht freundlich zu sein. »Einverstanden«, sagte sie. »Einige Minuten kann ich sicher für Sie erübrigen.«

»Danke. Um ganz offen zu sein: Sie sind sehr attraktiv, und...« Der Mann senkte den Kopf. »Attraktive Frauen machen mich ein wenig unsicher.«

Deanna musterte ihn erstaunt. »Sind Sie *wirklich* Klingone?«

Sklar sah wieder auf, und seine Stimme klang fest, als er erwiderte: »Ganz und gar.«

Bei der Party kam es nicht zu Problemen. Kreel und Klingonen wahrten noch immer einen sicheren Abstand zueinander, aber es herrschte keine besondere Anspannung. Guinan stand hinter der Theke, trug einen riesigen Hut und sorgte fröhlich dafür, daß alle Gläser gefüllt blieben. Sie schien völlig in ihrem Element zu sein.

Geordi, der sich später mit Data, Riker und Tuttle, einem Mann aus der Sicherheitsabteilung, auf die Planetenoberfläche beamen wollte, wandte sich an Aneel. »Soll ich auf irgend etwas achten, sobald wir im Arsenal sind?«

Der Kreel erinnerte sich an die Korridore und Kammern der unterirdischen Station, dachte an das Portal, dem Budian zum Opfer gefallen war.

Er starrte LaForge an und kam zu dem Schluß, daß er niemanden mochte, dessen Augen sich hinter einer elektronischen Prothese verbargen.

»Nein, eigentlich nicht«, sagte er. »Schießen Sie auf niemanden.«

»Diesen Rat beherzige ich gern«, erwiderte Geordi.

Jaan stand auf der anderen Seite des Zimmers und beobachtete, wie LaForge mit dem Kreel sprach.

Als Aneel das Heilmittel erwähnte, dachte der Elf zuerst daran, den Captain zu verständigen — um sicher zu sein, daß die Landegruppe sofort nach der Medizin Ausschau hielt. Aber der Kreel warnte ihn davor, mit einem solchen Gedanken zu spielen.

»Wir haben das Mittel nur durch Zufall entdeckt«, sagte Aneel. »Eine Chance von eins zu einer Million. Es gibt keine Garantie dafür, daß es jemand anders ohne unsere Hilfe findet, bevor du bereits im Grab verfaulst. Wenn du etwas verlauten läßt, kannst du nicht mehr mit meiner Unterstützung rechnen. Dann würde ich sogar abstreiten, daß ein Heilmittel existiert. Nun, es steht dir natürlich frei, ein Risiko einzugehen und dich an Picard oder einen der Offiziere zu wenden. Aber wenn du Pech hast, wenn du die Arznei nicht rechtzeitig bekommst...«

Jaan klammerte sich an der Hoffnung fest, die Krankheit zu besiegen, und deshalb schwieg er – und versuchte, die aus der Waffenkammer gestohlenen Phaser zu vergessen.

Es gelang ihm nicht.

Erneut blickte er sich aufmerksam um und kämpfte gegen sein Schuldgefühl an. Gab es irgendeinen Anlaß, sich Vorwürfe zu machen? Nein, eigentlich nicht. Zwar besaßen die Kreel jetzt versteckte Strahler, aber sie verhielten sich nicht arroganter oder überheblicher als sonst. Es erschien dem Selelvianer extrem unwahrscheinlich, daß einer von ihnen seine verborgene Waffe zog. Alles war in bester Ordnung. Niemand vermißte die Phaser, und Chafin... Als Jaan ihn zum letztenmal sah, stand der Fähnrich wieder auf seinem Posten und wirkte ein wenig verwirrt. Er musterte den Elfen aus trüben Augen und fragte sich vermutlich, ob er die jüngsten Ereignisse nur geträumt hatte.

Jaan drehte den Kopf, richtete seinen Blick auf Data, der mit dem klingonischen Botschafter sprach.

»Ehrenwerter Kobry«, sagte der Androide gerade, »ich möchte Sie etwas fragen, wenn Sie erlauben.«

»Selbstverständlich, junger Mann.«

Data strahlte. »Vor Ihnen hat mich noch niemand auf diese Weise angesprochen. Alle anderen Leute wissen aufgrund meiner Hautfarbe, daß ich ein Androide bin.«

»Ach, tatsächlich?« erwiderte Kobry ruhig. »Wenn es um Albinos geht, hüte ich mich davor, voreilige Schlüsse zu ziehen. Bitte entschuldigen Sie...« Er stellte sein Glas auf dem Nebentisch ab, öffnete den großen Ring, holte eine kleine Tablette hervor und schluckte sie.

Picard trat an ihn heran. »Haben Sie noch immer Probleme mit Ihrer Gesundheit, Ehrenwerter Kobry?«

»O nein, Captain. Wie ich schon sagte: Ich nehme diese Medizin immer ein, bevor ich etwas esse oder trinke. Sie erleichtert die Verdauung. Das Alter, wenn Sie verstehen, was ich meine.«

Picard nickte.

»Nun zu Ihrer Frage, junger Mann.«

»Warum tragen Sie ausgerechnet den Titel ›Ehrenwerter‹?« erkundigte sich der Androide.

»Data!« entfuhr es Picard. »Ich glaube, Sie hätten das auch etwas taktvoller ausdrücken können. Es klingt so, als bezweifelten Sie, ob der Botschafter eine derartige Bezeichnung verdient.«

»Wirklich?« erwiderte Data. »Nun, eine Beleidigung war keineswegs beabsichtigt. Aber niemand nennt Sie Ehrenwerter Captain oder Riker Ehrenwerter Riker oder Geordi...«

»Ich verstehe, was Sie meinen«, warf Kobry rasch ein. »Wissen Sie, für Klingonen sind Namen sehr wichtig. Wer bedeutende Verdienste erworben hat und großen Respekt genießt, bekommt den Titel ›Ehrenwerter‹. Wer sich im Kampf auszeichnet oder in einen sehr hohen Rang aufsteigt... Solche Krieger ehrt man, indem ihre Namen nicht mehr ausgesprochen werden dürfen. Zumindest nicht von Klingonen.«

»Wieso gilt das als Ehre?« fragte Data, und auch Picard wartete gespannt auf die Antwort.

»Wenn man einen Namen nennt, so schafft man eine gewisse Vertrautheit«, entgegnete Kobry. »Dadurch gewinnt man Macht über den Gesprächspartner, steigt zu seinem Niveau auf oder holt ihn zu sich herab. Eine ähnliche Tradition gibt es an Bord dieses Schiffes. Gleichrangige spricht man in der Regel mit ihren Vornamen an, aber es würde sich wohl kaum jemand erlauben, den Captain Jean-Luc zu nennen.«

»Warum?« hakte Data nach. »Weil man den Captain dadurch auf das eigene Niveau höbe? Oder will man vermeiden, sich auf seins herabzubegeben?«

Kobry – erfahrener Diplomat, Denker und Philosoph – starrte Data mit offenem Mund an und wußte nicht, was er darauf erwidern sollte. Picard eilte ihm zu Hilfe. »Weil damit eine nicht existierende Familiarität zum Ausdruck käme.«

»Danke, Captain«, sagte Kobry erleichtert.

»Ich kenne ihn länger als Sie«, erwiderte Picard.

»Verstehen Sie jetzt, Data?« fragte der Botschafter und kehrte zum ursprünglichen Thema zurück. »Der Herrscher des klingonischen Imperiums wird einfach Imperator genannt, obgleich er bestimmt einen Namen hat. Der Kommandant des Raumschiffes, das mich zum Treffpunkt brachte... Er ist ein hochrangiger, allseits respektierter Soldat, den man schlicht mit ›Commander‹ anspricht. Kein Besatzungsmitglied würde es wagen, seinen Namen auszusprechen. Nun, eine der härtesten Strafen für einen Klingonen besteht darin, ihm seinen Namen abzuerkennen. Können Sie sich vorstellen, was es bedeutet, keinen Namen zu haben?«

Data dachte nach. Picard fürchtete sich vor der Antwort des Androiden und beschloß, auf alles gefaßt zu sein.

»Es wäre schrecklich«, sagte Data.

»In der Tat«, bestätigte Kobry, und der Captain ließ erleichtert den angehaltenen Atem entweichen.

»Man bekäme zum Beispiel keine Post mehr«, fügte Data hinzu.

Lieber Himmel, jetzt geht's los. Picard stöhnte innerlich.

»Niemand wäre in der Lage, einem Einladungskarten für Parties zu schicken«, fuhr der Androide fort. »Wenn man auf einem Planeten angegriffen wird, kann man nicht sagen: ›Soundso an *Enterprise*, bitte beamen Sie mich an Bord.‹ Das hätte möglicherweise fatale Folgen.«

Kobry wirkte völlig perplex.

»Außerdem führt die Namenlosigkeit zu Konversationsproblemen. Wenn zum Beispiel jemand bemerkt...«

»Data, *seien Sie still!*« befahl Picard.

Der Androide lächelte liebenswürdig. »Danke, Sir. Ein gutes Beispiel. Nehmen wir einmal an, Captain Picard möchte mich mit einem ›Data, seien Sie still‹ zum Schweigen bringen. Wenn ich keinen Namen habe, begreife ich gar nicht, daß die Aufforderung mir gilt.«

»Data, Sie *haben* einen Namen, aber er nützt nichts«, ächzte Picard.

Data starrte den Captain an und analysierte eine interne Aufzeichnung des bisherigen Gesprächs. »Oh«, machte er kleinlaut. »Bin ich wieder zu schwatzhaft gewesen?«

»Allerdings!« bestätigte Picard.

»Schon gut, junger Mann«, ließ sich Kobry vernehmen. »Klingonen sind manchmal recht phlegmatisch, und Ihr Enthusiasmus ist eine willkommene Abwechslung.«

Geordi klopfte Data auf die Schulter. »Kommen Sie. Riker meint, wir sollten jetzt aufbrechen.«

»Der Ehrenwerte Riker«, korrigierte Data.

LaForge schüttelte den Kopf und hütete sich davor, den Androiden um eine Erklärung zu bitten. Die beiden Männer verabschiedeten sich, verließen das Zimmer zusammen mit dem Ersten Offizier und begaben sich zum Transporterraum.

»Ein höchst interessantes und lehrreiches Gespräch«, behauptete Kobry und sah auf. »Gefällt Ihnen die Party, Tron?«

Tron stand in der Nähe und nickte.

»Sie scheinen sich nicht sehr zu vergnügen«, sagte Kobry und sah wieder Picard an. »Viele Klingonen müssen erst noch lernen, wie man feiert.«

»Verehrte Anwesende!« sagte der Captain laut genug, damit ihn alle hörten. Dutzende von Blicken richteten sich auf ihn, und daraufhin hob er das Glas. »Ich möchte gern einen Toast ausbringen.«

Kobry nahm sein eigenes Glas vom Nebentisch und hob es ebenfalls.

»Auf eine Ära des Friedens zwischen Klingonen und Kreel«, sagte Picard. »Zwischen Kreel und Klingonen«, fügte er hinzu, damit sich niemand in seiner Ehre verletzt fühlte. »Wir alle freuen uns darüber, daß zwei für ihre Tapferkeit im Kampf bekannte Völker die Föderation um Hilfe baten, einen sinnlosen Krieg zu verhindern. Wir haben viel erreicht, und wenn wir uns weiterhin auf Engagement, Intelligenz und guten Willen besinnen, sind uns keine Grenzen gesetzt.«

»Hört, hört«, erklang es hier und dort.

»Ich möchte der Besatzung der *Enterprise* und den Gästen an Bord folgendes sagen: Diese Mission ist ein Zeichen dafür, was die Vernunft zu leisten vermag.«

Picard setzte das Glas an die Lippen und trank. Alle Personen im Raum folgten seinem Beispiel.

Applaus folgte, und Picard lächelte, verneigte sich andeutungsweise. Hinter ihm sagte Kobry: »Gut gesprochen, Captain. Sie wären ein ausgezeichneter Diplomat.«

»Wer Kommandant eines Raumschiffes der Galaxis-Klasse ist, braucht ausgeprägte diplomatische Fähigkeiten, Ehrenwerter Kobry.«

»Ich erinnere mich deutlich an die ersten Jahre«, sagte Kobry. »Damals...«

Der Botschafter taumelte, griff nach der Tischkante und ließ sein Glas fallen. Das Klirren klang seltsam laut.

»Ehrenwerter Kobry?« fragte Picard. »Fühlen Sie sich nicht wohl?«

Gava stand einige Schritte entfernt und sprach mit Worf. Eine Art sechster Sinn schien sie zu warnen: Sie drehte sich um und sah ihren Vater. »Kobry!«

Ihre Stimme weckte auch die Aufmerksamkeit der anderen Anwesenden, und alle schwiegen plötzlich, als sich der kleine Klingone zusammenkrümmte und nach seiner Kehle tastete. Er bebte am ganzen Leib und versuchte zu sprechen, brachte jedoch keinen Laut hervor.

»Kobry!« rief Gava erneut und sprang heran, als der Botschafter zu Boden sank. »Vater!«

Der Captain aktivierte seinen Insignienkommunikator. »Picard an Krankenstation. Ein Notfall, Dr. Pulaski! Im Gesellschaftsraum!«

Kobrys Augen trübten sich; er schien Gava überhaupt nicht wahrzunehmen. Seine Lippen zitterten stumm.

Worf griff nach einigen Splittern des zerbrochenen Glases und roch daran.

»Gift«, sagte er.

Picard wirbelte herum. »Sind Sie sicher?« fragte er scharf.

Worf nickte.

Dr. Pulaski traf mit einer Antigravbahre ein. Zwei Assistenten folgten ihr.

»*Aus dem Weg!*« fauchte sie, sank neben Kobry auf die Knie und schob Gava beiseite. Die Tochter des Botschafters wankte zurück und kämpfte gegen ihre Tränen an, denn Klingonen weinten *nie*, ganz gleich, was auch geschah. Sie spürte eine breite Brust, und Gava wußte sofort, daß Worf neben ihr stand. Er gab keinen Laut von sich und versuchte nicht, sie zu trösten, aber seine Präsenz genügte bereits. Die Gedanken des Sicherheitsoffiziers rasten, als er zu begreifen begann, welche Konsequenzen die veränderte Situation nach sich ziehen mochte.

Kobry blieb reglos liegen und schnappte nicht mehr nach Luft. Pulaski untersuchte ihn mit einem medizinischen Tricorder, blickte alarmiert auf die Anzeigen des kleinen Geräts und holte rasch einen Injektor hervor. Sie preßte das Instrument an den Oberarm des Botschafters, und es entlud sich mit einem leisen Zischen.

Deanna Troi hatte sich im Korridor mit Sklar unterhalten, und jetzt betrat sie das Zimmer. Sofort strömten intensive Emanationen auf sie ein: Sorge und Panik, Furcht und Zorn.

Pulaski richtete ihren Tricorder noch einmal auf Kobry, und ihr Gesicht wirkte blaß, als sie sich zu Picard umdrehte.

»Er ist tot, Jean-Luc.«

KAPITEL 17

William Riker, Geordi LaForge, Data und Tuttle materialisierten auf dem Planeten, den die Kreel Höllentor nannten. Schon nach kurzer Zeit wurde ihnen klar, warum man eine solche Bezeichnung gewählt hatte.

»Was für ein hübscher Ort«, sagte Riker ironisch und sah sich um – von Gebäuden weit und breit keine Spur. »Sind dies wirklich die richtigen Koordinaten?«

»Ja«, bestätigte Geordi und streckte den Arm aus. »Das Arsenal befindet sich dort drüben.«

»Wo? Ich sehe überhaupt nichts.«

LaForge lächelte. »Vielleicht brauchen Sie ebenfalls ein Visor. Der Hang. Die Spuren eines Feuers. Kohlenstoffreste.«

Sie gingen in die entsprechende Richtung, und nach einigen Minuten bot sich ihnen ein sonderbarer Anblick dar. Das Feuer schien in einem weiteren Bereich gewütet zu haben, hatte den Boden geschwärzt. Als sich Riker umdrehte, sah er ihre Fußabdrücke in der pulvrigen Asche.

»Eigenartig«, murmelte Geordi.

Data hockte neben einem kleinen Metallhaufen, griff nach einem Fragment und betrachtete es neugierig. »Sehen Sie sich das an, Geordi«, sagte er und reichte das Teil dem Chefingenieur. Geordi nahm es zur Hand, führte eine Spektralanalyse durch und nickte. »Die gleichen Spurenelemente, die wir auch bei Winzig festgestellt haben. Wir sind also am richtigen Ort.«

»Aber wo stecken die Wissenschaftler?« fragte Riker. Er holte tief Luft und rief: »Hallo! Hört mich jemand? Wir kommen von der *Enterprise!*« Er wartete einige Sekunden lang. »Man hat uns angekündigt!«

Seine Stimme verklang, und Stille schloß sich an.

Data beobachtete die Anzeigen seines Tricorders und winkte. »Eine große Metallmasse«, sagte er. »Hinter dem Hügel.«

»Das Arsenal«, brummte Riker. Er zuckte mit den Schultern. »Los geht's.«

Sie setzten sich in Bewegung. »Ich verstehe nicht, warum wir ausgerechnet jetzt einen Kontakt mit den Kreel-Forschern herstellen müssen«, sagte Geordi. »Wir hätten wenigstens bis zum Ende der Party warten können.«

»*Die verdammten Kreel haben den Ehrenwerten Kobry umgebracht!*« heulte Tron. Er zupfte an seinem Ärmel, und plötzlich hielt er einen kleinen Blaster in der Hand. »*Tod den Kreel!*«

»*NEIN!*« rief Picard.

Und er beobachtete, wie die Kreel Phaser zogen.

Schreie ertönten, und Guinan ging hinter der Theke in Deckung, fragte sich, ob die Party wirklich eine gute Idee gewesen war.

»*Tod dem Klingonen-Abschaum!*« brüllte Aneel.

Chaos folgte.

Kreel und Klingonen schossen aufeinander, und die übrigen Anwesenden gerieten in Panik, stürmten zu den Ausgängen. Wirres Durcheinander herrschte, und Picard sah nun seine schlimmsten Befürchtungen bestätigt. Den Kreel und Klingonen schien es völlig gleichgültig zu sein, daß sie unbeteiligte Personen in Gefahr brachten. Es dauerte nur einige Sekunden, bis sie zu einem wichtigen Schluß gelangten: Es befanden sich zu viele Männer und Frauen im Zimmer, um auf die jeweiligen Gegner zu zielen. Daraufhin bahnten sich die beiden Gruppen einen Weg durchs Gedränge, stießen Menschen achtlos beiseite. Einige von ihnen verloren den Halt und fielen; andere stolperten über sie und stürzten ebenfalls.

Worf versuchte, eine Sicherheitsgruppe zu bilden, um den Kampf zu beenden, aber die Klingonen und Kreel waren in der Überzahl – und mit Strahlern bewaffnet.

Gava saß noch immer neben ihrem reglosen Vater, und Katherine Pulaski schlang den Arm um sie. Mit der anderen Hand berührte sie den Insignienkommunikator. »Transporterraum! Beamen Sie drei Personen zur Krankenstation! Schnell!« Ein Transfer innerhalb des Schiffes brachte nicht unbeträchtliche Gefahren mit sich, aber die Ärztin zog es vor, ein Risiko einzugehen, anstatt sich von Kreel oder Klingonen erschießen zu lassen. Kurz darauf erklang das Summen des Transporterfeldes. Picard drehte sich um und beobachtete erleichtert, wie Pulaski, Kobry und Gava verschwanden. Ein Klingone stieß gegen ihn, und der Captain ging zu Boden. Sofort sprang er wieder auf.

»*Worf!*« donnerte er. »*Unternehmen Sie etwas!*«

Aber der Sicherheitsoffizier hatte eigene Probleme: Zwei Kreel stürzten sich von hinten auf ihn, brachten ihn zu Fall und schmetterten seinen Kopf auf den Boden. Schmerz durchzuckte den Klingonen, und jäher Zorn verlieh ihm neue Kraft. Er stemmte sich in die Höhe, packte die beiden Gegner und schleuderte sie an die Wand.

Dutzende von Personen verließen den Raum, und Picard stellte entsetzt fest, daß es sich nicht nur um Zivilisten handelte. Auch Kreel und Klingonen setzten sich ab.

»Mein Gott!« entfuhr es dem Captain. »Sie tragen den Kampf in die Korridore des Schiffes!« Er hörte das Fauchen von Phaserstrahlen im Gang, vernahm Schreie und das Geräusch eiliger Schritte. Ein Alptraum, ja.

Picard wußte, daß er jetzt keine Zeit verlieren durfte. Es mußte sofort Ordnung geschaffen werden.

»Worf!« rief er. »Alarmieren Sie Ihre Abteilung! Setzen Sie Ihre Männer ein! Überwältigen Sie die Verrückten und bringen Sie sie in den Arrestbereichen unter. Es ist mir egal über wie viele Waffen die Klingonen verfügen — ziehen Sie Tron und die anderen aus, wenn Ihnen keine andere Wahl bleibt. Dieser Wahnsinn muß schnellstens beendet werden!«

Worf drehte sich um und verließ den Raum mit fünf Angehörigen der Sicherheitsabteilung. Picard winkte zwei anderen zu und kehrte zur Brücke zurück.

In der Bar schien sich ein Tornado ausgetobt zu haben: Einrichtungsgegenstände waren umgekippt oder zertrümmert; überall lagen Glassplitter auf dem Boden.

Langsam richtete sich Guinan hinter der Theke auf und ließ ihren Blick durch ein verwüstetes Zimmer schweifen.

»Letzte Bestellung«, sagte sie. »Danach schließen wir.«

Die Landegruppe stand vor dem Zugang der unterirdischen Station. Die Männer wechselten kurze Blicke, und dann wich Geordi beiseite, überließ Riker den Vortritt. Der Erste Offizier deutete eine Verbeugung an und ging los, gefolgt von den anderen.

Sie nahmen den gleichen Weg wie Budian und seine Gefährten, erreichten schließlich die Abzweigung.

»Na schön«, sagte Riker. »Data, Sie begleiten mich. Geordi und Tuttle – dort entlang.«

»Wo sind die Wissenschaftler?« erkundigte sich La-Forge. Er stellte diese Frage nur, weil er einige verkohlte Haufen vor der Öffnung im Berghang übersehen hatte.

»Genau das wollen wir herausfinden«, antwortete Riker. »Wir bleiben ständig miteinander in Verbindung. Seien Sie auf alles gefaßt. Zwar wurde ein Waffenstillstand vereinbart, aber wir sollten trotzdem vorsichtig sein. Hier könnte praktisch alles passieren.«

»Achtung, an alle Besatzungsmitglieder!« Die Stimme des Captains hallte durch die ganze *Enterprise*. »Ich erkläre hiermit den Notstand an Bord. Die Familien bleiben so lange in ihren Quartieren, bis Entwarnung gegeben wird. Ausnahmen sind nicht gestattet. Wenn Sie Ihre Unterkünfte verlassen, begeben Sie sich in große Gefahr. Suchen Sie unverzüglich Ihre Kabinen auf und schließen Sie sich ein. Mit Strahlwaffen ausgerüstete Kreel und Klingonen kämpfen im Schiff!«

Männer, Frauen und Kinder reagierten, verließen die Aufenthaltsräume, die keine Sicherheit boten. In den Korridoren kam es zu einem neuerlichen Durcheinander, als die Zivilisten zu ihren Unterkünften eilten – Kabinentüren ließen sich wenigstens verriegeln.

Die Erste Assistentin LaVelle arbeitete in der technischen Abteilung und hörte Picard ebenfalls. *Was ist eigentlich los, zum Teufel?* dachte sie. Die Antwort auf ihre Frage erwies sich als fatal: Ein schlecht gezielter Phaserstrahl traf sie am Rücken und tötete sie auf der Stelle.

Im Maschinenraum breitete sich Panik aus, als ein Kreel hereinstürmte, gefolgt von zwei Klingonen. Lieutenant Palmeiro kontrollierte gerade die Schilde der Dilithium-Rekristallisation, sah die drei fremden Gestalten und aktivierte seinen Kommunikator. »Maschinenraum an Brükke! Sie sind hier! Sie...«

Der Kreel hörte ihn, legte an und schoß. Die energetische Entladung brannte über Palmeiros Brust, und der Lieutenant stürzte von der Brüstung, prallte drei Etagen tiefer aufs stählerne Deck. Sein Mörder duckte sich hinter eine Schalttafel, als die Klingonen das Feuer aus ihren Blastern eröffneten. Der Kreel setzte sich zur Wehr, und die klingonischen Krieger gingen hinter den Fenstern der Dilithium-Kammer in Deckung. Doch der Phaserstrahl durchdrang die Barriere, und es regnete Plastikin-Splitter.

»Ich bin Techniker«, sagte einer der beiden Klingonen – zufälligerweise handelte es sich um Derl.

Der andere Krieger sah ihn groß an und wußte nicht, was dieser Hinweis bedeutete. »Na und?«

»Wenn ich die hiesigen Installationen richtig deute, hockt der Bastard hinter der Konsole, die den Transporter mit der Energiequelle verbindet. Wenn wir das Pult zerstören, erledigen wir den Kreel – und verhindern, daß die anderen Abscheulichen das Schiff verlassen.«

Der andere Klingone nickte. »In Ordnung.«

Die beiden Krieger sprangen hinter der Dilithium-Kammer hervor, heulten wütend und feuerten.

Ihre Miniblaster waren nicht annähernd so wirkungsvoll wie Phaser, aber in diesem Fall genügte ihre Kapazität. Mehrere Strahlen leckten über die Konsole und brachten sie zur Explosion. Die Druckwelle schleuderte den schreienden Kreel zurück – ein Stahlsplitter hatte sich ihm ins Bein gebohrt. Funken stoben aus dem auseinandergeplatzten Pult, als sich die Klingonen ihrem nun hilflosen Gegner näherten. Sie grinsten, legten auf ihn an...

Genau in diesem Augenblick stürmte eine von Worf angeführte Sicherheitsgruppe in den Saal.

Die Klingonen wirbelten herum. »Worf!« rief Derl. »Wir haben einen der Mistkerle erwischt, die den Ehrenwerten Kobry vergifteten! Helfen Sie uns, ihm den Rest zu geben!«

Worf hob seinen Phaser und drückte ab. Die Entladung traf Derl und seinen Begleiter, schickte sie ins Reich der Träume.

Der Sicherheitsoffizier trat an den verletzten Kreel heran und rammte ihm den Lauf des Phasers ins Gesicht. Er dachte an die reglose Gestalt Kobrys, an Gavas Kummer. »Wenn du nicht so hilflos wärst, würde ich dich einfach erschießen«, knurrte er, wandte sich ab und aktivierte seinen Kommunikator. »Worf an Brücke.« Er wartete keine Bestätigung ab und fügte hinzu. »Ein Kreel und zwei Klingonen außer Gefecht gesetzt. Wir setzen die Suche fort.«

Picard saß in seinem Kommandosessel und nickte. »Ausgezeichnet, Worf. Stellen Sie auch die anderen. Bis an Bord wieder Ordnung herrscht, sollte die Brücke abgesichert werden. Niemand darf Gelegenheit erhalten, uns hier anzugreifen. Ich lege die Turbolifte still, und dadurch bleibt nur noch der Notzugang – die Leiter führt zum Deck unter uns. Stationieren Sie dort zwei Männer mit einem tragbaren Schirmfeldgenerator, Worf. Wir müssen unbedingt verhindern, daß Kreel oder Klingonen die Brücke unter ihre Kontrolle bringen.«

Der Captain stand auf, trat an die technische Station heran und musterte den dort sitzenden Marks. Ein fähiger Mann, aber... »Verdammt, ich brauche Geordi. Picard an Landegruppe. Bitte melden Sie sich.«

Riker blieb stehen. Sie befanden sich tief im Innern der

subplanetaren Anlage, und Datas Aufmerksamkeit galt einem Türschild. Die entsprechende Kammer war leer.

Der Erste Offizier berührte seinen Insignienkommunikator. »Landegruppe. Hier Riker.«

»Ich lasse Sie zurückbeamen, Nummer Eins«, erklang Picards Stimme. »Und zwar direkt zur Brücke.«

»Warum denn, Sir?«

»Ich möchte jetzt keine Zeit mit Erklärungen verlieren. Transporterraum: Richten Sie den Transferfokus auf die Landegruppe. Energie!«

Riker wartete auf das vertraute Prickeln der Entmaterialisierung, doch es blieb aus. »Riker an Brücke. Was ist los bei Ihnen?«

Er hob erstaunt die Brauen, als der Captain fluchte. »Wir haben Probleme mit dem Transporter, Nummer Eins. Ich fürchte, wir können Sie nicht sofort an Bord holen.«

»Wenn ich irgendwie helfen kann...«

»Leider lautet die Antwort nein. Seien Sie unbesorgt, Nummer Eins. Wir haben die Situation unter Kontrolle. Picard Ende.«

Riker verspürte eine seltsame Unsicherheit. Er gehörte auf die Brücke, und Picards Tonfall machte deutlich, daß es in der *Enterprise* zu einem ernsten Zwischenfall gekommen war.

Data wandte sich dem Ersten Offizier zu: »Sehen Sie sich das an, Sir. Diese Hieroglyphen sind mit denen identisch, die man vor einigen Jahrzehnten bei archäologischen Ausgrabungen fand. Zuerst wies man ihnen bestimmte Tonfolgen zu, aber eine Signifikanzanalyse ergab...«

»Müssen wir uns unbedingt mit Einzelheiten aufhalten, Data?«

»Nein, nicht *unbedingt*.«

»Können Sie das Schild lesen? Was bedeuten die Zeichen?«

»Sie lassen sich folgendermaßen übersetzen: ›Außerordentlich dumme Waffe. Nicht benutzen.‹«

Riker starrte den Androiden groß an. »Sie scherzen.«

»Tatsächlich?« fragte Data. »Großartig!«

Unterdessen gingen Geordi und Tuttle durch einen anderen Korridor und gelangten schließlich in eine Sackgasse.

»Sieht ziemlich eindrucksvoll aus«, sagte Tuttle und deutete auf ein breites Portal; die beiden Hälften trafen sich in einem vertikalen, sägezahnartigen Zickzack-Muster. Direkt daneben bemerkten die beiden Männer eine Kontrollfläche aus vierzig bunten Rechtecken. Der Boden davor zeigte nicht die geringsten Spuren von zwei Körpern, die sich in eine formlose Masse verwandelt hatten und dann einfach verschwunden waren.

Geordi trat näher, aber er wartete vergeblich auf eine Reaktion des Zugangs. Im Gegensatz zu den Türen der vielen Kammern blieb das Portal geschlossen.

»Warum öffnet es sich nicht?« murmelte LaForge. Er strich mit den Fingerkuppen über das Metall. »Das Zentrum des Arsenals? Wer weiß, was dort lagert...«

»Es gibt nur eine Möglichkeit, Gewißheit zu erlangen«, sagte Tuttle und zog seinen Strahler. »Treten Sie zurück, Sir. Das Ding hält bestimmt keinen Phaserstrahlen stand.«

Tuttle wußte natürlich nicht, daß er gerade Anstalten machte, sich zu verstümmeln. Die einzigen Personen, die ihn hätten warnen können, befanden sich an Bord der *Enterprise* und versuchten, Klingonen umzubringen. Was Budian und seinen gescheiterten Versuch betraf, das Portal zu öffnen... Er war nicht mehr in der Lage, seinen Armstumpf zu zeigen.

Tuttle hob die Waffe und zielte.

»Verdammter Mist!« platzte es aus Picard heraus. Er sah Deanna Troi an. »Eine gute Idee — aber leider nützt sie uns nichts mehr. Wir hätten eine Sensorerfassung im Innern des Schiffes vornehmen können, um alle Kreel und Klingonen zu lokalisieren, sie in den Transporterraum zu beamen und dort von einer Sicherheitsgruppe in Empfang nehmen zu lassen. Riskant, ja, aber gleichzeitig eine wirkungsvolle Lösung unseres Problems.« Er wandte sich an Dykstra, der Data vertrat. »Operatorstation. Justieren Sie die Sensoren auf die Kreel und Klingonen. Filtern Sie Lieutenant Worfs biologisches Profil heraus. Wenigstens können wir ihm mitteilen, wo sich die sogenannten *Diplomaten* aufhalten.«

Jaan hockte in seiner Kabine und zitterte vor Furcht.

Was habe ich angestellt? Bei Kolker, was habe ich getan? Zuerst erschien es ihm nicht weiter wichtig — immerhin wollten sich die Kreel nur verteidigen können. Doch nun durchstreiften sie die *Enterprise* und schossen auf jeden, der sich ihnen in den Weg stellte.

Plötzlich hämmerte jemand an die Tür. Jaan erstarrte förmlich, und nach einigen Sekunden klopfte es erneut. »Sicherheitsabteilung!« erklang eine dumpfe Stimme.

Der Selelvianer eilte zum Schott und betätigte die Entriegelungstaste. Die Tür glitt auf...

Aneel, Deni und zwei andere Kreel traten ein.

»Lassen Sie mich in Ruhe!« entfuhr es Jaan.

Aneel drängte ihn zurück. »Halt die Klappe«, knurrte er. »Du wirst uns helfen, die Brücke zu übernehmen.«

»Von wegen!«

Aneel gab dem Elfen einen Stoß, und Jaan prallte so heftig an die Wand, daß die Konturen vor seinen Augen verschwammen. »Hör mir gut zu, Bengel! Du steckst bis über beide Ohren in dieser Sache. Die Föderation will bestimmt wissen, woher wir die Phaser bekamen, und wenn du nicht spurst, erfährt sie es auch. Von uns.«

»Sie... Sie würden es nicht wagen...«

»Was sollte mich denn daran hindern, dich ans Messer zu liefern, hm?« erwiderte Aneel verächtlich. »Mein Gewissen? Etwa Mitleid? Für wen hältst du mich?«

»Ich...« Jaan nahm seinen ganzen Mut zusammen. »Ich halte Sie für einen...«, begann er und versuchte, eine mentale Sonde in Aneels Bewußtsein zu bohren.

Ihre Gedanken berührten sich, und Jaan stieß einen gellenden Schrei aus. Die brodelnde Bösartigkeit in Aneels Selbstsphäre entsetzte ihn zutiefst.

Der Kreel ignorierte den psychischen Schmerz des Elfen. »Ich bin deine einzige Chance. Nur ich kann verhindern, daß dich die Föderation vor ein Gericht stellt und in irgendeinem Gefängnis verrotten läßt. Nur ich kann dir die Möglichkeit geben, die Fäule zu besiegen und länger zu leben als nur ein paar Monate. Du brauchst mich, und wenn du das noch nicht begriffen hast... Vielleicht ist es besser, dich sofort von deinem Leid zu befreien.«

Aneel hob seinen Phaser.

Ein letzter Test, der Jaans Charakter auf die Probe stellte. Eine letzte Gelegenheit, um furchtlose Tapferkeit zu beweisen, sich kühn dem Schicksal zu stellen.

Der Selelvianer begann zu wimmern. »Ich... ich helfe Ihnen. Bitte schießen Sie nicht.«

»Warum soll ich nicht schießen?« fragte Tuttle.

»Weil ich vermeiden möchte, daß Sie die Tür beschädigen«, erwiderte Geordi. »Wahrscheinlich hätte es ohnehin keinen Sinn. Wenn das Portal ähnlich beschaffen ist wie Winzig, läßt sich mit Phaserstrahlen nichts ausrichten.«

»Was machen wir jetzt?«

»Nun, ich könnte es mit dem Kombinationsschloß versuchen.«

»Mit was?«

Geordi deutete auf die Kontrollfläche. »Vermutlich öffnet sich die Tür, wenn man einige Rechtecke in der richtigen Reihenfolge berührt.«

»Und was *ist* die richtige Reihenfolge?«

»Keine Ahnung«, entgegnete Geordi und lächelte. »Uns bleibt nichts anderes übrig, als zu experimentieren. Nun, Zeit haben wir genug.« Er drehte sich um und streckte die Hand aus. »Außerdem: Was kann schon passieren?«

KAPITEL 18

Wesley Crushers Gedanken zerfaserten in einem Nebel der Benommenheit. (Zu diesem Zeitpunkt sollten noch fünf Minuten verstreichen, bevor Geordi die Hand nach dem Tod ausstreckte.) Er sehnte sich nach der Ruhe des Schlafs, wußte jedoch, daß er der Müdigkeit nicht nachgeben durfte. Es ging in erster Linie darum, die Arbeit fortzusetzen, das selbstgesteckte Ziel zu erreichen.

Er sah es bereits vor sich, gerade außerhalb seiner Reichweite. Zum Teil unverständliche Formeln zogen vor seinem inneren Auge vorbei, gefolgt von theoretischen Strukturen, zwischen denen noch einige wichtige Verbindungen fehlten. Wenn er sie herstellen konnte, war alles in Ordnung.

Nur ein wenig Ruhe...

Aber nicht jetzt. Nicht ausgerechnet jetzt.

Irgend etwas weckte seine Aufmerksamkeit. Ein seltsames Geräusch. Das Prasseln von Regentropfen? Das Grollen eines Gewitters? An Bord der *Enterprise?* Wesley schüttelte verwundert den Kopf und kicherte in seinem Delirium. Die Wettervorhersage hatte ein Hochdruckgebiet angekündigt...

Dann erinnerte er sich an eine Stimme. Picards? Die Aufforderung, in den Unterkünften zu bleiben? *Verlassen Sie nicht Ihre Kabinen, sonst werden Sie naß?*

Wesley griff nach einigen Zetteln mit Notizen, las gekritzelte Worte. Vor einer Weile hatten sie einen Sinn ergeben, doch jetzt fehlte ihnen jede Bedeutung. Verwirrt starrte er auf die krakeligen Zeichen herab. Völliger Unsinn, in seiner Handschrift.

Wer trug die Verantwortung dafür? Versuchte jemand, seine Arbeit zu sabotieren? Und warum fiel es ihm so ungeheuer schwer, klar zu denken?

Er kratzte sich am Kinn, berührte erstaunt einige Bartstoppeln. Absurd. Er war erst sechzehn, brauchte sich nur selten zu rasieren. Es dauerte fast eine Woche, bis sich der Hauch eines Bartschattens auf seinen Wangen zeigte. Es konnte unmöglich soviel Zeit verstrichen sein. Seit wann versuchte er, ein Heilmittel für die Fäule zu finden? Seit zwei oder drei Tagen. Auf keinen Fall länger, oder?

»Seit wann?« krächzte er heiser.

Hastige Schritte im Korridor. Erneut laute Stimmen. Sogar Schreie.

Ein Notfall. Ja, jetzt fiel es ihm wieder ein. Der Captain hatte den Notstand an Bord erklärt.

Wesley stand auf und wankte durchs Zimmer. Warum befand er sich noch immer in seiner Kabine, obgleich es in der *Enterprise* drunter und drüber ging? *Man braucht mich, verdammt. Ich bin Fähnrich und sollte mich entsprechend benehmen.*

Er taumelte ins Bad, beugte sich übers Becken und aktivierte eine Düse, die ihm kaltes Wasser ins Gesicht spritzte. Einige Sekunden später drehte er sich um, Haar und Hemd völlig naß.

»Ich muß zur Brücke und helfen«, brachte er rauh hervor. »Man braucht mich.«

Er kehrte in den Wohnraum zurück, stolperte und stieß an eine Computerkonsole. Aus einem Reflex heraus versuchte er, sich daran festzuhalten, und das Gerät neigte sich zur Seite, stürzte auf den Boden. Irgend etwas zerbrach. *Himmel, Dr. Pulaski dreht mir den Hals um.* Aber das spielte jetzt keine Rolle.

Wesley stand wieder auf. Nein, solche Dinge waren nicht mehr wichtig. Es kam nur darauf an, das Schiff zu retten. Das war seine Aufgabe. Deshalb stand sein Name auf der ›Lohnliste‹. Der Junge lachte über einen Ausdruck, der längst seine ursprüngliche Bedeutung verloren hatte, aber noch immer Verwendung fand.

Er verließ seine Kabine, kicherte noch immer — und wurde von den Beinen gerissen.

Der tragbare Schirmfeldgenerator war von Wesley Crusher entwickelt worden, und er leistete wertvolle Dienste bei der Verteidigung des Maschinenraums, als die ganze Besatzung der *Enterprise* Amok gelaufen war. Inzwischen hatte man das Gerät verbessert, und es gehörte zur Standard-Ausrüstung der Sicherheitsabteilung.

Man beauftragte Meyers und Boyajian — zwei Männer aus der Sicherheitsabteilung, deren Stammbaum bis zur *Enterprise* NCC 1701-A zurückreichte —, die Leiter zur Brücke zu bewachen.

Die Turbolifte waren desaktiviert, und deshalb konnte man den Kontrollraum nur noch durch den Notzugang erreichen. Er ließ sich schwer abriegeln; bei der Konzeption des Raumschiffes hatte man nicht die Möglichkeit berücksichtigt, daß der Captain die Brücke von allen anderen Sektionen isolieren wollte.

Meyers und Boyajian gingen am unteren Ende der Leiter in Stellung und brachten den Generator in Position. Sie konnten weit in beide Richtungen sehen, und das Schirmfeld bot ihnen ausreichend Schutz: Selbst hochenergetische Phaserstrahlen prallten daran ab. Von innen war der transparente Schild durchlässig — die beiden Männer konnten also jederzeit das Feuer erwidern.

Zuerst hörten sie Stimmen und Schreie in der Ferne, doch allmählich kehrte Ruhe ein, und nach einer Weile herrschte völlige Stille.

Schließlich näherte sich eine Gestalt.

Boyajian sah sie zuerst und hob seinen Strahler. »Halt! Bleiben Sie stehen!«

»Es ist nur der Elf«, sagte Meyers.

Jaan wirkte völlig gelassen, legte die Hände auf den Rücken, schlenderte näher und summte leise vor sich hin.

»Hast du den Befehl des Captains überhört?« rief Meyers. »Du solltest eigentlich in deiner Kabine sein!«

»Es wurde *Alarmstufe Rot* gegeben«, fügte Boyajian hinzu.

Jaan verharrte einige Meter vor dem Energiefeld und

musterte die beiden Männer erstaunt. »Wissen Sie nicht Bescheid?«

»Worüber?« fragte Meyers langsam.

»Bei Kolker, hat man etwa vergessen, Sie zu informieren? Es ist vorbei! Die Kreel und Klingonen sind längst im Arrestbereich untergebracht worden.«

»Im Ernst?« Boyajian konnte es kaum fassen. »Ich...« Warum fiel es ihm plötzlich so schwer, sich zu konzentrieren? »Ich habe natürlich gehofft, daß es früher oder später gelingt, die Lage an Bord zu bereinigen, aber...«

»Tja...« Jaan kam noch etwas näher und gab sich betont freundlich. »Es überrascht mich, daß man Sie nicht in Kenntnis setzte. Alles ist in bester Ordnung.«

Meyers lehnte sich zurück und seufzte hingebungsvoll. »Was für eine Erleichterung!«

»Kann ich mir vorstellen«, sagte Jaan. »Kehren Sie ruhig in Ihre Abteilung zurück.«

»Oh, ja. Danke. Wir hocken wie Narren hinter dem Schild, nicht wahr?«

Meyers stand auf, als Boyajian den Generator ausschaltete. Im gleichen Augenblick ließ sich Jaan fallen.

»He, was ist mit dir?« fragte Meyers. Weiter kam er nicht. Phaserstrahlen zuckten heran, und die beiden Männer aus der Sicherheitssektion verloren das Bewußtsein.

Aneel trat hinter einer Ecke hervor, gefolgt von den anderen Kreel. Verärgert schüttelte er seine Waffe. »Ich dachte, es sei mir endlich gelungen, sie auf tödliche Emission einzustellen«, brummte er. »Ich war davon überzeugt, es genüge, diesen Knopf hier zu drehen. Aber offenbar muß man auch den Energieregler betätigen. Was soll's...« Er deutete auf die Leiter. »Verlieren wir keine Zeit.«

»Ich habe alles getan, was Sie von mir verlangten«, wandte Jaan ein.

»Bisher. Du kannst uns noch immer von Nutzen sein, Elf. Komm mit.«

»Nein!« entfuhr es Jaan wütend. »Bis hierher und nicht weiter.«

»Das klingt gut, nicht wahr?« höhnte Aneel. »›Bis hierher und nicht weiter.‹ Noch ein Schritt auf dem Weg zur Hölle, und plötzlich steht man vor der Tür des Infernos. Du solltest uns begleiten, wenn du das Heilmittel willst!«

Jaan bebte vor Wut, aber schon nach wenigen Sekunden verflüchtigte sich seine Entschlossenheit, Widerstand zu leisten. Wie eine Marionette setzte er einen Fuß vor den anderen, ging zur Leiter und kletterte hoch.

Tron eilte durch den Korridor, sah sich immer wieder um und nutzte jede Deckung aus.

Ein Phaserblitz raste dicht an seiner Schulter vorbei. Er warf sich zur Seite, holte einen Wurfstern hervor und schleuderte ihn, ohne zu zielen. Unmittelbar darauf hörte er einen erstickten Schrei, drehte sich um und sah einen zurücktaumelnden Kreel — der Stern hatte sich ihm in die Stirn gebohrt. Blut strömte aus der tiefen Wunde, und es grenzte an ein Wunder, daß sich der Abscheuliche auf den Beinen hielt, daß er überhaupt noch lebte.

Der Klingone trat langsam näher, grinste und hielt den sterbenden Kreel fest, dessen Blick sich bereits trübte. »Heute nacht schläfst du in der Hölle!«

Der Kreel neigte ruckartig den Kopf nach vorn.

Tron brüllte, als ihm eine Spitze des Wurfsterns ins rechte Auge drang, stieß den Kreel fort und hob beide Hände zum blutüberströmten Gesicht. Unerträglicher Schmerz loderte in ihm, und einige Sekunden lang taumelte der Klingone orientierungslos umher. Er vernahm ein metallisches Klappern, als der Wurfstern zu Boden fiel, stolperte über die Leiche des Kreel und wankte weiter, klammerte sich am Leben fest.

Irgendwann erreichte er einen Turbolift.

»Krankenstation«, brachte Tron hervor. Er brauchte sofort Hilfe, wenn er dem Kreel nicht in der Hölle Gesellschaft leisten wollte. *Zum Teufel mit den Abscheulichen! Zum Teufel mit Kobry! Zum Teufel mit ihnen allen!*

Während die Transportkapsel des Turbolifts ihrem Ziel

entgegenraste, riß der Klingone einen Fetzen von seinem Umhang und preßte ihn aufs blutende Auge. Noch immer wütete heftiger Schmerz in ihm, und die Dunkelheit einer gnädigen Ohnmacht wogte heran. Aber Tron wehrte sich gegen die Finsternis, die Erlösung von der Pein verhieß. *Ich darf jetzt nicht nachgeben. Ich muß stark sein. Stark...*

Er keuchte und schnappte mühsam nach Luft.

Ich bin Klingone. Und ich werde nicht sterben, bevor alle Kreel an Bord tot sind.

Der Lift hielt an, und das Schott öffnete sich. Tron stieß sich von der Wand ab und schwankte durch den Gang.

Ein leerer Korridor. Und direkt gegenüber die Krankenstation.

Tron taumelte weiter...

Und stieß gegen eine Tür, die sich nicht öffnete. Der Krieger fluchte leise, entschlossen dazu, sich nicht aufhalten zu lassen. Er zog seinen Phaser und feuerte, schoß ein großes Loch in die stählerne Barriere. Grimmige Zufriedenheit erfüllte ihn, als er einen erschrockenen Schrei vernahm.

Tron zögerte nicht, schob sich durch die Öffnung. »Doktor! Wo steckt der verdammte Doktor...?«

Und dann blieb er jäh stehen.

Er erkannte Gava, die neben einer Behandlungsliege stand. Und auf der Liege ruhte Kobry.

Der kleine Klingone hob den Kopf und sah ihn an.

Er lebte.

Der Ehrenwerte Kobry *lebte*.

»Das...«, brachte Tron hervor. »Das ist... unmöglich. Ich... Das Gift...«

»Es stammt von Ihnen, nicht wahr?« fragte Kobry. Er wirkte geschwächt, aber es konnte kein Zweifel daran bestehen, daß er lebte.

»Nein«, erwiderte Tron. »Nein, ich...«

»Nun, ich stellte zu spät fest, daß Sie neben dem Tisch standen, auf dem ich dummerweise mein Glas absetzte«, sagte Kobry und verzog kurz das Gesicht. »Wie närrisch von mir. Gerade ich sollte wissen, wie töricht es ist, einem Gegner den Rücken zuzukehren.«

»*Es ist ein Trick!*« schrie Tron.

»Jemand sollte sich um Ihr Auge kümmern«, schlug Kobry vor.

»Vorher kümmere ich mich um *Sie!*« platzte es aus Tron heraus. Er hob den Phaser und zielte auf den wehrlosen, nur drei Meter entfernten Botschafter.

Gava sprang vor die Liege, bereit dazu, den Vater mit ihrem eigenen Leib zu schützen.

Tron kam nicht mehr dazu, den Auslöser seiner Waffe zu betätigen. Eine zehn Kilo schwere Wassermann-Kammer flog durch die Tür des Medo-Labors, traf den Klingonen und schleuderte ihn zurück. Er stieß an die Wand neben dem zerstörten Schott, und die in ihm auf der Lauer liegende Finsternis verdichtete sich, verschlang die Konturen der Umgebung.

Katherine Pulaski stand im Zugang des Labors und zitterte vor Wut. In ihren Augen blitzten Zorn und Empörung. »*Verschwinden Sie!*« fauchte sie und aktivierte ihren Kommunikator. »Sicherheitsabteilung. In der Krankenstation spielt jemand verrückt. Schnappen Sie ihn!«

Tron preßte erneut den Stoffetzen auf das blutende Auge und kehrte in den Korridor zurück. Er hörte Schritte, die sich von rechts näherten, floh nach links.

Das Blut drang ihm nun auch ins andere Auge, und als er versuchte, es fortzuwischen, war er ein oder zwei Sekunden lang völlig blind.

Aus diesem Grund übersah er Fähnrich Crusher, der gerade aus seiner Kabine kam.

Tron stieß gegen den Jungen, und unter normalen Umständen wäre Wesley einfach an dem Klingonen abgeprallt. Aber Tron war geschwächt und verlor das Gleichgewicht, riß Crusher mit sich zu Boden.

»Fort mit dir!« grollte der Krieger und schob Wesley zur Seite.

Wes erwachte nun aus seiner Lethargie, starrte verwirrt in die Mündung eines Phasers.

Tron stemmte sich in die Höhe. »Ich habe verdammte Lust, jemanden zu erschießen, und meine Wahl ist gerade auf dich gefallen.«

Ein Stiefel traf den Klingonen an der Brust.

Er fiel zurück und stöhnte, als sein Kopf an harten Stahl stieß. Tron konnte überhaupt nichts mehr sehen, spürte nur, wie ihn jemand auf die Beine zerrte.

»Wollen Sie noch immer wissen, wem meine Loyalität gilt?«

Die Stimme klang vertraut. »Worf! Sie müssen mir helfen!«

»Schweigen Sie!« erwiderte der Sicherheitsoffizier scharf, wich ein wenig zurück und schmetterte Tron die Faust ans Kinn. Der Klingone ging ohnmächtig zu Boden.

Worf hob ihn mühelos hoch und marschierte in Richtung Arrestbereich.

»Was ist hier eigentlich los?« fragte Wesley.

»Die Kreel und Klingonen haben die Absicht, sich gegenseitig umzubringen«, erklärte Worf knapp. Er betrat eine Zelle, ließ Tron einfach fallen und aktivierte das Kraftfeld.

Wesley riß die Augen auf. »Er könnte verbluten!«

»Und wenn schon.« Worf berührte seinen Insignienkommunikator. »Brücke.«

»Hier Picard.«

»Ich weiß, wie wir das Problem lösen können«, sagte Wesley plötzlich, und Worf schnitt eine Grimasse, schwieg jedoch. »Wir nehmen eine interne Sensorerfassung vor, lokalisieren alle Kreel und Klingonen, beamen sie in den Transporterraum und lassen sie dort festnehmen!«

Der Captain hörte mit. »Danke für Ihren Vorschlag, Mr. Crusher. Freut mich, daß sie Ihre Klausur beendet haben. Leider lassen sich die Transporter derzeit nicht einsetzen. Die Schaltkreise des Energieverteilers im Maschinenraum sind zerstört.«

Wesley erinnerte sich sofort an die entsprechenden Schemata. »Na schön«, sagte er geistesabwesend und dachte konzentriert nach. »In Ordnung... Geben Sie mir fünf Minuten. Mehr Zeit brauche ich sicher nicht, um in einer Transporterkonsole neue Anschlüsse herzustellen. Wie wär's mit dem Frachttransporter? Er ist mit den größten Schaltungen ausgestattet, und daher dürfte ein Austausch defekter Kabel nicht weiter schwer sein. Außerdem hat er genau die Transferkapazität, die wir benötigen.«

»Captain?« fragte Worf.

Picard zögerte, und als er schließlich antwortete, klang seine Stimme so gepreßt, als beuge er sich nur widerwillig dem Gebot der Notwendigkeit. »Ja, ich habe alles verstanden, Worf. Können Sie Fähnrich Crusher begleiten?«

»Selbstverständlich«, erwiderte der Klingone und wandte sich an Wesley. »Du hast jetzt einen Leibwächter. Komm.«

Picard schüttelte den Kopf und sah Deanna Troi an, die vor einigen Minuten auf der Brücke eingetroffen war. »Das hat uns gerade noch gefehlt«, sagte er. »Mr. Crusher schickt sich schon wieder an, die *Enterprise* zu retten.«

»Womit er Öl in Dr. Pulaskis Feuer gießt«, kommentierte Deanna. »Aber das ist immer noch besser...«

Sie brach ab, drehte den Kopf und versteifte sich. Picard sprang auf. »Counselor!«

»Sie kommen!« rief Troi. »Ich fühle sie! Schreckliche, widerwärtige Emanationen!«

»Wer kommt, Deanna?« fragte Picard scharf. »Wer?«

»Captain!« sagte Dykstra, der noch immer an der Operatorstation saß. »Ich habe drei Kreel lokalisiert. Sie befinden sich...«

»Auf der Brücke«, knurrte Aneel. Er und seine beiden Begleiter hatten die Waffen gezogen, richteten sie auf Picard und seine Crew.

»Zurück«, fügte Aneel hinzu und meinte die Männer am Navigations- und Operatorpult. Sie reagierten nicht, sahen zuerst Picard an. Als der Captain nickte, standen sie auf und wichen zur Seite.

»Was wollen Sie?« fragte Picard langsam.

»Ihr Schiff«, erwiderte Aneel. »Für uns Kreel.«

»Darauf hatten Sie es die ganze Zeit über abgesehen, nicht wahr?«

»In der Tat, Captain. Sie haben völlig recht. Die Technologie der *Enterprise* ermöglicht meinem Volk einen großen Entwicklungssprung.«

»Es ist eine Technologie, für die Sie noch nicht reif genug sind.«

»Oh, wie nett von Ihnen, sich Sorgen um uns zu machen«, spottete Aneel. »Falten Sie die Hände hinterm Kopf. Ja, so ist es richtig. So habe ich es gern.« Er beobachtete Troi und grinste anzüglich.

»Ich verlange, daß Sie meine Brücke verlassen«, sagte Picard. Zorn vibrierte in seiner Stimme.

»Kann ich mir denken.« Aneel blieb völlig unbeeindruckt. »Ihnen liegt nichts an meiner Gesellschaft, oder?«

Picard wandte den Blick von ihm ab. Etwas anderes weckte seine Aufmerksamkeit: eine wesentlich schlankere und eleganter wirkende Gestalt, die weiter hinten stand und zitterte. »Jaan? Zum Teufel auch, was machst du hier?«

»Oh, Sie meinen den Elfen?« Aneel winkte gleichgültig. »Er hat sich uns verkauft, Stück für Stück. Und es fiel ihm nicht einmal besonders schwer.« Er musterte die Menschen nacheinander. »Wir haben ihm ein Heilmittel für die Fäule versprochen, wenn er uns hilft.«

Jaan schloß beschämt die Augen, verlor nun alle Hoffnung darauf, sein früheres Leben fortzusetzen. Ein Widerspruch in sich: Wenn die Krankheit unbehandelt blieb, stand sein Tod fest.

»Ach, ich habe wirklich Mitleid mit ihm«, fügte Aneel ironisch hinzu. »Wissen Sie, Captain, er hat sich solche Mühe gegeben. Ich glaube, er sollte nicht länger auf das Heilmittel warten.«

Er schwang den Phaser herum und zielte auf den Elfen.

Jaan brauchte eine ganze Sekunde, um zu begreifen, was der Kreel mit seinen letzten Worten meinte. Picard wollte sich auf Aneel stürzen, aber Deni stieß ihn beiseite. Troi rief eine Warnung – obwohl das kaum etwas nützte.

Der Strahler entlud sich, und wabernde Energie umhüllte Jaan. Er trat noch einen halben Schritt vor, aber weiter kam er nicht. Plötzlich zerriß das Gefüge der Realität, und der schmerzerfüllte Schrei des Selelvianers verhallte im Nichts.

Stille schloß sich an, nur unterbrochen vom leisen Fauchen der Luft, die ein plötzlich entstandenes Vakuum füllte. Jaan war einfach verschwunden.

Aneel brummte zufrieden. »So funktionieren die Phaser also, wenn man sie auf tödliche Emission justiert. Nun, legt jemand Wert darauf, dem Elfen ins Jenseits zu folgen?«

»Sie... Ungeheuer!« platzte es aus Picard heraus.

»Wollen Sie mich beleidigen, Captain? Sie sollten mir eigentlich dankbar sein. Ein gemeiner Verräter gehörte zur Besatzung Ihres Schiffes, und durch mich hat er seine gerechte Strafe bekommen. Ich habe ihn nicht einmal angelogen. Er wollte ein Heilmittel für die Fäule. Und der Tod heilt alles, nicht wahr?« Er lachte schallend.

Kurz darauf knackte es im Lautsprecher der internen Kommunikation.

»Worf an Brücke«, ertönte die Stimme des Sicherheitsoffiziers, der natürlich nichts von den Geschehnissen im Kontrollraum wissen konnte. »Captain?«

Picard zögerte und begriff, daß Worf sofort Verdacht schöpfte, wenn er vergeblich auf eine Antwort wartete. Doch dann sah er, wie Aneel den Phaser auf Deanna Troi richtete. Sein Gesichtsausdruck ließ keinen Zweifel daran, daß er es ernst meinte.

»Hier Picard. Ja, Lieutenant?«

»Wir sind jetzt im Fracht-Transporterraum C, Sir. Wesley arbeitet an den Schaltkreisen der Konsole. In einigen

Minuten sollten wir eigentlich in der Lage sein, alle Klingonen und Kreel hierher zu beamen. Dann ist die Krise überstanden.«

»Gut, Lieutenant«, sagte der Captain. »Picard Ende.« Er unterbrach die Verbindung, bevor Worf noch mehr verraten konnte.

Doch es war bereits zu spät. Aneel wirbelte zu seinen Gefährten herum. »Sie bleiben hier! Ich suche den Transporterraum auf und mache Worf einen Strich durch die Rechnung.« Erneut grinste er. »Worf. Hervorragend! Seit ich an Bord kam, warte ich darauf, dem eingebildeten Klingonen eine Lektion zu erteilen.«

Der Transportertechniker schüttelte den Kopf, als Wesley am Pult arbeitete und neue Verbindungen herstellte, um die Energieversorgung des Transfersystems zu gewährleisten. »Erstaunlich«, sagte er leise.

»Ruhe!« schnappte Crusher und konzentrierte sich wieder. Er murmelte dauernd, um sich an alle vorgenommenen Veränderungen zu erinnern. Wenn er irgend etwas übersah oder vergaß... Ein einziger Fehler konnte höchst unangenehme Konsequenzen nach sich ziehen.

Plötzlich drang eine alarmierte Stimme aus dem Kommunikator. Wesley zuckte so heftig zusammen, daß er mit dem Kopf an die Konsole stieß.

»LaForge an Transporter! Beamen Sie mich hoch! *Schnell!*«

Worf aktivierte sein kleines Kom-Gerät. »Derzeit funktioniert der Transporter nicht. Wir sind gerade dabei, ihn zu reparieren. Haben Sie irgendwelche Probleme?«

Keine Antwort.

»Geordi, bitte melden Sie sich!« rief Wesley, besorgt um den Mann, der zu seinem Mentor geworden war. »Wir bringen den Transporter in Ordnung. Es dauert nur noch ein paar Minuten, bis wir Sie an Bord holen können.«

Stille.

»O Gott«, stöhnte Crusher und kroch wieder in die elektronischen Eingeweide des Pults. Seine Finger bewegten sich wie eigenständige Wesen, huschten über die verschiedenen Schaltkomponenten. Rund hundert Sekunden später: »Versuchen Sie's!«

Der Techniker berührte einige Sensorflächen, und ein vertrautes Summen ertönte. Doch es klang nicht gleichmäßig, und die Transferstrahlen flackerten. »Eine Verbindung Planet-Schiff«, sagte der Mann an den Kontrollen. »Aber der Fokus ist destabil. Das Signal genügt nicht für eine sichere Matrix.«

»Eins nach dem anderen«, entgegnete Wesley. »Kehren Sie den Fokus um. Vom Schiff zum Planeten.«

Der Techniker nickte, und kurz darauf ließ das Flackern nach. Worf stand einige Meter entfernt, beobachtete die Plattform und nickte.

»Gut so«, sagte er. »Sieht schon wesentlich besser aus. Ich glaube, wir ...«

Der Kreel griff so plötzlich an, daß er selbst den Sicherheitsoffizier überraschte. Ein Phaserblitz zerstörte das Schott, und als sich der Transportertechniker umdrehte und eine Warnung rufen wollte, traf ihn eine zweite Entladung. Der Mann verschwand.

Worf riß seine eigene Waffe hervor und schoß, als der Kreel durchs Zimmer stürmte und sich hinter die Transferkonsole duckte. Der Strahl raste darüber hinweg, zerstob an der Wand. Auf der Plattform glühte es noch immer: Stabilisierte Energie beamte alles auf den Planeten, was in ihren Einflußbereich geriet.

Worf wich zur Seite und feuerte erneut. Sein Phaser war — unglücklicherweise, wie er später feststellte — nur auf Betäubung justiert. Der fahle Blitz streifte den Kreel, und als er hinter das Pult zurücksank, fiel ihm die Waffe aus der dreifingrigen, klauenartigen Hand. Worf gratulierte sich zu seinem guten Schuß und beobachtete, wie der Strahler über den Boden rutschte und erst nach einigen Metern liegenblieb, zu weit entfernt für den Angreifer.

Er konnte den Kreel nicht sehen, aber das spielte auch

keine Rolle. Entschlossen näherte sich Worf der Konsole. »Gib auf«, sagte er dumpf.

»*Eher sterbe ich!*« antwortete der Kreel und erhob sich. Er hatte einen Arm um Wesleys Hals geschlungen, den anderen um seinen Kopf – ein kurzer Ruck genügte, um dem Jungen das Genick zu brechen.

»Gib *du* auf, Klingone. Wirf die Waffe weg – oder ich bringe den Knaben um.«

»Laß ihn los«, sagte Worf. Sein Phaser blieb weiterhin auf den Kreel gerichtet. »Laß ihn los und heb die Arme, wenn dir dein Leben lieb ist.«

»Was meinst du dazu, Junge?« erwiderte Aneel und übte etwas mehr Druck aus.

Wesley stöhnte leise.

»Erledigen Sie ihn, Worf«, brachte er mühsam hervor.

Der Sicherheitsoffizier rührte sich nicht von der Stelle. Sein Phaser zielte nach wie vor auf Aneel, aber er blieb stehen.

»Ein Schritt«, sagte der Kreel. »Nur ein einziger Schritt, und der Junge ist tot.« Er bewegte sich, benutzte Wesley wie einen Schild. »Du glaubst, ich sei hilflos, weil ich keine Waffe habe, nicht wahr?«

»Ich glaube, du bist hilflos, weil du dich hinter einer Geisel versteckst«, erwiderte Worf verächtlich.

»Ach, tatsächlich? Nun, sei gewarnt, Klingone. Ich habe heute bereits einen Jungen getötet, und deshalb würde ich gewiß nicht zögern, auch diesen hier ins Jenseits zu schikken.«

Plötzlich herrschte völlige Stille im Transporterraum, und man hörte nur das leise, beständige Summen der Transferstrahlen.

»Welchen Jungen meinst du?« fragte Worf langsam, und in seinen Augen glühte es.

»Den Elfen.« Aneel lachte.

Wesley hatte das Gefühl, als gerinne das Blut in seinen Adern. »Sie ... Sie lügen.«

»Den Elfen«, wiederholte Aneel. »Er hieß Jaan. Ich habe

mit dem Phaser auf ihn geschossen und voller Genugtuung beobachtet, wie sich seine Gestalt einfach auflöste. So ergeht es auch dir, wenn du Schwierigkeiten machst. Und nun, Worf... Laß die Waffe fallen.«

»Sie lügen!«

»Schweig, Junge. Ich will keinen Ton mehr von dir hören.«

»SIE LÜGEN!«

Entsetzen und Zorn loderten in Wesley, und er handelte, ohne einen Gedanken an die Gefahr zu verschwenden, der er sich aussetzte. Er hob die Beine und stieß sich mit all seiner Kraft von der Transporterkonsole ab, spürte allein das Verlangen, sich aus dem Griff des Kreel zu befreien und ihn zu erwürgen, ihm das Geständnis abzuringen, daß Jaan noch lebte. Aneel log. Ja, ganz bestimmt. Er hatte nicht auf den Elfen geschossen!

Wesley zuckte so heftig, als hielte jemand ein unter Strom stehendes Kabel an seinen Leib. Wütend wandte er sich hin und her, ignorierte den Schmerz. Er trat und schlug mit den Ellenbogen zu; er rammte den Kopf ins Gesicht des Kreel. Und während er mit dem viel stärkeren Gegner rang, rief er immer wieder: »Sie lügen! Verdammt! Sie lügen!« Es klang wie eine besondere Art von Psalmodie.

Verblüfft stellte sich Aneel der Erkenntnis, daß er den Jungen nicht länger festhalten konnte. Worf nutzte die gute Gelegenheit, kam näher. Dem Kreel blieb nicht mehr genug Zeit, erneut die Arme um Wesleys Hals zu schlingen, und deshalb packte er ihn an der Schulter, schleuderte ihn an die gegenüberliegende Wand. Wesley prallte an den Stahl und sank mit einem leisen Stöhnen zu Boden.

Einen Sekundenbruchteil später war Worf heran, schlug auf den Kreel ein und trieb ihn zurück. Aneel fiel, krümmte sich zusammen, zog die Beine an, trat zu und traf seinen Kontrahenten an der Brust. Der Klingone brummte und taumelte. Aneel sprang sofort auf, näherte sich Worf und schloß die Hände um seinen Hals.

Der Sicherheitsoffizier ballte die Faust und schmetterte sie seinem Gegner mehrmals ins Gesicht. Der erste Hieb brach Aneels Nasenbein, und die nächsten ließen eine dicke Schwellung am rechten Auge Aneels entstehen. Der Kreel achtete überhaupt nicht darauf, heulte und fauchte, blieb nur von dem Wunsch beseelt, den verhaßten Klingonen zu besiegen und über ihn zu triumphieren.

Die beiden Männer rangen miteinander und versuchten, sich gegenseitig zu Fall zu bringen. Worf streckte das Bein, Aneel stolperte und stürzte. Der Klingone warf sich auf ihn, gehorchte allein seinen Instinkten, bohrte die Finger in den rudimentären Halsansatz des Kreel. Es rauschte in Schläfen und Ohren, als er die Muskeln spánnte und fester zudrückte, als er die Nackenknorpel des Abscheulichen zerriß und den Schmerz in seinen fratzenhaften Zügen sah.

Aneels große Augen traten aus den Höhlen, und vergeblich versuchte er, nach Luft zu schnappen. Worf belastete ihn mit seinem ganzen Gewicht, ließ nicht locker, hörte nurmehr eine mentale Stimme, die nach Rache verlangte – Rache für den Tod seiner Eltern, für Jaan und alle anderen Opfer der Kreel. Er wurde zu einem erbarmungslosen Instrument der Vergeltung.

Aneel zitterte und brachte ein einziges Wort hervor.

»Gnade.«

Worf erstarrte. Blut drang aus geplatzten Kapillargefäßen, strömte aus dem Mund des Kreel und tropfte über die Hände des Sicherheitsoffiziers. Aneel erstickte langsam.

So einfach. Worf brauchte den Kopf des Abscheulichen nur ein wenig zur Seite zu drehen, so wie auf dem Holodeck. Er entsann sich an das Gefühl der grimmigen Zufriedenheit, als er auf die ›Leichen‹ der simulierten Feinde herabstarrte.

So einfach...

Zu Worfs großer Überraschung – und auch der Aneels – ließ der Druck am Halsansatz des Kreel nach.

»Gnade«, wiederholte der Klingone und lauschte dem unvertrauten Klang dieses Wortes. »Gnade.«

Aneel atmete tief durch und schlug zu.

Worfs Kopf neigte sich zurück, und Blut spritzte aus seiner Nase. Ein zweiter Hieb traf ihn an der Brust, und dadurch verlor er das Gleichgewicht, kippte nach hinten und fiel dicht neben der Transporterplattform auf den Rücken.

Der Kreel stemmte sich in die Höhe und sprang, landete mit den Knien auf Worf und preßte ihm die Luft aus den Lungen. Vor den Augen des Sicherheitsoffiziers drehte sich alles, als er danach trachtete, einige wuchtige Schläge Aneels abzuwehren. Die Fäuste des Kreel warfen seinen Kopf von einer Seite zur anderen.

»Das ist für all die Jahre der Unterdrückung!« heulte Aneel wütend. »Für meine ermordeten Gefährten! Für alle Kreel, die von den Klingonen niedergemetzelt wurden! Nimm dies! Und *dies!*«

Er zerrte an Worfs Schärpe, und ein Messer rutschte darunter hervor. Aneel konnte sein Glück kaum fassen, als er danach griff und versuchte, die Klinge in die Kehle des Klingonen zu bohren. Worf reagierte gerade noch rechtzeitig, blockierte den Arm. Der Kreel drückte noch fester zu, und die Dolchspitze ritzte Worfs Haut.

»Du hättest mich töten sollen, als du dazu in der Lage gewesen bist, klingonischer Abschaum!« preßte Aneel hervor.

Worf bewegte die Beine, hob abrupt die Knie. Im Schritt des Kreel knirschte etwas, und Aneel gab einen qualerfüllten Schrei von sich. Worf sah, wie die Hand mit dem Messer zur Seite wich, und er rollte sich nach rechts, gab dem Abscheulichen einen wuchtigen Stoß in Richtung Plattform.

Aneel erbebte am ganzen Leib — und blieb still liegen. Sein Schrei verhallte.

Worf traute dem Frieden nicht, stand rasch auf...

Und begriff plötzlich.

Der Kopf des Kreel fehlte.

Er war zusammen mit den Schultern verschwunden, und dafür gab es eine einfache Erklärung. Durch Worfs letzten

Stoß fiel der Kreel in das aktivierte Transporterfeld, das seiner Aufgabe gerecht wurde und die erfaßte Masse auf den Planeten beamte.

Für gewöhnlich kam es dabei nicht zu Problemen, denn wer sich transferieren lassen wollte, stand auf der Plattform, brachte seine ganze Gestalt in den Fokus.

Doch was Aneel betraf... Der größte Teil seines Körpers ragte übers Podest hinaus.

Worf strich seine Uniform glatt, griff nach dem reglosen Leib und schob ihn in den Transporterstrahl hinein. Die Leiche folgte dem Kopf nach DQN 1196.

Anschließend wandte sich der Sicherheitsoffizier dem Kontrollpult zu und nahm einige Schaltungen vor.

Die Kreel auf der Brücke wurden allmählich nervös. »Wann kommt Aneel endlich zurück?« fragte Deni.

Unmittelbar darauf entmaterialisierten alle Personen im Kontrollraum.

Praktisch im gleichen Augenblick erschienen sie auf der Transporterplattform. Die Kreel sahen sich verdutzt um und bekamen aber keine Gelegenheit, ihre Waffen einzusetzen.

Picard und Marks stießen sie vom Podest, und Worf, der inzwischen wieder seinen auf Betäubung justierten Phaser in der Hand hielt, eröffnete sofort das Feuer.

Die Kreel sanken bewußtlos zu Boden und stellten keine Gefahr mehr dar.

Picard bemerkte Wesley, der noch immer vor der Wand lag. Rasch trat er auf ihn zu und bückte sich. »Was ist mit ihm?«

»Oh, nichts weiter«, erwiderte Worf. »Er dürfte nur einen ziemlichen Brummschädel haben, wenn er wieder zu sich kommt.«

»Und der andere Kreel? Er wollte Ihnen ›einen Strich durch die Rechnung machen‹.«

»Oh, Sie meinen Aneel.« Worf zögerte kurz. »Er hat den Kopf verloren.«

Es dauerte nur fünfzehn Minuten, um wieder Ordnung an Bord der *Enterprise* zu schaffen.

Worf bewies großes Geschick im Umgang mit dem Transportersystem. Er schickte die Brückencrew in den Kontrollraum zurück, nahm von Dykstra die Koordinaten der restlichen Klingonen und Kreel entgegen, programmierte den Transferfokus und gab Energie. Im einen Augenblick kämpften die ›Diplomaten‹ noch in den Korridoren des großen Raumschiffs; im nächsten fanden sie sich plötzlich im Transporterraum wieder und starrten in die Mündungen mehrerer Phaser.

Es kehrte wieder Ruhe ein.

Picard ließ sich in seinen Kommandosessel sinken. »Stellen Sie eine Verbindung zur Landegruppe her«, sagte er. »Teilen Sie Mr. Riker und den anderen mit...«

Deanna Troi schnappte nach Luft.

»Counselor?« fragte der Captain.

Deanna duckte sich unwillkürlich, deutete auf den Wandschirm und brachte keinen Ton über die Lippen.

»Counselor Troi!« entfuhr es Picard besorgt. »Was ist los mit Ihnen?«

Und dann sah er es selbst, ebenso wie die übrigen Personen auf der Brücke. Der Captain hätte schwören können, daß die ganze *Enterprise* ächzte.

Die Sterne bewegten sich.

»Lieber Himmel...«, murmelte Dykstra.

Es war völlig unmöglich, und doch... Die Sterne im großen Projektionsfeld strebten aufeinander zu. Meteore und Asteroiden, Kometen und Planeten — sie verließen ihre Umlaufbahnen, folgten den Sonnen und begannen mit einem kosmischen Ballett, das alle physikalischen Gesetze verspottete, für das es keine rationale Erklärung gab.

Der ferne Raum gewann eine andere, wahnwitzige Struktur, als die Sterne neue Konfigurationen bildeten. Sie schienen von unsichtbarer Hand gelenkt zu werden, formten eine Skulptur aus loderndem Plasma. Wie absurd! Die Sonnen konnten nur beobachtet werden, weil sie ihr Licht durchs All schickten, und Photonen reisten mit einer Geschwindigkeit von rund dreihunderttausend Kilometern in der Sekunde, brauchten Jahrhunderte und Jahrtausende, um die *Enterprise* zu erreichen. Picard und seine Offiziere sahen also in die Vergangenheit — und die seltsame Deformierung des Raum-Zeit-Gefüges konnte nicht alle Sterne gleichzeitig erfassen!

»Landegruppe!« rief Picard. »Melden Sie sich!«

»Captain!« erklang Rikers Stimme.

»Bereiten Sie sich darauf vor, an Bord gebeamt zu werden. Ich hole Sie direkt zur Brücke. Transporterraum, Energie!«

Worf stand noch immer an der Kontrollkonsole und aktivierte das Transferfeld.

Riker, Data und Tuttle rematerialisierten im Kontrollraum. Doch Geordi fehlte.

»Nummer Eins! Wo ist Mr. LaForge?«

»Ich weiß es nicht, Sir. Er...« Riker unterbrach sich, als er auf den Wandschirm blickte.

Die Sterne bildeten ein Muster, die Konturen eines Gesichts. Eines menschlichen, viele Lichtjahre breiten Gesichts, das den ganzen Schirm ausfüllte. Es mußte Hunderte von Milliarden Kilometern entfernt sein, erweckte jedoch den Eindruck, als brauche man nur die Hand auszustrecken, um es zu berühren.

Es blickte in den Kontrollraum der *Enterprise*.

Und es lächelte.

»O mein Gott«, hauchte Riker.

Data nickte langsam und sah seine Vermutungen bestätigt. »Vielleicht bekommen wir jetzt Antworten auf unsere Fragen.«

KAPITEL 19

»Was kann schon passieren?« fragte Geordi – und diese Bemerkung fiel zweifellos in die Kategorie *berühmte letzte Worte*.

Als er die Hand nach dem Kontrollfeld neben dem großen Portal ausstreckte, hörte er Riker und Data, die nach ihm riefen.

»Gehen Sie zu ihnen«, wandte sich LaForge an Tuttle. »Ich warte hier auf Sie und versuche unterdessen, die Tür zu öffnen.«

Tuttle machte sich auf den Weg, und Geordi berührte einige der farbigen Rechtecke, hielt mit seinem Visor nach infraroten und ultravioletten Emissionen Ausschau.

Er vernahm ein leises Summen, das rasch zu einem fast schrillen Sirren anschwoll. Irgendein Mechanismus schien aktiv zu werden.

Seltsame Angelegenheit, dachte Geordi.

Er senkte den Kopf, sah nach unten.

Über seinen Füßen entdeckte er ein Gitter aus horizontalen Strahlen, deren Wellenlänge nicht zum sichtbaren Spektrum gehörte. Vor einigen Minuten hatte er sie nicht bemerkt. Sie wurden erst jetzt aus der Wand projiziert, etwa fünfzehn Zentimeter über dem Boden. Sie waren recht dünn, und der Zufall wollte es, daß LaForge in einem kleinen Bereich stand, der nicht von ihnen erfaßt wurde. Ein halber Schritt nach links, rechts oder zurück, und er hätte sie berührt.

Welche Konsequenzen mochten sich aus einem direkten Kontakt ergeben?

Unbehagen regte sich in Geordi, und er hielt es für besser, auf ein Experiment zu verzichten. Er hob den Fuß, um über einen Strahl hinwegzutreten...

Sofort entstand ein energetischer Fächer, und die Lükken im Gittermuster schlossen sich. Geordi handelte instinktiv und sprang hoch, stützte sich mit den Beinen an der einen Wand des Korridors ab, mit den Armen an der anderen. Er befand sich nun einen Meter über den Strahlen; nur Muskel- und Willenskraft bewahrten ihn davor, auf den Boden zu fallen.

»Data!« rief er. »Riker! Tuttle!«

Einige Dutzend Meter entfernt wechselten die drei übrigen Mitglieder der Landegruppe erstaunte Blicke — sie waren in einer ganz anderen Richtung unterwegs.

»Tuttle, Sie haben doch gesagt, Geordi warte dort drüben auf uns«, brummte Riker.

»Ja«, lautete die verwirrte Antwort. »Ich dachte...«

»Data, wo befindet sich LaForge?«

Der Androide sah auf seinen Tricorder. Jeder Insignienkommunikator sendete individuelle biologische Informationen, die eine Lokalisierung der betreffenden Person erleichterten. Allem Anschein nach hatte sich Tuttle verirrt, aber es sollte trotzdem nicht weiter schwer sein, den Chefingenieur zu finden.

»Folgen Sie mir«, sagte Data.

Geordis Hände begannen zu schwitzen, und dicht unter ihm bildeten die Strahlen nun ein Energiefeld, das überhaupt keine Lücken mehr aufwies. Wenn er fiel...

Er riskierte, den Halt zu verlieren, als er seinen Kommunikator berührte. Geordi rutschte einige Zentimeter herab, preßte die Hand rasch wieder an die Korridorwand. »LaForge an Transporter! Beamen Sie mich hoch! *Schnell!*«

Kurze Stille. Und dann hörte er ausgerechnet die Stimme des Sicherheitsoffiziers Worf. »Derzeit funktioniert der Transporter nicht. Wir sind gerade dabei, ihn zu reparieren. Haben Sie irgendwelche Probleme?«

Der Transporter funktionierte nicht? Gerade *jetzt* mußte er defekt sein?

Geordi fand sich damit ab, daß ihm die *Enterprise* nicht helfen konnte. Erneut aktivierte er sein Kom-Gerät, um sich mit Riker in Verbindung zu setzen. Doch diesmal ging er nicht mit der notwendigen Vorsicht zu Werke: Der Insignienkommunikator löste sich von seinem Uniformpulli und fiel zu Boden.

Die Strahlen lösten ihn auf.

LaForge spürte, wie seine feuchten Hände abglitten, und die Sohlen der Stiefel rutschten ebenfalls über das viel zu glatte Material. Er holte tief Luft, schrie aus vollem Halse ein Wort, das Budian nie in den Sinn gekommen wäre: »*HILFE!*«

Und eine freundlich klingende, feminine Stimme antwortete: »Sie möchten Hilfe?«

Geordi konnte nirgends einen Lautsprecher entdecken, ganz zu schweigen von einer Frau. Er drehte den Kopf von einer Seite zur anderen und erwiderte hastig: »Himmel, ja! Ich brauche Hilfe!«

»Spezifikation erbeten.«

»*Desaktivieren Sie die Strahlen!*«

»Wie Sie wünschen.«

Das für gewöhnliche Augen unsichtbare Leuchten verblaßte.

Geordi konnte es kaum glauben. War es wirklich so einfach? Vorsichtig kehrte er auf den Boden zurück, und tatsächlich: Füße und Beine behielten ihre feste Substanz.

»Benötigen Sie noch mehr Hilfe?«

»Ja«, sagte Geordi langsam. »Ich möchte durch dieses Portal. Bitte.«

»Wie Sie wünschen.«

Und LaForge befand sich auf der anderen Seite.

Er wirbelte herum. Die Tür existierte nach wie vor, massiv und fest, hatte sich nicht geöffnet.

»Das ist doch ... verrückt«, brachte er hervor. »Um der Todesfalle zu entgehen und durch das Portal zu gelangen ... Es genügt, eine höfliche Bitte zu formulieren?«

»Gute Manieren schaden nie«, erwiderte die körperlose Stimme.

»Ja, aber ...«

»Sie sind ein Zeichen von Intelligenz und Reife.«

»Na schön. Wie Sie meinen.«

Geordi sah sich in dem so gut abgeschirmten Raum um. Die Kammer hätte ihn fast das Leben gekostet.

Und sie war leer. Er nahm trübes Licht wahr, das aus einer verborgenen Quelle stammte. LaForge brauchte keine Lampen, um sich zu orientieren — sein Visor genügte ihm. Erneut drehte er den Kopf und versuchte, die Parameter des Zimmers festzustellen.

Die visuellen Analysen führten zu keinen brauchbaren Resultaten. Nach einer Weile glaubte er, eine Wand zu erkennen, und er setzte sich in Bewegung, trat darauf zu. Es vergingen einige Minuten, die ihm wie Stunden erschienen, doch die Entfernung zur Wand verringerte sich nicht.

»Äh...«, sagte er. »Sind Sie noch da?«

»Ja.«

»Wer sind Sie?«

»Wer sind *Sie?*« ertönte es.

»Lieutenant Geordi LaForge. Chefingenieur des Raumschiffes *Enterprise.*«

»Gruß Ihnen, Lieutenant. Ich bin.«

»Sie sind?«

»Ja.«

»Oh.« Mit dieser Auskunft konnte er nur wenig anfangen. Der knappe Wortwechsel erinnerte an ein Gespräch mit Data, wenn der Androide einen besonders schlechten Tag hatte.

Data! Natürlich! *Ich spreche mit einer Maschine.*

»Bist du...« LaForge zögerte. *Bleib höflich,* dachte er. *Wenn sich das Ding auf den Schlips getreten fühlt...* »Sind Sie eine Maschine?«

»Derartige Assoziationen lassen einige wichtige Dinge unberücksichtigt, aber ich möchte Ihre Vorstellungskraft nicht übermäßig strapazieren. Sie können also ruhig eine Maschine in mir sehen.«

Geordi seufzte. »Wie würden Sie Ihre Existenz definieren?«

»In Ihnen vertrauten Begriffen?« Die Stimme zögerte. »Nun, ich bin das Begrüßungskomitee.«

»Haben Sie die Kreel begrüßt?«

»Nein. Sie wurden nur benutzt, als ein Mittel zum Zweck. Sie waren noch nicht bereit, uns zu begegnen. Wir wünschten keinen Kontakt mit ihnen. Aber die Kreel brachten Sie hierher, und damit erreichten wir unser Ziel.«

»Mittel zum Zweck?« wiederholte Geordi ungläubig. »Die Kreel nahmen Ihre Waffen und begannen damit einen Krieg, der viele Todesopfer forderte.«

»Und das entrüstet Sie so sehr?« entgegnete die Stimme. »Das Leben ist eine spezielle Form von Energie, und Energie bleibt immer erhalten, verändert nur ihre Struktur.«

»Hören Sie...«, sagte Geordi und bemühte sich, nicht die Beherrschung zu verlieren. »Was hat es mit diesem Raum auf sich? Warum schützen Sie ein leeres Zimmer mit tödlichen Fallen?«

»Die Kammer ist nicht leer.«

»Nein? Was beinhaltet sie denn?«

»Alles«, antwortete die Stimme gelassen.

»Wie bitte?«

»Dieser Raum hat keine Grenzen. Er erstreckt sich endlos, auf allen Seiten. Deshalb war es so wichtig, daß Sie hierher gelangten, Geordi LaForge. Sie sehen die Dinge, wie sie wirklich sind.«

»Aha«, machte Geordi und verstand nicht, was die Stimme meinte.

»Andere Personen sähen hier das, was sie zu sehen *glauben*. Ich fürchte, sie verlören den Verstand.«

»Mag sein. Nun, ich muß zugeben, daß es mit meiner geistigen Stabilität derzeit nicht sehr gut bestellt ist. Würden Sie mir wenigstens erklären, welchen Sinn meine Präsenz in diesem Zimmer hat?«

»Das ist ganz einfach.«

»Freut mich.« Geordi seufzte einmal mehr.

»Als Sie den Raum betraten, wurden *sie* gerufen.«

»Wer?«

»Die Allwissenden.«

Das Sternengesicht schwebte vor der *Enterprise*, ein gewaltiges Monument im Weltraum.

»Hier spricht...« Picard räusperte sich und begann noch einmal von vorn. »Hier spricht Captain Jean-Luc Picard vom Raumschiff *Enterprise*. Bitte identifizieren Sie sich.«

Stille folgte. Als das Gesicht antwortete, ertönte seine Stimme nur in den Gedanken der Zuhörer.

Wir haben viele Namen. Die Bezeichnung ›Allwissende‹ erscheint uns geeignet.

»Wer... sind Sie?«

Wir sind diejenigen, die auf euch gewartet haben. Wir schufen den Planeten und die Waffen – als einen Test. Um herauszufinden, wie ihr mit den Feindseligkeiten zwischen zwei Völkern fertig werdet. Um einen Eindruck von euren Prinzipien und Grundsätzen zu bekommen. Um festzustellen, wie ihr euch während einer Krisensituation verhaltet.

»Ah!« platzte es aus Data heraus. »Ich hatte also recht. Das wird Geordi gar nicht gefallen.«

»O nein«, stöhnte Picard. »Nicht schon wieder ein Test.«

»Doch, Sir«, sagte Data. »Ich war sicher, daß...«

»Schweigen Sie, Data.«

»Ja, Sir.«

Picard spürte, wie das Feuer des Ärgers in ihm zu brennen begann. »Der Tod vieler Kreel und Klingonen, die Verheerungen, all das Leid – nur ein weiterer Test? Ihre Art und Weise, sich die Zeit zu vertreiben, sich zu amüsieren?«

Ihr mußtet euch schon oft Tod, Zerstörung und Leid stellen. Damit gaben wir euch Gelegenheit, zu lernen und zu wachsen.

»Was?« Picard konnte es nicht fassen. »Sie sind dafür verantwortlich? *Sie* haben uns immer wieder Unheil beschert?«

Aus guten Gründen.

»Das meinen *Sie*.«

Ja. Wir ermöglichten euch, zu einer neuen Reife zu finden. Jetzt sind die Tests beendet. Wir sind gekommen, um euch die Hand zu reichen, um...

»*NEIN!*« donnerte Picard. Es war einfach zuviel für ihn: die Anspannung der vergangenen Stunden, der Ärger, die Wut — und jetzt auch noch die Arroganz einer Entität, die es sich anmaßte, über die Menschheit zu urteilen.

»Nein!« wiederholte er. »Ich habe genug! *Wir* haben genug! Wir alle. Wir können keine geheimnisvollen fremden Völker ausstehen, die glauben, sie wüßten alles besser als wir! Verdammt, wir sind keine weißen Mäuse in einem kosmischen Laboratorium!

Wir sind keine Versuchstiere. Die angeblich so überlegenen Entitäten haben die Frechheit, sich dauernd irgendwelche verrückten Tests einfallen zu lassen und so zu handeln, als genüge Macht, um grausame Unbarmherzigkeit zu rechtfertigen. Aber das ist *nicht* der Fall! Wir haben es nicht so weit gebracht, weil Sie uns zu wichtigen Erkenntnissen verhalfen. Ganz im Gegenteil! Wir konnten wichtige Fortschritte erzielen, *obwohl* Sie immer wieder eingriffen. Obwohl es immer wieder jemanden gab, der uns Barbaren nannte und sich erdreistete, über uns zu richten. Unsere Errungenschaften erfüllen uns mit Stolz, weil sie das Ergebnis eigener Anstrengungen sind. Und seien Sie gewiß: Wir geben nicht auf; wir setzen den eingeschlagenen Weg fort, ob Ihnen das paßt oder nicht.

Kümmern Sie sich um Ihre Angelegenheiten. Wir legen keinen Wert auf Ihre Tests, ist das klar? Eventuelle Drohungen sind uns völlig gleichgültig. Wir sind keine Marionetten, deren Fäden Sie in der Hand halten. Und wir werden uns keinen weiteren Tests unterziehen. Habe ich mich klar genug ausgedrückt? *Schluß — mit — den — Tests!*«

Das Sternengesicht schwieg eine Zeitlang, wirkte sehr ernst. Und dann lächelte es.

Herzlichen Glückwunsch. Wir erhofften uns eine solche Reaktion von euch. Ihr habt gerade den letzten Test bestanden.

Riker und Picard sahen sich verblüfft an.

»Ich glaube, Ihr Gesprächspartner nimmt Sie nicht ganz ernst«, sagte der Erste Offizier.

Picard drehte sich um und starrte wieder auf den Wandschirm. »Einen Augenblick...«

»Captain!« rief Data. Er saß an der taktischen Station und betrachtete die Anzeigen. »Im Raum-Zeit-Gefüge entsteht ein... Riß.«

»Was?«

Das Bild im breiten Projektionsfeld veränderte sich.

Hinter dem Planeten DQN 1196 zerfaserte die Struktur des Alls. Eine helle, mehrere Lichtjahre lange Linie entstand; *irgend etwas* öffnete sich.

Und zerrte an der *Enterprise*.

Das Sternengesicht der Allwissenden lachte.

Geordi spürte, wie der Boden unter ihm erzitterte. Erschrocken sah er sich um. »Was hat das zu bedeuten?«

»Wir kehren heim.« Die Frauenstimme seufzte. »Nach so langer Zeit...«

»Aber das Raumschiff! Die *Enterprise!* Ich muß zu ihr zurück!«

»Nun...«, erwiderte die Stimme. »Wahrscheinlich befindet sie sich hier irgendwo. Das Zimmer enthält alles. Vielleicht entdecken Sie das Schiff. Vielleicht auch nicht. Ich muß jetzt gehen.«

»*Warten Sie!*« rief Geordi, aber er bekam keine Antwort.

LaForge lief los.

»Umkehrschub!« befahl Picard. »Maschinenraum, wir brauchen volle Kraft!«

Die Impulstriebwerke des riesigen Raumschiffes wurden mit Energie beschickt, und die *Enterprise* erbebte. Der Schub drückte sie in eine Richtung, und der Strukturriß im Raum zerrte sie in die andere.

DQN 1196 brach wie in Zeitlupe auseinander. Gewaltige Brocken lösten sich von seiner Oberfläche, schwebten davon und wurden von dem kosmischen Maul verschlungen. Unter der Kruste des Planeten kam blankes Metall zum Vorschein und glänzte im multistellaren Schein des Sternengesichts.

Es löste sich nun auf. Die Sonnen wichen fort, kehrten an ihre ursprünglichen galaktischen Plätze zurück — die sie bestimmt nicht verlassen hatten; es handelte sich um eine überaus geschickte Illusion.

»Wir werden in den Riß gezogen!« rief Marks.

»Nein, wir schaffen es«, erwiderte Picard völlig ruhig und gelassen. Er glaubte sich auf vertrautem Terrain. Die *Enterprise* führte einen Kampf, der von festem Willen und Kraft entschieden wurde, den sie schließlich gewinnen *mußte*.

Letzte Felskonglomerate trieben davon und offenbarten die wahre Natur des Planeten. Er erwies sich als eine riesige Metallkugel, die sich langsam um die eigene Achse drehte, dem Strukturriß entgegenglitt und ebenfalls darin verschwand. Es wirkte wie eine glückliche Heimkehr.

Geordi LaForge lief so schnell, als ginge es um sein Leben. Er spürte, wie sich hinter ihm etwas bewegte, zu ihm aufschloß, und verzweifelt sprang er in die Dunkelheit.

Finsternis umhüllte ihn — und wich plötzlichem Licht.

Geordi prallte an die Abschirmung vor dem Materie-Antimaterie-Wandler.

»Mister LaForge!«

Er sah auf und erkannte überrascht — aber nicht *allzu* überrascht — den Maschinenraum der *Enterprise* wieder. Die Triebwerke dröhnten. »Was geht hier vor?« fragte er.

»Umkehrschub mit voller Energie«, erwiderte der technische Assistent. »Wir sind in Schwierigkeiten.«

»Das ist ganz normal«, kommentierte Geordi.

Die glänzende Kugel verschwand, und der Strukturriß wurde breiter, wie um ihn zu empfangen.

Nein, dieser Eindruck täuschte. Er gewährte nur einen Blick auf die *andere* Seite.

Picard und seine Offiziere rissen die Augen auf, und für eine Sekunde, nur für eine einzige Sekunde, sahen sie unglaubliche Schönheit. Städte schwebten und funkelten im All; zwischen ihnen flogen elegant und anmutig wirkende Raumschiffe, die Hunderte von Kilometern durchmaßen. Die Gestalt der Zukunft, jene Herrlichkeit, die sich der Mensch erhoffte, die Erfüllung aller Wünsche — fast in greifbarer Nähe.

Und dann schloß sich der Riß.

Er verwandelte sich in eine dünne, lichtjahrbreite Linie zurück, die mit der Schwärze des Alls verschmolz und keine Spuren zurückließ. Die Geheimnisse, Rätsel und Mysterien blieben in einer fremden Dimension verborgen, unerreichbar fern.

Picard ließ sich blaß in seinen Sessel sinken und holte tief Luft.

»Mein Gott, Nummer Eins... Was habe ich getan?«

Riker dachte sorgfältig nach. »Mir kommen zwei Möglichkeiten in den Sinn, Sir. Und meiner Ansicht nach besteht kaum Anlaß, sich Sorgen zu machen.«

Picard sah auf, und Riker musterte ihn erstaunt. Noch nie zuvor hatte er den Captain so betroffen gesehen.

»Ich höre«, sagte Picard leise.

»Entweder haben Sie uns davor bewahrt, etwas zu bekommen, für das wir noch nicht reif genug sind — und Sie wiesen mehrmals darauf hin, welche Gefahren sich daraus ergeben können...«

Der Captain nickte. »Ganz gleich, welche Fortschritte wir erzielen: Immer wieder wird uns klar, wie wenig wir wissen, wie wenig wir gelernt haben. Und die andere Möglichkeit, Nummer Eins?«

»Nun, es mag seltsam klingen, aber... Vielleicht haben Sie vorhin unsere Eltern beschimpft.«

KAPITEL 20

»Ich habe mir Augen im Hinterkopf wachsen lassen, Captain.«

Sie hatten sich in der Krankenstation versammelt – Picard, Riker, Troi, Data, Worf – und umringten den gesunden und quicklebendigen Ehrenwerten Kobry. Gava stand in der Nähe und lächelte.

»Im Ernst, Kobry«, sagte Picard. »Wie haben Sie...«

»Überlebt? Nun, Captain, man wird nur so alt wie ich, wenn man gewisse Vorsichtsmaßnahmen ergreift.« Er hob die Hand. »Der Ring ist ein gutes Beispiel.«

Picard nickte. »Die Tabletten. Für die Verdauung.«

»In der Tat. Gift führt häufig zu Magenbeschwerden, nicht wahr? Nun, eine einzige Pille genügt, um sechs toxische Substanzen zu neutralisieren, die sich im Imperium besonderer Beliebtheit erfreuen.«

»Und Tron hat eins jener sechs Mittel verwendet?«

»Nein.« Kobry seufzte. »Unglücklicherweise benutzte er eins der hundertsiebenunddreißig anderen Gifte. Tja, man kann eben nicht auf alles vorbereitet sein. Wie dem auch sei: Ich nehme immer eine Tablette ein, bevor ich etwas esse oder trinke, und in diesem Fall hat sie mich lange genug geschützt, damit ich rechtzeitig von der verehrten Dr. Pulaski behandelt werden konnte.«

»Der Ehrenwerte Kobry hat mir vorher Bescheid gegeben«, warf die Ärztin ein. »Er bat mich auch, ihn für tot zu erklären, falls tatsächlich ein Giftanschlag auf ihn verübt werden sollte – um weiteren Attentaten vorzubeugen.«

»Beim nächstenmal möchte ich über solche Dinge informiert werden«, sagte Picard scharf. »Ist das klar?«

»Ja, Captain«, entgegnete Katherine, und Picard stellte verblüfft fest, daß sie den Kopf senkte.

»Ich mache mir erhebliche Vorwürfe«, fuhr Kobry fort. »Ich habe nicht daran gedacht, daß mein angeblicher Tod zu einer regelrechten Schlacht an Bord führen könnte. Offenbar hatte Tron alles gut geplant. Er stachelte die anderen Klingonen an und... Nun, den Rest kennen Sie ja. Tron wird natürlich bestraft, und ich schätze, wir müssen auch seinen Commander zur Rechenschaft ziehen. Übrigens: Ich würde Tron gern besuchen, wenn Sie erlauben, Doktor.« Pulaski nickte geistesabwesend.

»Wie geht es jetzt weiter?« fragte Riker. »Der Planet ist verschwunden – Klingonen und Kreel können sich also nicht mehr um ihn streiten. Ich bezweifle, ob es zu neuerlichen Angriffen kommt, bei denen die überlegenen Waffen Verwendung finden. Geordi...« Der Erste Offizier schüttelte den Kopf, als er sich an die rätselhafte Rückkehr LaForges erinnerte. »Geordi hat mir Winzig gezeigt – jene Waffe, die er in der technischen Abteilung zu analysieren versuchte. Als DQN 1196 in den Strukturriß fiel, platzte sie auf. Wie sich herausstellte, war sie völlig leer.«

»Leer?« Picard lachte leise. »Wieso bin ich nicht überrascht?«

»Keine Ahnung, Sir«, sagte Data. »Warum nicht?«

»Ohne die Waffen und das Arsenal sollten eigentlich keine Probleme mehr bestehen«, meinte Kobry. »Aber es herrscht nach wie vor Feindseligkeit zwischen den beiden Völkern. Die Kreel hegen noch immer einen Groll gegen das Imperium – nicht ganz ohne Grund, wie ich eingestehen muß. Man sollte sie wenigstens anhören, ihnen die Möglichkeit geben, ihre Standpunkte zu erläutern. Frieden erfordert Verständnis und guten Willen, und ich bin zu einer derartigen Investition bereit. Da fällt mir ein, Counselor: Sie sind Empathin; wieso haben Sie nicht gespürt, daß mich Tron umbringen wollte?«

»Ich war gar nicht zugegen«, erwiderte Deanna Troi. »Sklar hinderte mich daran, den Gesellschaftsraum zu betreten. Er bat mich, ein Gespräch mit ihm zu führen.«

»Oh, ich verstehe. Offenbar fürchtete Tron, sich Ihnen

gegenüber mit seinen Gefühlen zu verraten, und deshalb schickte er Sklar, um Sie abzulenken. Pech für ihn, daß sein Plan nicht funktionierte.«

»Glück für Sie«, sagte Riker.

Kobry lächelte. »Da haben Sie völlig recht.«

»Captain...« Katherine Pulaski hob den Kopf. »Kann ich Sie und Data sprechen? Allein?«

Kurz darauf fügte die Ärztin in ihrem Büro hinzu: »Was gewisse Dinge betrifft, bin ich recht kurzsichtig gewesen. Dafür möchte ich mich in aller Form entschuldigen.«

»Das ist nicht nötig, Doktor«, antwortete Picard.

»Doch. Die Sache mit Jaan und Wesley ist irgendwie außer Kontrolle geraten und... Ich wies Ihre ursprüngliche Entscheidung zurück, weil es mir in erster Linie darum ging, den beiden Jungen ihre Wünsche zu erfüllen.«

»Doktor...« Picard schmunzelte. »Sie handelten keineswegs gegen meinen Willen. Ich wäre trotz Ihrer Einwände in der Lage gewesen, Jaan von Bord zu schicken. Der Captain findet immer eine Möglichkeit, seine Entscheidungen durchzusetzen, glauben Sie mir. Die ehrfurchtgebietende Katherine Pulaski behält nicht immer das letzte Wort. Wir haben beide versucht zu helfen; die Konsequenzen, die sich daraus ergaben, sind nicht unsere Schuld.«

Pulaski schürzte die Lippen. »Vielleicht haben Sie recht. Nun, das ist noch nicht alles. Data, Sie fragten mich, wo die Maschine aufhört und der Mensch beginnt.«

»Ja.«

»Ich kann Ihnen noch immer keine klare Antwort anbieten. Aber ich glaube, der Unterschied spielt kaum mehr eine Rolle, wenn es ein Mensch für erforderlich hält, eine Maschine um Verzeihung zu bitten.« Data strahlte. »Eine interessante Erkenntnis, die ich sehr begrüße.«

Tron saß allein in der Arrestzelle und sah auf. Eine schwarze Kappe bedeckte sein rechtes Auge.

Der Ehrenwerte Kobry stand vor ihm, stützte sich auf einen Gehstock.

»Sie zerstören das Imperium und alle Dinge, die uns Stärke verleihen«, sagte Tron.

Kobry starrte ihn eine Zeitlang stumm an, und dann sprach er vier bedeutungsvolle Worte.

»Sie haben keinen Namen.« Er drehte sich um und ging fort, lauschte den Schreien des Mannes in der Zelle wie einer angenehmen Musik. Vielleicht war das Konzept der Rache doch nicht so schlecht.

»Du begleitest deinen Vater, nehme ich an?« fragte Worf.

»Ja, natürlich«, antwortete Gava.

»Es gibt einen Platz für dich in der Föderation.«

»Aber mein Vater braucht mich. Trotzdem...« Gava lächelte. »Die Galaxis ist klein. Vielleicht kreuzen sich unsere Wege.«

»Wann?« Die Klingonin zögerte. »Wie wär's mit jetzt?«

»Unmöglich. Meine zweite Schicht beginnt gleich.« Worf stand auf und nickte. »Also bis später.« Er verließ Gavas Kabine. Die Tochter des Ehrenwerten Kobry seufzte. Kurz darauf kehrte Worf zurück, und hinter ihm schloß sich das Schott. »Ich habe gerade beschlossen, morgen eine dritte Schicht einzulegen«, sagte er.

Wesley saß in seiner Kabine und blickte an die Wand.

Auf den Tischen lagen keine Datenkassetten und Fachzeitschriften mehr, und die medizinischen Geräte befanden sich längst wieder in der Krankenstation.

Wesley war immer recht schlank gewesen, aber in den letzten Tagen hatte er dreizehn Pfund verloren. Er erweckte den Eindruck, als müsse er mindestens zehn Stunden lang baden, um sich von einer Patina aus Schweiß, Staub und Schmutz zu befreien. Die Farbe seiner Wangen entsprach der von geronnener Milch, und seine Augen wirkten unnatürlich trüb. Er brauchte vor allen Dingen Schlaf.

»Herein«, sagte er gedankenverloren, als der Türmelder summte. Picard betrat das Quartier und sah sich um. »Es herrschen also wieder normale Verhältnisse.«

»Ja, Sir.« Der Captain nahm Platz. »Sie sollten sich zusammenreißen, Mr. Crusher.«

»Ich habe versagt.«

»Nein, das stimmt nicht. Jaan hat mit dem Feuer gespielt – und sich verbrannt.« Wesley zögerte kurz. »Ich habe versagt«, wiederholte er. »Ich versprach ihm ein Heilmittel für seine Krankheit. Was für ein Unsinn! Ich kam mit meinen Forschungsarbeiten keinen Schritt voran...«

»Sie haben sich schlicht und einfach zuviel vorgenommen, Mr. Crusher.«

»Nein«, widersprach Wesley und erwachte allmählich aus seiner Apathie. »Ich hätte es schaffen können. Das glaubte ich jedenfalls.«

»Mr. Crusher... Wesley, begreifst du denn nicht, wie weit du es gebracht hast? Wie viele andere junge Leute in deinem Alter können solche Erfolge vorweisen? Den meisten fehlt dein Talent, deine einzigartige Intelligenz...«

»Sie genügt nicht«, murmelte Wesley.

»Ganz im Gegenteil! Ist dir denn nicht klar, daß dich Jaan unter Druck gesetzt, dich praktisch dazu *gezwungen* hat, nach einem Heilmittel zu suchen?«

»Nein.«

»Er setzte eine mentale Fähigkeit ein, die Dr. Pulaski als ›Trick‹ bezeichnet. Er...«

»Nein, das stimmt nicht!« Zum erstenmal in seinem Leben wagte es Wesley, Picard gegenüber laut zu werden. »Ich bin ganz allein dafür verantwortlich! Ich *wollte* Jaan helfen. Und ich wäre *fähig* gewesen, ihm zu helfen! Mit härterer Arbeit, mit mehr Konzentration...«

»Damit hättest du dich umgebracht, mein Sohn.«

»*Sie haben kein Recht, mich so zu nennen!* Ich bin nicht ihr Sohn! Ich bin Wesley Crusher!«

Picard musterte ihn verwirrt. »Wes...«

»Ich mußte daran arbeiten, verstehen Sie? Ich *mußte* versuchen, ein Heilmittel zu finden. Ich bin imstande, alles zu erreichen. Alles! Ich brauche es mir nur vorzunehmen.«

»Niemand kann *alles* erreichen, Wesley.«

»Ich schon! Es bleibt mir gar keine andere Wahl. Und es betrifft nicht nur den technischen Bereich. Die Technik ist ganz einfach für mich. Zu einfach. Sie fordert mich überhaupt nicht heraus. Ich brauche andere Aufgaben. Ich muß härter und immer härter arbeiten, darf nichts außer acht lassen.« Die Worte strömten schneller aus dem Jungen heraus, und seine Stimme überschlug sich fast. »Ganz gleich, was auch geschieht: Ich will vorbereitet und in der Lage sein, mit allem fertig zu werden. Ich kehre zurück. Worin auch immer die Mission besteht und welche Gefahren drohen: Ich kehre zurück.«

»Natürlich kehrst du zurück, Wes«, sagte Picard und fragte sich, wovon der Junge sprach. *Ich hätte diese Sache Deanna überlassen sollen,* dachte er. »Du kehrst zurück, ganz klar.«

»*Er* kam nicht zurück!«

»Wen meinst du?«

»Meinen Vater! Er blieb fort!«

Picard starrte ihn an. »Dein Vater war ein guter Mann, Wes. Der beste. Er starb durch einen... Unfall.«

»Das glaube ich nicht! Man kann jeden Unfall vermeiden, wenn man weiß, worauf es zu achten gilt. Aber er wußte es nicht. Irgend etwas geschah, und er war nicht vorbereitet. Deshalb blieb er fort. Mir wird so etwas nicht passieren. Ich will gewappnet sein! Ich...«

Wesley brach ab, und Tränen der Erschöpfung und des Kummers rannen ihm über die Wangen. »Ich werde nicht heiraten«, brachte er mit erstickt klingender Stimme hervor. »Ich werde keinen Sohn bekommen, fortgehen und mich umbringen lassen. Ich kehre immer zurück! Immer!«

Und Wesley Crusher, der Brain Trust, der Junge, der mehrmals die *Enterprise* gerettet hatte... zerbrach innerlich. Er begann zu schluchzen, und die Tränen kündeten von einer Verzweiflung, die er seit Jahren versteckte. »*Warum* kam er nicht zurück? *Warum* blieb er fort?«

Und Jean-Luc Picard, der in dem Ruf stand, Kinder zu

hassen, der die Leiche von Wesleys Vater heimgebracht hatte... Er hielt den zitternden Crusher in seinen Armen.

Picard wußte nicht, was er sagen sollte. Er entsann sich daran, unter welchen Umständen Wesleys Vater ums Leben gekommen war; niemand hatte ihm helfen können. Wesleys Haltung erinnerte ihn an die Piloten der ersten Flugzeuge: Wenn jemand bei einem Absturz starb, begannen seine Freunde und Kollegen mit gründlichen Untersuchungen, um die Ursache festzustellen, um daraus zu lernen und die Fehler des Toten zu vermeiden.

Picard begriff plötzlich, daß er gar nichts sagen mußte. Es genügte, zugegen zu sein, mit seiner Präsenz Wesleys Vater und Mutter zu vertreten. Einfach nur dasein... Es konnte gewiß nicht schaden. Er behielt seinen Ruf als strenger, aber gerechter Captain, und er konnte nach wie vor wichtige Entscheidungen treffen. Er hielt den Jungen fest, gab keinen Ton von sich, tröstete ihn mit seiner Anwesenheit — bis der müde Wesley einschlief.

Picard trug ihn zum Bett und schüttelte stumm den Kopf, als er kaum ein nennenswertes Gewicht spürte. Der Captain beschloß, Wesley von Dr. Pulaski untersuchen zu lassen, sobald er sich gründlich ausgeschlafen hatte — was wahrscheinlich eine Weile dauerte. Und dann konnte sich Deanna Troi mit ihm befassen, ihn von seinen seelischen Belastungen befreien. Womit sich die Counselor selbst einen guten Dienst erwies: Sie schien dringend einen Erfolg zu brauchen. Mit etwas Glück erinnerte sich Wesley nicht einmal an sein Schluchzen — und vergaß auch, daß ihn Picard in den Armen gehalten hatte.

»Ich erwarte Sie in zweiundsiebzig Stunden auf der Brücke, Mr. Crusher«, sagte der Captain leise.

Der Junge öffnete nicht die Augen, als er im Schlaf murmelte: »Aye, Sir.«

Picard nickte zufrieden und verließ die Kabine. Wesley hatte ihm genau die erhoffte Antwort gegeben.

Die Ordnung mußte schließlich gewahrt werden.